O armário de bebidas

Leslie Jamison

O ARMÁRIO DE BEBIDAS

Tradução: Santiago Nazarian

GLOBOLIVROS

Copyright © 2022 by Editora Globo S.A. para a presente edição
Copyright © 2010 by Leslie Jamison

Todos os direitos reservados. Nenhuma parte desta edição pode ser utilizada ou reproduzida —
em qualquer meio ou forma, seja mecânico ou eletrônico, fotocópia, gravação etc. —
nem apropriada ou estocada em sistema de banco de dados sem a expressa autorização da editora.

Texto fixado conforme as regras do Acordo Ortográfico da Língua Portuguesa
(Decreto Legislativo nº 54, de 1995).

Editora responsável: Amanda Orlando
Assistente editorial: Isis Batista
Preparação: Wendy Campos
Revisão: Marcela Isensee, Bianca Marimba e Aline Canejo
Diagramação: Abreu's System
Capa: Renata Zuchinni
Imagem de capa: Naomi August/Unsplash

1ª edição, 2022

CIP-BRASIL. CATALOGAÇÃO NA PUBLICAÇÃO
SINDICATO NACIONAL DOS EDITORES DE LIVROS, RJ

J31a
    Jamison, Leslie
       O armário de bebidas / Leslie Jamison ; tradução Santiago
    Nazarian. – 1. ed. – Rio de Janeiro : Globo Livros, 2022.
    272 p. ; 23 cm.

       Tradução de: The gin closet: a novel
       ISBN 978-65-5987-060-8

       1. Ficção americana. 2. Romance americano. I. Nazarian,
    Santiago. II. Título.

22-77961
                                  CDD: 813
                                  CDU: 82-3(73)

Gabriela Faray Ferreira Lopes – Bibliotecária – CRB-7/6643

Direitos exclusivos de edição em língua portuguesa para o Brasil
adquiridos por Editora Globo S.A.
Rua Marquês de Pombal, 25 — 20230-240 — Rio de Janeiro — RJ
www.globolivros.com.br

*Para minhas avós, Patricia Cumming Leslie
e Mary Dell Temple Jamison.*

Oh, meu amor, como foi parar aqui?
Oh, embrião

Me lembrando, mesmo em sonho,
Sua posição em cruz.
O sangue floresce puro

Em você, rubi.
A dor
Ao acordar não é a sua.

SYLVIA PLATH, "Nick e o castiçal"

STELLA

No Natal, encontrei vovó Lucy no chão de linóleo. Tinha caído. Como um suspiro moribundo, a geladeira zumbia atrás de seu corpo nu. Havia lencinhos ensanguentados amassados em sua mão, mas ela estava viva e consciente.

— Eu só queria um iogurtezinho — disse. — Tive um sangramento nasal.

Os braços dela balançavam no ar, buscando uma mão amiga, dedos humanos, qualquer coisa. Era a primeira vez que eu via todo o corpo dela — a fantasmagórica pele flácida e todas as veias azuis aparentes.

Eu havia pegado um trem no rigoroso inverno de Connecticut com uma fatia de bolo de gengibre e um sanduíche de presunto bem gordo, o tipo favorito dela, e carregava uma sacola de presentes.

— Isso é pra mim? — perguntou, ainda no chão.

Ela tremia. Eu nunca tinha visto minha avó assim, com uma avidez tão eloquente. Seu rosto tremia como se tentasse manter uma expressão firme enquanto algo acontecia em seu interior. Ela pegou minha mão. Seus dedos estavam gosmentos de creme hidratante.

— Preciso da Matilda — disse ela. — Sua voz estava calma e segura, como se esse pedido fosse totalmente razoável. Eu nunca tinha ouvido falar em nenhuma Matilda.

Agarrei seu punho e deslizei a mão sob a curva de suas costas. A pele era frouxa entre os nódulos ossudos da espinha.

— Não me puxe — resmungou ela. — Dói.

Liguei para meu irmão, e Tom me passou instruções: "Precisa perguntar a ela: 'Você bateu a cabeça?'".

Tapei o telefone e esperei pela resposta dela enquanto ele aguardava.

— Era só iogurte — explicou ela. — Só queria um pouquinho.

Eu me ajoelhei ao lado dela. Minhas botas rangiam no linóleo.

— Mas você bateu a cabeça? Sabe me dizer?

— Se bati, não estou certa de que me lembraria — respondeu ela.

Relatei a Tom, e ele me orientou a mantê-la acordada por pelo menos duas horas. Essa era a regra que ele lembrava sobre concussões, caso ela tivesse sofrido uma. Ele estava com nossa mãe, Dora, do outro lado do país, provavelmente bebericando água com gás num restaurante do Pacífico, onde todos estavam pensando alegremente sobre sushi, não concussões. O restaurante era de imigrantes, felizmente aberto nos feriados. Era a primeira folga da minha mãe em meses.

— Tom, você conhece alguma Matilda? — perguntei.

— Um segundo — pediu. — Vou pôr minha mãe ao telefone.

A voz dela surgiu alta e repentina.

— Você precisa fazer o que a Stella mandar! Deixe que ela cuide de você!

— Quer falar com a vovó? — perguntei. — Passo o telefone pra ela?

— Ah... — respondeu, desconcertada. — Claro.

Vovó Lucy pegou o celular com os dedos trêmulos. Minha mãe falava tão alto que sua voz soava como se viesse do piso, debaixo da orelha da vovó Lucy. Ela rolou de lado e me passou o telefone.

— Duas horas, tá? — disse Tom. Ouvi barulho ao fundo, tilintar de copos e burburinho. Desliguei.

Vovó Lucy não queria bolo de gengibre nem chá. Não queria os presentes. Só queria ir dormir. Ainda não estava escuro, nem perto. Mas para ela o dia havia sido arruinado. Ela queria acordar e ter o Natal no dia seguinte.

Verifiquei o relógio. Respirei fundo. Duas horas: eu consigo. Encontramos um especial de Natal na televisão. Renas de argila animadas trotavam pela neve brilhante. Eu tinha de ficar sacudindo vovó Lucy para me certificar de que ela estava acordada.

— Ei, está perdendo a parte da rena. Com a neve.

— Esse programa é péssimo — resmungou ela, finalmente. A opinião em si, dita em voz alta, pareceu lhe dar um novo ânimo, e ela sugeriu que abríssemos os presentes afinal. As cortinas grossas pareciam peneirar a luz do sol, como se fossem feitas de gaze. Ela morava no terceiro andar de um bloco de apartamentos com paredes de estuque da cor de amêndoas sem casca. A maioria dos vizinhos era de banqueiros que viajavam para trabalhar na cidade.

Minha avó amava Connecticut. Foi onde ela se apaixonou por meu avô e onde os dois se casaram. Ele vinha de uma linhagem tradicional da Nova Inglaterra, mas fora meu avô que insistira em se mudar para o Oeste, para se afastar da família. Então foi viajar pelo mundo e nunca mais voltou. Meu avô a deixou sozinha para criar uma filhinha. A família dele prometeu tanto dinheiro quanto ela precisasse pelo resto da vida.

Vovó Lucy se apaixonou por toda a família — a genealogia ancestral, suas tradições — e queria transmitir à minha mãe uma noção de suas origens, então elas passavam o verão em Cape Cod, numa propriedade da família de que minha mãe se lembrava com desdém. "Não era nada mais do que um suborno sórdido. Eles nos cediam aquela casa de praia por alguns míseros meses. Dinheiro era como um filho bastardo: todo mundo sabia de sua existência, mas nunca se falava a respeito", ela me disse. Minha mãe não tinha lembranças do pai, mas sua raiva em relação a ele parecia vasta o suficiente para cobrir anos de feridas abertas. Estendia-se a toda a família dele com uma ferocidade que compensava toda a indulgência de minha avó.

Lucy sempre entendeu, sem que precisassem dizer, que ela não era bem-vinda nos encontros familiares ao longo do ano. Que talvez fosse melhor se ela ficasse lá no Oeste. Mas, depois de criar a filha em Los Angeles, ela voltou para esta desolação sagrada, para o frio e o dinheiro de Greenwich. Ela podia comprar tudo o que queria, mas não queria muito na época, e os cômodos parcamente decorados de sua casa pareciam refletir seu luto. "Ela nunca o culpou por deixá-la. Nunca entendi isso", minha mãe reclamava.

* * *

Lucy era como uma criança comportada com seus presentes de Natal, organizada e atenta. Comprei algumas espumas de banho variadas e um par de luvas de forno que dizia em letras bordadas: "Estou segurando a melhor caçarola de forno de Nova York". Sempre vi vovó Lucy como uma cozinheira de caçarolas, preparadas com caldo cremoso e milho enlatado, e biscoitos partidos em pedaços. Eram salgados como o mar e macios como seda. Ela preparava nossos jantares sempre que ia ao Oeste para ajudar a cuidar da gente, sempre que o trabalho de minha mãe ficava especialmente intenso, mas minha mãe geralmente odiava o que ela cozinhava. "Esses guisados têm muitos ingredientes processados, vai levar meses para eu conseguir cagar isso tudo", disse ela durante um jantar. Vovó Lucy fechou a cara e começou a tirar os pratos da mesa.

Mamãe sempre criticou a comida de minha avó, dizia que, apesar de todo seu esforço, não era muito boa na cozinha. Vovó costumava copiar as receitas da família que a renegara. "Como se não tivesse um pingo de orgulho", alfinetava minha mãe. "E os pratos sempre tinham um gosto péssimo." Fez uma torta de mirtilo cuja crosta descamava como pele morta. "Finalmente ela desistiu e jogou fora essas receitas", contou mamãe, orgulhosa. "Ela mesma reconheceu que havia comido muitas tortas na vida. Mas nenhuma ruim como aquela."

Então as luvas bordadas em homenagem à melhor caçarola de Nova York eram um tipo de reconhecimento, com anos de atraso, uma espécie de troféu. Não estávamos mais do lado do país de minha mãe, e vovó Lucy podia fazer suas caçarolas em paz. Ela apertou os olhos para ler o bordado no tecido acolchoado das luvas.

— Não posso fazer o melhor nada de Nova York, moro em Connecticut — concluiu ela. — Ela colocou as luvas cuidadosamente sobre a mesinha de centro. — Seis tipos de espuma de banho — comentou. — Olha só!

Puxou a saia de lã sobre suas perninhas de vareta, e a meia-calça era fina o suficiente para mostrar os danos causados pela velhice. Hematomas arroxeados se espalhavam pelas canelas e coxas.

— É como viver em uma jaula — resmungou, referindo-se ao próprio corpo. — Cada pedacinho dói ou coça. — Ela enfatizava que a coceira era um desconforto muito pior do que eu poderia imaginar. — Não é *na* pele — explicou ela. — É por baixo.

Fez uma pausa, como se tentasse se lembrar de algo.

— Também tenho um presente pra você — disse ela, finalmente. — Mas não consigo me lembrar do que é.

Respondi que ela não precisava se preocupar com isso naquele momento. E se eu preparasse um banho de banheira? Talvez aliviasse a coceira.

— Vamos usar a espuma! — sugeriu ela. Era tão solitária, tão ansiosa para me agradar. Como não percebi antes? Era como se todo o sentimento represado agora transbordasse. Uma avidez assim só é possível depois de se acumular ao longo de anos de solidão. Seu corpo agora frágil exteriorizava todos esses anseios.

Preparei o banho com a espuma de mel e baunilha, escolha dela, e me sentei no vaso enquanto ela se encolhia — as pernas finas, a barriga branca, os braços flácidos como asas de inseto, reluzentes de sabão — sob a superfície fumegante da água. Peguei um livro e mantive os olhos firmes nele, frase a frase, para que ela não se sentisse observada. Olhei uma vez. Ela fez sinal com o dedo para eu me aproximar. Eu me inclinei.

— Ela encheu a banheira. Para trazê-los de volta à vida.

— Quê? — respondi. — Quem fez isso?

Ela fechou os olhos e balançou a cabeça. Bem lentamente, ela afundou mais na água. Eu podia ver a vermelhidão provocada pelo calor marcando a pele recém-submersa. Quem havia enchido a banheira? Quem havia morrido? Podia ser de algum filme. Eu sabia que ela assistia a muitos. O que mais se podia fazer sozinha o dia todo, com cada parte do corpo tornando-se um fantasma independente — os olhos, as pernas, os lobos cerebrais?

— Quem fez isso? — perguntei de novo. — O que voltou à vida?

— Ela era mais gentil do que sua mãe, não importa o que fazia. Ela me machucou uma vez, bem aqui, mas no fundo era sempre gentil. — Lucy passou dois dedos pela bochecha, deixando uma película de água e sabão.

— Não sei de quém você está falando — argumentei.

— Não mesmo — respondeu ela. — Nunca te contamos. — Ela envolveu o próprio corpo em um abraço. Parecia que estava sonhando.

— Nunca me contaram o quê?

— Sobre Matilda — disse ela. — A irmã de sua mãe.

— Você tem outra... — Não consegui terminar a frase. — Onde ela está?

— Não sei. — Ela falou tão baixinho que eu mal consegui ouvi-la.

O ARMÁRIO DE BEBIDAS 13

* * *

Com a voz rouca e baixa, vovó Lucy me contou sobre a filha mais nova em rompantes reverentes, como se Matilda fosse um sonho que seria esquecido se não fosse contado rápido o bastante. Levara todos esses anos só para dizer o nome dela em voz alta.

Vovó Lucy contou que levava Matilda, só Matilda, não minha mãe, para as piscinas naturais todo verão. Foi em Chatham, cidade banhada por braços de mar que desembocam na imensidão salgada do Atlântico.

— Eu mostrava a ela os ouriços-do-mar. Pareciam grupinhos de lápis roxos — recordou.

Para Matilda e agora para mim, ela explicou sobre as estrelas-do-mar. Como se alimentavam lançando os estômagos para fora de seus corpos. Elas tinham a cor de suco de laranja concentrado, contou vovó, inacreditavelmente brilhantes. Talvez, em sua mente, cada animal correspondesse à cor de um alimento. Eu me lembrei de todas as vezes que minha mãe falava: "Ela é apenas uma dona de casa, até o osso".

— Matilda amava essas piscinas — disse Lucy. — Adorava mesmo.

Adorava sentir os espinhos dos ouriços e ficar horas observando os siris, defendendo suas casas nas fendas das rochas, mas tinha aflição quando as estrelas-do-mar sugavam seu braço.

— Ela dizia que parecia uma pessoa inspirando perto da sua pele — explicou vovó Lucy. — Contei que elas tinham a boca na barriga.

— A estrela achava que Matilda era comida?

— Não. — Vovó Lucy riu. — Achava que era sua casa. — Ela descreveu a costa, prados que se estendiam até a água, cheios de arbustos espinhosos. Matilda chamava de Vó Relva, porque quando o vento soprava por eles parecia uma velha suspirando. — Vó Relva. — Lucy fez uma pausa. — Acho que agora essa sou eu.

Só quando ela começou a tremer novamente que pensei em como a água devia ter esfriado. Ela não conseguia se levantar da banheira. Tive que mergulhar os braços para içá-la. A água em seu corpo respingou por toda a minha calça jeans e pelo meu suéter de caxemira. Ela se sentou no vaso, tremendo.

Foi quando ela chegou à parte das coisas mortas. Certa vez minha mãe encheu a banheira com criaturas do mar: uma pedra recoberta de percebes acinzentados enfileirados como soldadinhos de chumbo, um pequeno grupo de caranguejos-fantasma que tentavam escalar a banheira com suas patinhas cansadas, velhinhos em suas carapaças. Tateando a porcelana com suas pinças.

— Sua mãe os deixou lá por dias — disse vovó Lucy. — Ela sempre foi assim. Sempre curiosa.

— E Matilda tentou salvá-los?

Vovó Lucy segurou a toalha ao redor de seus ombros estreitos enquanto seu cabelo branco pingava a água do banho. Ela me contou sobre sua filha caçula — nova para mim, desaparecida para todos —, aquela que encontrou um pequeno oceano morrendo e achou que podia encher a banheira o suficiente para trazê-lo de volta à vida. O que aconteceu? Os percebes se desintegraram. Os caranguejos não eram do tipo que vive o tempo todo submerso. Eles se afogaram.

No trem para casa, liguei para minha mãe. Disse a ela que vovó precisava de ajuda. Sem problemas, concluiu ela. Vamos contratar uma enfermeira para fazer umas visitas.

— Ela não precisa de ajuda às vezes — argumentei. — Precisa sempre.

Minha mãe era uma advogada especializada em imigração, dotada de uma beleza ao mesmo tempo angelical e intimidadora. Ela administrava sua agenda diária como uma criatura separada de si mesma, sem concessões, uma força a ser obedecida: reuniões de clientes, aulas de spinning, sessões de terapia.

— Ligo sempre pra minha mãe — respondeu ela, magoada.

Sei que, se ela estivesse na minha frente, ela teria sacado sua agenda para me mostrar as anotações de todas as ligações: pequenos X rabiscados sobre nomes e números de telefone, cada compromisso era riscado uma vez, duas, três vezes, até que o último horário se espremia em meio a um emaranhado de rabiscos. Meus olhos se perdiam quando eu olhava aquela agenda. Era um labirinto. Eu sabia que minha mãe estava em algum lugar ali.

Nada disso fazia sentido, retruquei. Por que vovó Lucy estava pegando iogurte pelada? E o sangramento? Aqueles tremores? Talvez fosse algum tipo de curto-circuito em sua mente, suas explicações — "tive um sangramento nasal" — poderiam ser palavras que surgiam na cabeça dela e pareciam certas.

Minha mãe quis saber se vovó parecia lúcida. Confessei que não sabia. Ela hesitou.

Dava para ouvir um ruído ao fundo. Isso significava que eu estava no viva-voz. Ainda era Natal, até mesmo no Oeste, mas pude perceber que minha mãe havia voltado a seu escritório. Eu sabia que ela gostava de caminhar ao longo das amplas janelas, cujos vidros exibiam um mar de arranha-céus.

— Ela provavelmente não está se exercitando o suficiente — concluiu. — Ela mal sai de casa.

Pensei na vovó Lucy caída no chão, as mãos se debatendo como pássaros. Um bigode de sangue escorrendo de suas narinas.

— Não acho que o exercício seja tanto a questão — argumentei. — Ela está ...

— Ela está o quê?

— Ela está precisando de ajuda. — Fiz uma pausa. — Como eu disse.

Eu sabia que filhos adultos faziam isso o tempo todo, davam uma pausa na vida para cuidar dos frágeis corpos de seus pais, para ajudá-los a comer, sorrir e cagar sem fazer sujeira. Minha mãe queria ver opções de cuidadores. Não era problema, concluiu. Ela tinha dinheiro.

— Mas sua avó não vai gostar — retrucou. — Nem um pouco.

"A gentileza de estranhos não melhora nada", Lucy me dissera. "Só faz com que me sinta solitária." Ela preferiria definhar sozinha a aceitar essa rendição final aos cuidados de um estranho.

Sugeri outro plano. Eu podia visitá-la quatro noites por semana. Eu cozinharia e faria companhia para ela.

— Você vai me fazer parecer uma filha terrível — disparou mamãe.

— Oi?

— Sempre tem *alguém* caindo, não é? E você está lá para resgatá-los.

— Ela caiu — respondi. — Não fui eu que provoquei a queda.

Ela ficou em silêncio. Eu também.

— Ela me contou sobre Matilda.

Silêncio.

— Mãe?

— Queria ter te contado — disse, enfim.

— Poderia ter contado há anos.

— Eu pretendia te contar — argumentou. — Mas não contei.

Esperei que ela continuasse.

— Eu sabia que você pensaria que sou uma pessoa terrível.

— Terrível por quê? — questionei. — Nem sei o que aconteceu.

— Quer saber o que aconteceu? Matilda *nos* deixou. Ela partiu, depois voltou, mas nunca voltou de fato. Nunca tentou.

— Ela fugiu? — perguntei.

— É complicado.

— Foram tantos anos… Meu Deus, minha vida toda! Você nunca quis que eu soubesse?

— Concordamos em não falar sobre isso — disse ela. — Era mais fácil para a sua avó.

— Era. Agora é diferente.

— O que ela falou? — quis saber minha mãe. — Sobre Matilda. Falou de que jeito?

— Como assim?

— Estava brava?

— Brava não, não tanto. Só triste.

— Como ela tocou no assunto?

— Não sei, mãe. Ela estava na banheira divagando. Tinha caído e talvez tenha batido a cabeça, estava sofrendo e sendo honesta. Estava com saudade da filha. — Fiz uma pausa. — Foi assim.

Minha mãe estava quieta.

— Eu queria que você me explicasse — argumentei. — Como isso ficou…

— Acontece, tá? Quando algo assim acontece numa família, não adianta de nada tentar entender. — Sua voz parecia o badalar de um sino de bronze, ressoando agudo por quilômetros, tão pungente que era difícil acreditar que não deixaria um zumbido no ouvido. "Acontece." Como terremotos ou câncer. Como o constante tique-taque do tempo corroendo o corpo de uma velha mulher. Minha mãe não entenderia o que estava acontecendo com sua mãe até que visse por si mesma.

— Não sabe nada sobre ela? — Nada mesmo? — questionei.

— Sabemos que ela mora no deserto. Sabe-se lá onde em Nevada. Ou talvez não more mais. Faz anos que não temos notícias.

Um momento antes, havia uma sinceridade em minha mãe, que eu nunca notara antes. Agora ela estava irritada e sensível de uma forma que eu reconhecia, pronta para se ofender. Era assim que ela falava do pai, quando falava.

Minha mãe alegava ter renegado o clã dele — "não passam de um bando de burgueses protestantes", como costumava dizer —, mas sua voz deixava transparecer sinais fugidios de orgulho. Eram os mandachuvas no começo da história de nossa nação. Eu imaginava homens esqueléticos de óculos, que arrecadavam impostos sobre o açúcar, negociavam peles de animais e pagavam os meninos que limpavam chá no porto. Quando criança, eu adorava imaginar o Boston Tea Party. E se alguém tivesse construído toda uma cidade em solo feito de chá prensado, Darjeeling ou chá-preto inglês? Será que no calor do verão o ar ficaria impregnado de aromas?

— É história — argumentei com minha mãe. — E nossa família fez parte dela.

— Deixou de ser sua família quando ele nos abandonou — retrucou ela. — Deixou de ser sua família antes mesmo de você nascer.

Então lá estava eu, uma filha do Oeste, onde a história era compassada em décadas, onde a história de uma mulher, até mesmo seu nome, podia se dissipar como mormaço no asfalto, uma miragem distorcida e inescrutável de algo que não existe mais.

Eu me mudei para Manhattan quando tinha 22 anos. De início, tinha grandes planos para Nova York, creio que assim como todo mundo. A primeira vez que vi Manhattan foi em uma visita a Tom na Universidade Columbia. Ele havia saído de casa como um adolescente raivoso de cabelo pintado de azul e uma banda chamada Os Hangovers. Mas em sua nova vida, nessa nova cidade, ele havia se tornado um cara bem decente: estudante de economia, com uma namorada chamada Susannah Fern Howe. Os pais dela moravam em Newton.

— O das leis? — perguntei, mas Tom pareceu não achar graça. Eles tinham outra casa perto de Cape Cod.

— Tipo para onde mamãe ia quando era pequena?

— *Perto* de Cape — corrigiu Tom. — Martha's Vineyard. Uma ilha. É diferente.

Tom cresceu e ficou diferente também. Na escola, ele era osso duro de roer, adorava zombar de tudo, me provocava por eu não saber nada da vida, fazendo insinuações sobre seus amigos e suas conturbadas vidas sexuais. Agora ele era um cara distante, educado em minha presença, como se nós dois já fôssemos adultos. Eu tinha dez anos e ele já me dizia que Nova York era uma "cidade sem igual", seja lá o que isso significasse, o oposto de Los Angeles. Eu só sabia que queria fazer compras no Village.

— Compras, sim — disse ele, com uma piscadela. — Nós temos isso por aqui.

Eles já eram *nós*. Ele e a cidade tinham coisas, as possuíam.

Eu visualizava lojas antigas cheias de vestidos transparentes e sandálias de couro. Ele me levou para a Quinta Avenida, onde o dinheiro na minha bolsinha de plástico rosa não me compraria nada.

— E as coisas boêmias? — perguntei. "Boêmio" era uma palavra que aprendi especialmente para minha viagem. Fomos parar numa rua cheia de outlets de roupas de brim com desconto, do tipo com portas de correr de metal. Jeans amarelos eram vendidos por noventa e nove centavos.

— Aqui é o Village — disse ele. — Feliz agora?

Eu me mudei para lá dez anos depois, para provar que eu poderia ser feliz. Minha mãe perguntava havia anos: "Quais são seus planos? Seus objetivos?". Porém, eu não conseguia pensar em nenhuma resposta própria, que não seria, no fundo, uma resposta às perguntas dela.

O problema não era perceber que Nova York não era o lugar que eu havia imaginado, mas saber que *era*, em algum lugar que eu não havia descoberto ainda. Eu sabia que havia lojas antigas como as que eu havia imaginado, onde mulheres elegantes passavam seus longos dedos sobre saias de tule e calçavam suas sapatilhas de balés gastas para caminhar pelas calçadas duras, cheias de neve que reluzia à luz do sol. Era isso, esse quarteirão, que eu tentava encontrar.

O ARMÁRIO DE BEBIDAS 19

Viver em Nova York parecia uma carreira por si só: apenas estar lá, abrindo minhas guelras para a aspereza e a pulsação da cidade. As cafeterias estavam repletas de pessoas que eu conhecia da faculdade, onde eu me compreendia de forma mais precisa, meus contornos delineados pela presença de outras pessoas: nossas longas conversas em refeitórios vazios, nossos jantares com camarão insosso e arroz queimado. Falávamos sem ressalvas, em discussões e monólogos, e sempre havia alguém ouvindo. Bêbado, talvez, mas ouvindo. O que faríamos em seguida? Seríamos como o verniz que recobre as centenas de quarteirões, cada prédio da cidade.

Eu dormia num quarto que havia sido um closet. Ainda dava para ver os ganchos pintados que sustentavam o varão de roupas. Eu chegava tarde, chapada, e me enfiava em minha cama de solteiro com um livro de poemas de Lorca sobre a cidade: "São eles. / São eles que bebem o uísque de prata perto dos vulcões / e sorvem pedacinhos de coração, pelas montanhas geladas do urso". Eu passava a noite me perguntando: "Quem eram eles? Onde bebiam?".

"Você é como seu pai", minha mãe me dizia. "Faz uma carreira das pequenas coisas." Ela não falava isso como um elogio.

Meu pai, não mais seu marido, havia trabalhado por muitos anos como assistente pessoal de um artista chamado Enrico. Esse Enrico era o líder não oficial de um grupo de artistas conhecidos como Colégio Interno. "Rothko do Lixo", era assim que ele era chamado, porque pegava grandes montes de lixo e pintava numa única cor ou uma mistura de duas. Suas peças eram chamadas de *Lixo 1*, *Lixo 2* e *Lixo 3*. Era um efeito impressionante — a cor, tão uniforme e vasta, a textura farfalhante do lixo por baixo. Elas me deixavam meio mareada, me davam aquele ímpeto vertiginoso de querer me aproximar e afastar ao mesmo tempo. Depois eu sempre me perguntava: qual era o propósito dessa vertigem? Muda um momento de sua vida e desaparece.

Como se revelou, minha mãe me conhecia melhor do que eu mesma, porque eu também me tornei assistente pessoal. Consegui um emprego trabalhando para uma jornalista no Upper West Side, que eu chamava de srta. Z. Ela tinha um nome real com mais letras, mas nunca me pareceu uma pessoa real, não de fato, então eu usava só o Z. Nova York parecia, em grande parte, composta de tipos assim: ideações de pessoas que se tornam gente de verdade, andando por aí carregando nas entranhas os roteiros de suas vidas, fitas telegráficas de palavras ridículas esperando para serem ditas.

Toda manhã eu ia para o apartamento da srta. Z na rua 71, ao lado do parque, e trabalhava num loft acima da sala de estar dela. Sua mobília era feia e cara: tecidos pesados carregados de franjas e almofadas de tecido brocado, sofás feitos mais para se olhar do que para se sentar. Mas havia janelas que iam do piso ao teto com vista para o verde-escuro do Ramble. Dava para ver pessoas se divertindo, derrubando picolés e brigando com namorados.

A srta. Z escrevia livros sobre coisas como mulheres fazendo sexo, mulheres envelhecendo e mulheres velhas fazendo sexo. Ela fazia um circuito intenso de palestras, e eu escrevia seus discursos. Eu entrevistava mulheres solteiras inspiradoras, mulheres casadas inspiradoras, mulheres anoréxicas inspiradoras e mulheres suicidas inspiradoras — ou melhor, mulheres que consideraram o suicídio e desistiram. Eu também reservava suas passagens de ônibus Jitney e tirava dinheiro dos caixas eletrônicos para que ela pudesse pagar as várias faxineiras, nenhuma legalizada.

Um dia, ela participou de uma pré-entrevista por telefone para um programa de TV. Era um programa de entrevistas sobre envelhecimento. *Envelhecer!* O nome do programa vinha com uma exclamação.

Eu escutava a voz dela despejando aforismos como se fossem letras de música ao telefone no andar de baixo: "Não é questão de permanecer jovem. É questão de amar a velhice".

Quando desligou, ela me chamou lá embaixo.

— Agenda meu botox — disse. — Não vou aparecer na TV sem meu botox.

Eu a ouvi dizer isso, então quase imediatamente ouvi o eco de como eu repetiria isso para outras pessoas. E eu *repeti*, naquela noite e em outras. Coloquei saltos altos e caminhei mais de um quilômetro por ruas chuvosas para um coquetel embaixo da ponte do Brooklyn. Assim que cheguei, peguei uma bebida e já fui falando.

— Adivinha o que minha chefe falou?

Contei a amigos, conhecidos, desconhecidos, qualquer um que quisesse ouvir. Não importava se sabiam quem eu era ou não. A piada funcionava de todo modo. Isso era a essência de Nova York. Contar histórias não era conversar com ninguém em particular, era só questão de falar. Algo havia acontecido com você que poderia ser contado para entreter outra pessoa. Era solitário, esse tipo de conversa. A verdade sobre ser jovem parecia um segredo vergonhoso que todo mundo concordara em guardar.

Toda noite eu dizia coisas do tipo: "Hoje eu e minha chefe ficamos bêbadas no almoço. Hoje minha chefe foi na *Oprah*! Hoje gastei mil dólares em cestas de presentes. Hoje usei a palavra 'outonal' duas vezes e em ambas eu falava com vendedores de tulipas".

Os lugares onde eu dizia essas coisas importavam tanto quanto dizê-las. Os fatos e sentimentos da minha vida eram apenas tão importantes quanto os lugares onde eram expressos. O Pegu Club, o SKINnY, o Milk and Honey, o Marlow & Sons, o Slaughtered Lamb, o Kettle of Fish, o Dove and Freemans, lugar que vende *arepas* perto da Primeira Avenida, um café chamado Think, um restaurante chamado Snack e outro chamado Home.

Nós todos ficávamos na rua até tarde, pois era nosso "dever" como jovens, contando lorotas impetuosas e elegantes típicas dos covardes. Levávamos nossas vidas no limite. Encontrávamos correlações trágicas e engraçadas entre nossas vidas e as vidas de celebridades, o andamento de guerras injustas, o terceiro mundo e seus líderes charlatões, o planeta e seus vários calcanhares de Aquiles — os mares, a atmosfera. Zombávamos de tudo e logo parávamos, de forma bem abrupta, para mostrar que sabíamos como levar as coisas a sério. Comíamos bem. Falávamos sobre comida; falávamos sobre a comida que não comíamos — em outros restaurantes, em outros bairros. Falávamos sobre tristeza, como nunca a conhecemos de fato. Falávamos sobre genocídios esquecidos porque as pessoas só falavam do Holocausto. Falávamos sobre nós mesmos, principalmente, e com quem trepávamos.

Eu falava sobre Louis, um professor casado que me recebia, expressão dele, de tempos em tempos. De forma idiota, eu me apaixonei por ele. Ele havia escrito um livro sobre antigas mulheres místicas, aquelas que passavam fome e se feriam, chamado *Como Julian encontrou o Deus dele?*. Ele costumava me perguntar sobre meus dois anos de anorexia. Três, se contasse outro ano em que não menstruei.

— Era meu Deus doente — expliquei a ele.

Eu era assim, vibrante, brincalhona.

— Você é jovem — respondeu, colocando sua mão no meu joelho. — Mas deveria se levar mais a sério.

Contei aos meus amigos o que ele havia dito, e nós rimos. Eles sempre me incentivam a tentar o contrário.

Havia coisas que eu não contava a ninguém. Hoje fiquei de quatro no banheiro da srta. Z e esfreguei manchas de urina deixadas por seu cachorro moribundo. Hoje vi a srta. Z fazer sua empregada chorar. Ficava por dizer, reformulado em frases como: "Hoje fui paga para ver uma mulher adulta chorar".

Comecei a viver meus dias em pequenas frações independentes. Trabalhava como assistente pessoal de uma mulher com reputação de tratar as pessoas como lixo, e ela me tratava como lixo. Não conseguia inventar versões espirituosas para descrever o resto. Em meio ao caos, comecei a cuidar da minha avó senil. Ela não era inspiradora, não fazia sexo nem tratava as pessoas como lixo. Ela só estava envelhecendo.

Depois do trabalho, em dias alternados, eu ia para a Grand Central e pegava o trem para Greenwich. Os vagões eram repletos de trabalhadores de terno indo para os bairros residenciais, rumo ao seu descanso de doze horas, afrouxando as gravatas. Na companhia deles, eu partia para as horas mais difíceis do meu dia: ajudar vovó Lucy a caminhar pelo quarteirão; colocar fatias de limão em cervejas Corona, seu único prazer; passar cremes e loções na pele enrugada e fina de suas bochechas cheias de rosáceas.

Do lado de fora das janelas do trem, Connecticut se estendia em uma imensidão infinita de depósitos de madeira e guetos divididos por cercas, cemitérios de ônibus aposentados e banheiros químicos, escombros abandonados sob o crepúsculo repentino. Às vezes eu viajava no vagão do bar, onde os homens viravam copos plásticos de gim aguado a fim de se prepararem para as provações de suas esposas e seus filhos. "Prefere ficar sozinha?", pensei. "Tem certeza?" Eu imaginava vovó Lucy olhando para a porta esperando minha chegada, empoleirada como um pássaro em seu apartamento silencioso cheio de cores: paredes amarelas, carpete azul, sofá roxo, tendo esses tons nauseantes como sua única companhia.

Todo esse colorido surgiu com a idade — uma concessão, talvez, a um desejo silencioso de animação em circunstâncias solitárias. Sua antiga sala em Los Angeles tinha paredes brancas e um sofá branco, que serviam de camuflagem para a pelagem branca de seu gato branco, o Boo. Ele tinha um irmão chamado Radley, um malhado que foi viver com novos donos alguns meses depois de a vovó Lucy adotá-lo. Eu sempre me perguntei se ele foi mandado embora por não combinar com o sofá. Boo morreu quando eu tinha dezesseis anos. Vó Lucy guardou suas cinzas numa caixa de prata ao lado de sua melhor porcelana.

Passávamos as noites assistindo a filmes sobre espiões e ladrões de bancos. Calçávamos botas grossas e caminhávamos ao redor do estacionamento. Ela gostava da forma como eu me vestia, então eu escolhia meu visual com cuidado: saias amplas com grandes echarpes berrantes, blusas com detalhes em lantejoulas ou bordados delicados. "Você é autêntica, Stella. Gosto disso", dizia ela. A verdade era que eu fazia compras em lojas recomendadas por outras pessoas ou por blogueiras de confiança. Mas valia a pena por estampar um sorriso no rosto dela.

Apesar de Lucy se esforçar para manter o que ainda restava de sua vida em ordem, cada vez ficava mais difícil. Ela tomava muitos remédios, mas não sabia os nomes, apenas o que faziam: "Esse é pra quando meu coração fica rápido demais", explicava ela. "Tem outro para quando está lento demais." Eu os organizava em caixinhas com divisórias para cada dia da semana. Descobri como era o corpo dela na água fumegante da banheira: hematomas escurecendo suas coxas, seios caídos pendurados como sacolas plásticas sobre a pequena saliência de sua barriga. Ela tinha um nariz alongado, harmônico e impetuoso, com um perfil assertivo. Usava lápis rosa-claro no contorno de seus lábios finos, mas não conseguia passar direito. A cor sempre borrava para dentro, como se ela a sugasse. Ela amava maquiagem desde que eu a conhecia.

"Sua mãe sempre foi uma beldade", ela me disse uma vez. "Mas ela nunca pareceu notar."

Lucy sempre acreditou que, se pudesse fazer com que a filha fosse diferente dela, diferente o suficiente, ficaria satisfeita. Agora ela tinha oitenta anos e ainda se perguntava: "Será que ela estava satisfeita?". Vovó Lucy tinha um corpo que parecia robusto e prático. Era difícil de acreditar que ela era a origem dos traços de minha mãe: uma compleição pequena, mas impetuosa, e traços que pareciam entalhados em pedra. Cada pedacinho do corpo de minha mãe era magro, até os dedos. Ela parecia prestes a se partir em mil fissuras ocultas.

Eu era mais parecida com Lucy do que com minha mãe. Eu tinha certa beleza, mas não era delicada. Em vez de me proteger, era como se as pessoas quisessem testar meus limites. Eu era mais alta do que a maioria dos homens quando menstruei pela primeira vez, mais de um e oitenta, e minha constituição física era robusta e intimidadora. Minha única parte frágil eram os olhos — azuis-claros quase sempre úmidos, geralmente lacrimejando. Meu pai os chamava de "tempestuosos". Meus membros pareciam pesados, e eu os sentia assim: minhas pernas eram como troncos retos, minhas mãos tinham veias bem marcadas e meus dedos eram fortes como garras. "Você tem uma presença forte", dizia minha mãe. "Devia ter orgulho disso."

Ela desprezava a beleza de uma forma que só as mulheres belas podem fazer. Certa vez, ela me disse: "Aparência conta, creio eu, mas não se pode fazer muito para mudar isso". Então acrescentou: "E ela não consegue o que você realmente quer".

Ficou brava quando pedi uma revista de noiva no meu décimo aniversário. Eu adorava olhar para aquelas mulheres de porcelana, com vestidos de seda bem justos em suas cinturinhas de boneca. Elas tinham pernas e braços tão finos que dava a impressão de que se poderia dobrá-las numa caixa como marionetes retorcidos. Eu imaginava suas vidas como cômodos bem arrumados, suas emoções como móveis sofisticados cobertos de tecido macio — a calma do autocontrole, a tranquilidade de ser totalmente desejada. Eu vira uma foto de minha mãe em seu vestido de noiva e fiquei sem fôlego — "Nasci dela", pensei. "Não devia ser possível" —, mas eu sabia que nunca podia expressar toda minha admiração, nem que fosse um pouquinho, porque não era o tipo de admiração que ela desejava.

Vó Lucy sempre foi reservada em relação ao próprio corpo; nunca usou palavras como "mijo" ou "meleca". Agora ela não conseguia esconder nada. Teve episódios de diarreia no sofá e no carpete. Ela comia ameixas porque os analgésicos a deixavam constipada.

— Talvez as ameixas não sejam uma boa ideia — aconselhei. Ela era frágil demais para ir rápido ao banheiro. Caminhava apoiando uma das mãos nas paredes ou nas mesas. Seus nervos davam alarmes falsos; a coceira não diminuía. Ela se convenceu de que gengibre ajudaria.

— Gengibre? Por que gengibre? — questionei.

Ela puxou uma folha de papel amarelo da despensa, enfiada atrás de latas de sal e farinha. Mostrava o mapa do corpo humano, coberto com caracteres chineses e arcos vermelhos brilhantes conectando os membros, como um pôster de companhia área mostrando as rotas entre cidades. Era de Matilda. Vovó Lucy explicou o melhor que pôde.

— Ela achava que tudo estava interligado. Achava que era possível fazer seu estômago melhorar se massageasse os dedos do pé da forma certa. — Matilda também tinha ideias peculiares sobre quais cores deveriam ser visualizadas antes de adormecer: azul-claro e dourado. — Ela pintou o teto — contou vovó Lucy. — O quarto dela ficou fedendo a aguarrás por dias.

A ideia maluca do gengibre era de Matilda. Segundo ela, você deveria mantê-lo debaixo da língua até queimar. Servia para distrair você de outras dores.

— Vale a pena tentar — argumentou vovó. — Não tenho muito a perder.

Toda terça uma mulher chamada Juana ia ao apartamento. Ela trabalhava para vovó Lucy havia anos. Limpava a casa e preparava potes de sopa que ficavam na geladeira a semana toda: chili de peru que parecia comida de cachorro, sopas espessas como massa corrida, macarrão com frango desfiado. Lucy começou a gostar de texturas de comida de bebê. Suas gengivas sangravam a toda hora. Ela quase não tinha apetite e já tinha perdido muito peso. Eu tinha sorte quando conseguia fazer que comesse uma tigela de ervilhas ou de bisque, mas só as cremosas, sem pedaços. Quando ela agarrava a colher, seus dedos ossudos mostravam os contornos-fantasma onde antes havia carne.

Uma vez ela adormeceu comendo um ensopado. Mais tarde, encontrei grãos de milho espalhados por todo o sofá. Juana me falou sobre os produtos de limpeza. Mostrou como usar o limpador de carpete nas manchas de diarreia e explicou a diferença entre as marcas:

— Essa você pode usar no sofá. Essa, não.

— Muito abrasivo? — perguntei. Ela apertou o nariz. Entendi. Muito fedido. Juana ficava muito emotiva com a condição de minha avó.

Uma tarde, eu a encontrei chorando na cozinha.

— Chega — disse ela. — Odeio isso.

Eu odiava também, mas nunca chorava por isso. Por muitas vezes, senti vontade, mas nem sei se conseguiria chorar. Afaguei o braço de Juana. Meus dedos pareciam de madeira, inumanos.

— Você é muito… como se diz? Forte — titubeou. — Muito forte.

Balancei a cabeça. Eu não era forte. Só era organizada em pequenos compartimentos internos. Cada parte não sabia, necessariamente, da outra. Algumas delas, eu não via há um bom tempo.

Eu voltava para a cidade depois da meia-noite e ligava para os amigos que eu sabia que estavam acordados: os que não tinham empregos, os artistas que viviam de renda e os claramente pobres, os ambiguamente deprimidos — diagnosticados ou não, os que vivam tão longe no Brooklyn que praticamente viviam em Jersey. Conversávamos com hálito de cerveja, fermentando nossas palavras com sabedoria. Eles contavam como haviam visto ratazanas do tamanho de cachorros em suas escadarias, como haviam desaprendido as regras estéticas de séculos anteriores. Eu falava sobre como encarava a mortalidade em Connecticut. Ficávamos acordados até de manhã porque queríamos nos sentir exaustos — simples assim, reduzidos a nada —; caso contrário, temíamos que pudéssemos sonhar.

Uma noite eu não liguei para ninguém. Queria encontrar um homem, qualquer homem, que pudesse ceder seu rosto para personificar minha solidão. Eu já me sentia só. Eu precisava desse estranho, onde quer que estivesse, quem quer que fosse, como prova. Eu o encontrei num pub irlandês em Midtown, um homem careca sentado sozinho perto do banheiro. Gostei de sua voz quando me ofereceu um uísque. Respondi que queria puro.

Quando repetiu meu pedido para a atendente, sua voz foi vigorosa e segura, como se entendesse exatamente por que eu precisava do uísque puro.

O ARMÁRIO DE BEBIDAS 27

Ele se certificou de que fizessem certo. Se eu semicerrasse os olhos, sua cabeça parecia brilhar. Ficava borrada como uma lâmpada vista através de lágrimas.

Bebemos. Falamos dos perigos da idade e das desilusões da juventude. Às vezes ele batia na cabeça como uma simpatia:

— Bata na madeira.

Ele me perguntou por que eu não tirava os olhos de sua cabeça. Respondi:

— Gosto de como brilha.

Bebi um pouco mais. Ele bebeu um pouco mais. Disse que era médico especializado em lesões do cérebro.

— Procurar e destruir — explicou com paixão, batendo na madeira de sua cabeça mais uma vez.

Eu me perguntava se ele ao menos tinha frequentado a faculdade de medicina.

Pedi à garota do bar uma cereja em calda para mastigar o cabinho. Como as pessoas conseguem dar nó nesse treco com a língua? Parece uma prova das proezas de que o corpo humano é capaz, algo que a mente não consegue controlar. *Procurar e destruir*. Você pode danificar qualquer parte do cérebro que quiser, e algumas pessoas ainda seriam capazes de dar nós nesses cabinhos. Eu não, mas outras, sim.

— Só estou tentando ajudá-la — desabafei. — Mas acho que não é o suficiente.

— Minha doce menina. — Ele sorriu. — É o suficiente.

Ele colocou o braço nas minhas costas e senti sua mão se movendo por baixo da minha saia, apertando minha bunda. Bati no braço dele.

— Estou revelando algo sincero sobre minha vida.

— E?

— E você não dá a mínima.

Ele apertou mais forte e riu.

— Claro que não dou.

Fiz sinal com o dedo para ele se aproximar, como se eu fosse contar um segredo. Então me inclinei em sua orelha e cuspi.

— Sua vadiazinha! — vociferou ele. — O que foi isso?

Olhei de um lado para o outro, para o rosto de outra pessoa, para a porta. O uísque borrava as luzes. Não deixei dinheiro algum. Mal consegui sair, cambaleando.

Um dia, minha amiga Alice me convidou para o coquetel de lançamento de um longa. Não um filme, um longa. Alice era atraente o suficiente para se divertir em qualquer lugar. Era meio alemã, meio japonesa — segundo ela, "uma filha do Eixo". Era linda, com a pele lisa e bizarra como de uma boneca. Exalava a segurança de quem sabe que é atraente, algo que era ao mesmo tempo fruto e semente de sua beleza. Abusava de todo tipo de droga, sem se tornar inconveniente.

Segundo ela, essa festa seria irada, cheia de gente de Los Angeles.

— Sou de Los Angeles, argumentei.

Ela fez uma pausa.

— É — respondeu. — Mas não como eles.

Ela queria ir cedo, lá pelas onze. Ainda significava que eu não poderia visitar vovó Lucy. Liguei para Juana e perguntei se ela se importaria em levar um pouco de sopa naquela noite. Podia fazer companhia enquanto Lucy comia? Podia. Às vezes, a vovó Lucy derramava comida em si sem perceber. Um dia, ela derramou mingau de aveia na coxa, deixando um vergão vermelho e grãos grudados como uma segunda pele.

A festa foi num armazém sujo em Bushwick. O longa, que quase ninguém havia assistido, era sobre valentões da escola. O mote era que os valentões tinham superpoderes, mas os garotos do bem tinham poderes ainda melhores. Havia violência cômica, mas não excessiva, por motivos que tinham a ver com a classificação etária. Havia possíveis implicações políticas. Uma mulher na festa falava alto — talvez bêbada, talvez sóbria — sobre juízos de valor. Segundo ela, era uma alegoria para a guerra contra o terror, política oficial de tortura e por aí vai.

— Então qual é a mensagem? — argumentou. — Tudo é justificado desde que apenas os malvados se machuquem?

Alice passou a viagem me contando sobre seu atual namorado, seus mecanismos de distanciamento e seu perfume horrível. Sabia bem do que ela estava falando. Apesar de nunca usar perfume, Louis tinha muitos mecanismos de distanciamento: por exemplo, uma esposa. Ele fazia nossos silêncios — nosso fracasso em compreender um ao outro, seu fracasso em tentar — parecerem sintomas inevitáveis da condição humana.

Agora a festa estava tão barulhenta que eu mal podia ouvir Alice, apesar de conseguir ler em seu rosto — pelos lábios franzidos ou pelo sorriso escancarado, que formava um O em direção ao seu martíni frozen — se ela esperava que eu risse ou fechasse a cara. Ocasionalmente, ela esperava que eu respondesse. Ela queria saber, por exemplo, se o jeito de Louis era muito teórico. O jeito dele para quê? Essa foi uma das perguntas que eu não consegui ouvir, ou prestar atenção, direito. A imagem de vovó Lucy jantando não saía de minha mente: um robe de anarruga grudado nos seus joelhos, úmido de caldo de galinha, coberto por um ninho de migalhas de biscoito e comprimidos azuis caídos entre suas almofadas. Toda hora Alice tocava meu braço e dizia algo como: "Isso não é o *máximo?*".

Alice e eu tivemos transtornos alimentares na mesma época da faculdade, eram uma afinidade em comum — uma atividade extracurricular, assim como cocaína ou vôlei para algumas pessoas. Ela me ensinou seus truques, como beber água quente para se manter aquecida. Ela podia virar quinze copos numa refeição, envolvendo os dedos no copo para absorver o calor. Ela me disse que agricultores de chá-verde faziam isso durante os invernos em Shizuoka, em seus barracos de madeira frios. Ela se treinou para acreditar que tinha esse ímpeto gravado em seus ossos. Eu pensava nos ossos dela mais do que nos das outras pessoas. Eram como gravetos sob sua pele. Eu me lembrava dessa antiga versão de Alice como uma lenda, uma coleção de detalhes surreais, mas na verdade ela só estava passando fome, ambas estávamos: totalmente infelizes e isso era evidente.

Nós nos recuperamos juntas, ou dissemos que sim, passando por um circuito de palestras terapêuticas e grupos de discussão. Tirávamos sarro dos bordões clichês e das meninas que não pareciam magras o suficiente para estar lá. Nós mesmas ganhamos alguns quilinhos. Dizíamos que estávamos sofrendo, e era verdade. Nós *sofríamos*. Sentíamos algo, mas usávamos como desculpa, e essa era a pior parte. Quando finalmente percebemos nossa dor, cavamos fundo e falamos sobre ela, nós a encontramos desfigurada por nossas manipulações, do jeito que a tínhamos distorcido para conseguir o que queríamos. Mal podíamos reconhecê-la. Já nem era mais nossa. Então Alice ficou mal de novo, pior do que eu jamais ficara, e nos afastamos.

Agora torcíamos o nariz para nossos "eus" passados.

— Era tão ferrado o modo como éramos na época — concluía.

Alice não estava rechonchuda, mas dava para ver que ganhara peso pelo volume de seus seios. Com certeza, seu sutiã aumentara alguns números. Ela tinha uma forma estranha de falar sobre sua doença.

— Foi a pior coisa que já aconteceu comigo. E a melhor — dizia. Ela tomava Prozac agora. — É uma droga pesada. Ela nos tira algo — reclamava.

Não tirava tudo. Ela ainda era uma contadora de histórias animada, cheia de casos sobre as pessoas que lhe faziam encomendas de obras de arte para seus lofts e apartamentos. Tinha um apurado interesse por outras pessoas e um senso de humor cujas farpas afiadas, que emergiam sem aviso, me davam uma amostra de como as outras pessoas me viam, uma expressão retorcida com um sorriso forçado. De vez em quando, ela pausava no meio de uma história e olhava para o nada, como se examinasse o horizonte. Talvez esperasse a volta de sua doença ou outro tipo de problema. Havia essa esperança em seus olhos, apenas uma centelha.

O ambiente ao nosso redor estava repleto de personagens, locais e estrangeiros, como borrões trazidos à vida de tirinhas de jornal: hipsters com mullets e suspensórios; garotas em leggings, seus punhos estreitos se movendo como peixes voadores envoltos em braceletes reluzentes. Havia uma mulher sentada em um canto com dois furões aninhados em seus ombros, como parênteses. Um homem encaixou uma fotografia de David Bowie no decote de seu colete de lã, de onde saíam pelos grossos e emaranhados, e pediu para que eu tirasse uma foto dele.

— Use meu celular, tem uma câmera — orientou.

As pessoas falavam alto porque queriam ser ouvidas por seus interlocutores e também pelos estranhos ao seu redor. Uma mulher anunciou que fora escolhida para estrelar mais um comercial de facas, mas temia que isso significasse que suas mãos eram masculinas demais. Um homem falava de seu trabalho como diretor de fotografia para um documentário sobre entusiastas de Monopoly no Tennessee. Um cara conhecia um amigo de um amigo que estava fazendo um longa sobre raiva, a doença. Havia também muita gente dançando. Eu gostava disso.

Alice adorava falar sobre minha segunda vida, no Norte.

— Todo mundo que conheço está estudando ou trabalhando. Mas você está vivendo uma *experiência* de verdade — argumentou ela.

Ela reclamava do namorado, aquele que tinha cheiro de europeu fazendo amor, e do complexo de vaidade dele em relação à arte dela.

— É como se toda tela fosse um espelho — resmungou. — Ele só vê a si mesmo.

Eu só conseguia ver: caldo de galinha, robes, comprimidos.

— Babaca — respondi.

— Não é como se toda obra de arte fosse baseada nele — acrescentou ela.

A maioria da arte dela provavelmente era inspirada nele, ou pelo menos na ideia dele.

— Muito babaca — reiterei.

— Não me leve a mal — desculpou-se Alice. — Mas você costumava se expressar melhor.

Vovó Lucy tinha uma pequena varanda, espremida entre varandas de solteiros cobiçados que trabalhavam no mercado financeiro, onde ela gostava de se sentar ao entardecer, mesmo durante o inverno. Quando começava a escurecer, ela ficava mais quieta e confusa. Os médicos tinham um nome para isso. Chamavam de síndrome do pôr do sol.

— Dora administrava um orfanato na África — comentou Lucy. — Ela ajudou a construí-lo. Quebrou o dedo.

— Minha mãe ajuda *pessoas de origem africana*, você quer dizer — corrigi. — No escritório de advocacia.

Uma enfermeira particular, que começou a vir uma vez por semana, me explicou sobre esses momentos de crepúsculo.

—Acontece com gente mais velha — disse ela. — Ficam confusas. Acontece com a precisão de um relógio. Sabe-se lá o motivo.

A síndrome do pôr do sol era como uma metamorfose. O verdadeiro "eu" de vovó Lucy — divagante e delirante, ávido em acreditar em histórias que nunca aconteceram — esperava até o cair da noite para emergir das sombras. Lucy começava a falar comigo como se fosse cega, seu olhar perdido em outra direção, enquanto se lembrava dos sanduíches favoritos de sua filha perdida e de quanto trabalho Matilda dava para dormir à noite.

Entre a lucidez implacável de seus dias e as falas entorpecidas de suas noites, havia esses crepúsculos, quando era impossível distinguir o que era real e o que era imaginado. Matilda poderia ser uma atriz agora — ou poetisa, garçonete, caixa de banco ou apenas uma típica mãe de classe média —, discreta em seu sucesso. Segundo Lucy, Matilda era o tipo de mulher que poderia ter morrido jovem. De início, chocou-me ouvi-la imaginar a morte da própria filha dessa forma — tão calma, com um ar melancólico —, mas percebi que a morte não despertava em nós o mesmo sentimento. Para Lucy, estava tão perto que quase podia ouvi-la, como um zumbido distante. Quem sabe o que lhe reservava? Talvez a filha, à sua espera. Talvez as aproximasse como nunca.

Minha mãe me ligava todo dia. Queria relatórios pelo telefone.

— Sua avó nunca me conta o que está de fato acontecendo. — Ela fez uma pausa. — Sempre foi orgulhosa pra danar. — Minha mãe não tinha ideia de onde tinha ido parar o orgulho de vovó. — Ela está comendo direito? — quis saber. — O que ela está comendo? — Contei a ela sobre as refeições, mas não consegui explicar as longas horas entre elas, as horas de confusão e tédio, os constrangimentos impostos por seu corpo. Você não entende o que significa uma pessoa estar morrendo, ou como é essa decadência, até ver por si mesmo.

Vovó Lucy falava de Matilda com frequência, apesar de não mencionar os motivos de ter abandonado a família, ou de ter sido abandonada; de ter cortado os laços, ou de ter sido cortada. Só falava de como era a filha quando jovem.

— Não devia ter acontecido — disse ela, certa vez. — Foi terrível.

— O que foi terrível?

Pensei que talvez fosse uma história nunca contada, uma história sobre o rompimento com a família.

— Matilda era só uma menina — continuou. — Mas depois dele… — Sua voz ficou aguda e chorosa, como se uma antiga ferida de repente abrisse em carne viva.

Fiquei com o estômago embrulhado. Ela havia sido estuprada ou engravidado.

— Ela foi atrás dele. Acho que nunca mais vou encontrá-la.

Uma noite, Alice me levou para ver uma peça sobre a aids na África rural. Foi apresentada por uma trupe de mímicos, com a intenção de ecoar os sentimentos daqueles que perderam seus familiares sem sequer saber o nome de seu algoz. Eles arranhavam a pele para representar as lesões e deslizavam os dedos ossudos por seus torsos para mostrar a emaciação dos corpos humanos.

Depois, nós bebemos. Bebemos Jack Daniel's com Coca diet e contamos a estranhos num bar estranho sobre a tristeza que havíamos testemunhado.

Um telefonema me acordou antes do amanhecer. Eram quatro da manhã, e vovó Lucy havia caído.

— Estou bem — disse ela. — Mas estou caída aqui há horas.

Ela explicou que precisou usar o banheiro e se esqueceu da luzinha noturna. Estava escuro, esse era o problema, e ela tropeçou num banquinho.

— Onde você está agora? — perguntei. Eu já estava atrasada para o trabalho. A srta. Z daria uma entrevista, gravada por alguém para alguma coisa, num Starbucks de Upper East Side.

— Estou perto do fogão — contou vovó. — Estou ao lado dos pés do fogão, mas também posso ver a sala.

— Mas a cozinha não fica no caminho para o banheiro — argumentei. — Você falou que estava indo ao banheiro.

Não fui ao Starbucks. Recebi uma enxurrada de mensagens da srta. Z, como eu sabia que aconteceria. Deu tudo errado, e eu pagaria caro. Será que eu sabia disso também? Eu realmente entendia as consequências? Melhor que sim. Entenderia na marra, disso eu tinha certeza. Em certo ponto, ela pediu para a empregada continuar deixando mensagens na minha secretária eletrônica, uma por hora, mas a voz da empregada tinha um tom desanimado e um pouco desdenhoso: eu conseguira escapar. Ela ainda estava lá.

Lucy não estava inconsciente, só incapaz de se levantar. Era frágil como um passarinho, mas era difícil erguê-la. Se eu arrastasse seu corpo pelo chão, sua pele rasgaria e sangraria.

— Tome cuidado — pediu ela. — Tome cuidado comigo, tá bom?

Liguei para minha mãe.

— As coisas não estão bem aqui — avisei. — Acho que você deveria vir assim que possível.

Ela disse que estava finalizando um processo importante. Será que eu acreditaria — "*por favor*, pois é verdade" — que era um caso de vida ou morte? Ela comprou uma passagem para a semana seguinte. Decidi que a vovó Lucy não passaria outra noite sozinha. Eu me instalaria em seu sofá roxo até minha mãe chegar.

Falei para a srta. Z que minha avó havia morrido porque foi a única forma que pude pensar para conseguir a semana de folga. Arrumei umas roupas em uma mochila e, pela primeira vez, comprei uma passagem de trem só de ida.

— Não precisa ficar — argumentou vovó. — Eu estou bem.

No entanto, ela pareceu grata quando cheguei. Arrumou o sofá da melhor maneira que pôde, prendendo os lençóis de modo desajeitado entre as almofadas. Visualizei suas mãos tremendo, tentando fazer direito. À noite, uma trilha de formigas fluía dos armários da cozinha, em um ritmo silencioso e constante, como um minúsculo riacho. Eu bebia vinho tinto barato. Ajudava as longas horas a se esvaírem até eu pegar no sono. Um dia, um corvo preto deixou cair o corpo de um rato no peitoril recoberto de neve, e eu o empurrei com uma vassoura, vendo-o despencar três andares até a rua.

Foi uma semana de frio intenso, com restos de neve suja e endurecida se empilhando pelas ruas, mas nossas horas juntas eram como um estado febril, torpe e letárgico. Vovó Lucy estava piorando. Mal se alimentava. Parecia que seu corpo definhava diante dos meus olhos, em questão de horas. Ainda assim, eu desbravava o inverno para encher a geladeira com seus alimentos favoritos: uvas verdes, leite integral, pudim de arroz e garrafinhas de cerveja que pareciam ter sido feitas para mãos infantis. Ela não comia muito além do pudim. Segundo ela, as uvas eram muito azedas e o leite, grosso demais, como um tecido molhado mergulhando em sua garganta.

— Não consigo respirar quando bebo o leite — explicou. — Me engasgo.

As memórias emergiam sem aviso ou contexto.

— Ela me bateu uma vez — disse. — Sabia disso?

Balancei a cabeça. Dava para ver pelo seu tom de voz, seu silêncio lúgubre, que falava de Matilda.

—Acho que ela podia ter me matado — acrescentou. — Se estivesse bêbada o suficiente.

— Ela tinha problema com bebida?

Vovó Lucy fez uma pausa, então balançou a cabeça, confusa, como se tivesse se esquecido do que eu havia perguntado.

— Ela era tão bonita... — divagou. — Quando era jovem.

Encontrei alguns poemas que conferiam algum sentido à minha vida. Eu os lia quase no escuro, tentando passar o tempo para que não fosse dormir vergonhosamente cedo. "Quando estiver velha, grisalha e dominada pelo sono..." Minha garganta estava áspera por causa do vinho; e uma raiva emergia dela como muco. Como alguém podia escrever essas palavras depois de ver a velhice por si mesmo? "Mas um homem amou sua alma peregrina / E amou as tristezas gravadas em seu rosto desfigurado." O que o jovem Yeats sabia sobre os corpos de mulheres velhas, como seus pelos púbicos ficavam grisalhos entre as coxas?

Eu não conseguia olhar para minha vagina sem imaginar os lábios murchando como uma flor. Não conseguia me masturbar havia semanas, e não era por falta de tentar. Trazia à mente todas as velhas fantasias obscenas da minha adolescência — homens ricos me pagando por sexo, deslizando os dedos grossos por minhas costas —, porém elas não funcionavam mais. Meu corpo parecia oco, apenas carne sem vida pendendo do tronco eviscerado: a nascente de meus orgasmos, antes de a visão do corpo de Lucy a fazer secar.

Eu estava um pouco bêbada quando minha mãe chegou. Vovó dormia. Eu não queria estar bêbada, mas ela estava duas horas atrasada e comecei a pensar que não vinha. Abri a porta, e ela me abraçou, um movimento rápido como um batimento cardíaco. Suas mãos pareciam pedras de gelo.

— Meu Deus, você está com cheiro de vinho!

— Bebemos um pouco no jantar. — Minha cabeça ainda estava pesada, envolta em uma doce névoa. Eu tinha cochilado.

— Sua avó bebeu também?

— Só cerveja, como sempre — respondi.

— Ela não devia beber nada — resmungou, esfregando as mãos. Estavam sem luvas, com um tom azulado.

— Frio? — perguntei. — Acho que é pior em março. A gente começa a torcer para melhorar, mas só piora.

— Estou bem — disse ela. — Fiquei do lado de fora por uma hora em Howard Beach. Algum problema com o trem A para a cidade.

Ela veio lá de Nova York e economizou a passagem de avião, mesmo tendo muito para gastar.

— Quer chá?

— Não, não quero. — Ela pegou a garrafa vazia da mesa e apertou os olhos para ler o rótulo. — Ela precisa muito de nós duas, Stella. E precisa de que estejamos bem lúcidas.

— Eu precisava relaxar um pouco.

— Relaxar nunca é uma solução de longo prazo.

— Não é uma situação de longo prazo, mãe.

Ela soltou a garrafa abruptamente.

— Não fale assim. Pelo menos não perto de mim.

Começou a recolher coisas do chão — livros e revistas — e empilhar na mesa. A sala de sua casa era impecável, até a cozinha era imaculada. Era assim que ela vivia. Eu me lembrava dela brava com meu pai antes do tra-

O ARMÁRIO DE BEBIDAS 37

balho, irrompendo pela porta da frente, gritando: "Ah, tenha paciência, Jay, você espalha suas coisas pela casa toda".

E me lembro da resposta dele: "Eu *moro* aqui. E minhas coisas moram aqui também".

Agora ela fazia caretas para as pilhas que estava fazendo, e começou a reorganizar tudo.

— Tem sido difícil — argumentei. — Não sou boa nisso.

— No quê?

— Em ajudá-la a envelhecer ou impedi-la de envelhecer ou no que for que eu deveria fazer para ajudar. É demais, sabe? As quedas, todos os remédios que precisa tomar, seus delírios, sua incontinência e todo o resto. Ela está *esquelética*, mãe. Você vai ver.

Mesmo na cama, deitada, enrolada como um bebê de frente para o aquecedor, o contorno esquálido de vovó Lucy denunciava seu declínio.

— Ah, mãe... — suspirou minha mãe. — Olha só você.

Tudo em que ela reparava parecia uma acusação:

— Não acredito que ela está vivendo assim — dizia ela, olhando para a bagunça, que eu conhecia muito bem, pois estava daquele jeito havia meses.

"O que eram todos aqueles remédios? Onde estavam as receitas?", queria saber. Eu não pude responder, pois não sabia. Vó Lucy tinha comprado aqueles remédios havia muito tempo, ou talvez tivesse pedido a Juana, mas não conseguia se lembrar dos nomes quando eu perguntava. Os frascos estavam vazios no armário, todos bagunçados.

— Isso não é nada bom — resmungou. — Nada bom mesmo.

Ela achou tudo muito deprimente.

— Vovó decorou do jeito que ela gosta — falei. Eu odiava tudo havia semanas, todas aquelas cores vivas, em uma combinação harmoniosa, como se fossem suturas fechando uma ferida. Mas agora eu estava na defensiva.

Minha mãe sugeriu que eu tirasse o fim de semana de folga.

— Estou aqui agora. Cuido de tudo.

Eu a vi arrancando meus lençóis do sofá.

— Não vai dormir aqui? — perguntei.

— Vou dormir com ela — retrucou.

Eu não conseguia imaginar minha mãe dividindo uma cama com ninguém.

— E o que devo fazer? — questionei. — Enquanto você cuida de tudo?

— Por que não faz uma viagem com seu professor? — sugeriu ela. — Não é o tipo de coisa que te faz feliz?

Agarrei o punho dela.

— Por que está brava?

Ela fez uma pausa, ponderando as palavras.

— Ela piorou muito. Queria que tivesse me dito.

— Eu disse. Eu tentei.

Do trem, liguei para Louis. Normalmente, o orgulho bloquearia minha voz, me impedindo de falar, mas lá estava eu dizendo:

— Me leve para qualquer lugar. — E depois acrescentei: — Se conseguir dar uma escapada, claro.

— Vou ver o que consigo fazer — disse ele.

Segundo ele, crises eram importantes. Podem transformar uma pessoa em alguém diferente, ou elas podem se tornar você. Eram transformadoras.

Louis e a esposa moravam em TriBeCa, mas ele tinha um pequeno chalé em Vermont, perto de Mad River Valley. Era para lá que estávamos indo. Acho que ele disse à esposa que era um lugar aonde ele ia para se encontrar, quando na verdade era um lugar onde ele encontrava mulheres. Eu não me iludia. Sabia que eu era parte de um padrão. Eu havia estado lá uma vez, durante o verão. Os bosques eram cheios de muriçocas, ferozes em seus propósitos, e o calor úmido parecia o hálito de um bêbado sussurrando em seu ouvido. Descobri verdades importantes: não adiantava enfiar a calça para dentro da meia ou me lambuzar de repelente, os mosquitos sempre viriam e sempre partiriam com um pouco mais do meu sangue; Louis nunca teria uma vida comigo. Essas revelações eram incidentais e sintaticamente paralelas: o problema com os insetos, o problema com as expectativas.

Agora seguíamos pela neve em seu carro alugado com tração nas quatro rodas. Ele queria saber tudo sobre minha terrível situação em casa: minha avó conseguia tomar banho? Conseguia falar? Em que parte do corpo os ossos eram mais proeminentes? O trabalho de sua vida era tecer palavras sobre corpos danificados de mulheres: ele via algo sagrado neles, algo impressionante.

O ARMÁRIO DE BEBIDAS 39

— Me ajuda — falei. — Quero conversar com você.

— É uma situação difícil — ponderou. — E vai ficar mais difícil. Mas você consegue.

Você consegue. Eu não era idiota. Sabia o que ele me daria e o que não.

Passamos por restaurantes de beira de estrada e esqueletos de celeiros destruídos. Paramos para almoçar numa cidade chamada Windsor, numa pizzaria com duas vitrines: uma dizia "Pizza", a outra dizia, "& diversão". O lugar era lotado de samambaias. Só dava para ver folhas lá dentro.

— Esse lugar costumava servir pizza — brinquei. — Antes de uma planta comer o dono.

—Ah... — disse ele. — Plantas carnívoras.

Houve um silêncio. Ele fez uma pausa. Eu fiz uma pausa.

— Quer comer? — perguntou ele, enfim.

Comemos pizza com abacaxi e azeitonas pretas. O molho marinara estava aguado por causa do suco enlatado. Cada mordida parecia mais salgada que a anterior. Não fiz mais piadas.

Quando estávamos deixando Windsor, liguei para minha mãe. Louis disse que estávamos prestes a perder sinal. Ela não pareceu preocupada por eu ficar incomunicável.

— Estamos indo bem — concluiu. — Estou decifrando as receitas dela neste momento.

— Sei que os remédios vermelhos compridos ajudam com a dor. Mas a deixam confusa.

— Preciso desligar — interrompeu ela. —Estou na outra linha com o médico.

Quando deliguei o telefone, vi Louis olhando para mim como se eu fosse uma criança. Havia uma ternura em seus olhos que eu nunca havia visto. Ele e a esposa não tinham filhos. E não pretendiam ter, segundo ele.

Paramos numa drogaria para comprar suprimentos. Eu queria fingir que o fim do mundo estava se aproximando e estávamos abastecendo nosso abrigo secreto. Ele disse que, se precisássemos, podíamos voltar no dia seguinte.

Ele desapareceu numa gôndola e voltou com um pacote de camisinhas e um tubo do tipo de creme para dor que esquenta seu corpo até não doer mais.

—A única coisa melhor do que boquete é boquete com creme que esquenta — comentou. Ele estava tentando desanuviar o clima, uma expressão favorita da vovó Lucy. Fiquei feliz por ele estar pensando em sexo oral, mas também me perguntei qual seria o gosto do creme. Provavelmente nada bom.

Pegamos uma estrada de terra pelo bosque. "Meu bosque", como ele o chamava. Ele era um homem que tinha um apartamento na Varick Street e uma floresta toda em outro lugar. Ficou escuro cedo, e bebemos um vinho melhor do que eu havia provado em meses. Parecia estranho beber com outra pessoa; eu havia me acostumado à sensação de beber até me dissolver em delírio, no perfeito silêncio, até me sentir completamente incógnita.

Louis disse que tinha curiosidade sobre minha vida amorosa. Mas ele *era* minha vida amorosa. Ele quis saber se eu estava saindo com outra pessoa. Contei a ele sobre tentar me masturbar no sofá de Lucy. O assunto o interessou.

— E não conseguiu? — quis saber.

Fiquei surpresa com a rapidez com que tudo desapareceu, toda aquela dor — como eu podia me sentir pior por causa de Louis, que estava logo ali, do que pela lembrança do rosto dela tomado de dor, feições retorcidas como se uma mão invisível apertasse seu rosto.

Fiz um boquete com Louis sentado no sofá xadrez esfarrapado. Vi a capa de um velho filme pornô enfiado entre as almofadas. Ele se esqueceu do creme especial, mas eu não. Só não lembrei a ele.

Quando acabou, ele me disse:

— Agora vamos cuidar de você. — Transamos em cima de um tapete esfarrapado da cor de manteiga. Ele gozou, acho; eu não, disso eu tenho certeza.

— Teve orgasmo? — quis saber ele.

— Foi gostoso — falei.

Eu me deitei com o rosto virado para a lareira vazia. Ele me envolveu com os braços, e eu pude sentir os pelos de seu peito nos meus ombros. Fiquei zonza. Era a pegada forte de um corpo saudável, nada a ver com as costas curvas da vovó Lucy, sua pele descamando pelo carpete.

— Você é mesmo linda — disse ele.

Meu coração saltou sob minhas costelas, como um ratinho assustado. Ele nunca havia me dito isso.

— Sentiu saudade? — perguntei.

— Estou feliz de estar com você agora.

Eu me deitei de barriga para cima e cruzei os braços para cobrir meus seios. Olhei para ele. A barba por fazer refletia o brilho do abajur. Eu o desejava tanto... Ele não sentia vergonha de nada do que dizia. Era dono de todo um bosque! E não tinha medo de ferir sentimentos. Ele fazia isso parecer um tipo importante de coragem.

Quando voltamos para Windsor, meu telefone me notificou que eu tinha perdido dezesseis chamadas. Eram todas da minha mãe. Liguei de volta, e ela me disse que vovó Lucy havia desmaiado.

— Não é como das outras vezes — explicou. — Ela teve um evento cardíaco.

— O que é isso?

— É melhor você vir para cá. — Ela havia levado Lucy ao Hospital Greenwich.

Lucy estava num coma profundo quando cheguei lá. Tom já havia chegado. Eu fui a última. Minha mãe segurava um livro chamado *Horas preciosas*, cuja capa era coberta de flores. Parecia um livro que se compra na loja de presentes de um hospital. Mamãe andava de um lado para o outro na UTI quando a encontrei. Parecia cansada, e havia um furo em sua meia-calça, do tamanho do meu dedão.

— Você chegou — desabafou. — Até que enfim.

Senti um soluço subindo pela minha garganta. Não conseguia controlar.

— Ela morreu?

— Está com aparelhos. Sua mente se foi.

Envolvi minha mãe em um abraço. Ela parecia uma garotinha, muito menor do que eu. Tinha cheiro de suor velho e, mais de leve, de café.

— Sinto muito — sussurrei. — Sinto muito.

Ela me disse que tinha acabado de servir pudim à vovó Lucy. Foi quando aconteceu, de repente, sem nenhum motivo aparente.

— Pudim — repeti. — Ela comia muito pudim.

Mamãe me lançou um olhar, e percebi que eu a havia interrompido no meio de um pensamento.

— Ela me disse que eu havia desfiado a meia-calça. Foi a última coisa que falou.

— Não consigo acreditar — respondi.

Na verdade, não era algo tão inesperado.

— Só estou feliz que esteja aqui. Estou feliz que estejamos todos aqui.

Não era verdade. Faltava alguém. O nome de Matilda sequer foi mencionado no hospital, nenhuma vez.

Dizem que o corpo sabe de coisas, pode sentir uma presença mesmo quando a mente já partiu. Eu me perguntava se corpos também sentiam ausências. Vi um tremor percorrendo o peito emaciado de minha avó, provocando espasmos em seus braços como se tocassem algo elétrico.

— Esses movimentos são totalmente involuntários. A mente nem se dá conta deles — explicou o médico. — Ela já se foi.

Por um momento, imaginei que ela se agarrava à filha que nunca havia mencionado, aquela cujo corpo estava distante demais para tocar.

Juana chegou ao hospital em lágrimas, mas não falou muito. Ficou ao lado da janela, segurando um urso que havia comprado. O pôr do sol derramava raios esfumaçados no ambiente, tingindo o piso de linóleo como sopa de tomate. O ar frio entrava pela janela aberta e cutucava nossa pele como dedos. Havia um pequeno playground do outro lado da rua. Podíamos ouvir o guinchar de balanços enferrujados e as vozes agudas de crianças se provocando. Havia um cheiro doce, estranho, na brisa fria — como xarope de bordo. Os jornais diziam algo sobre um desastre numa fábrica em Jersey.

Tom pegou seu BlackBerry e buscou informações sobre a condição de Lucy. Ele queria saber o que havia acontecido com ela. "Envelhecer" e "morrer" não eram o suficiente como palavras-chave de pesquisa. E ele não conseguia ser mais específico.

Fiquei ao lado da cama de Lucy e segurei sua mão. Um respirador artificial fazia *claque, claque, claque* enquanto empurrava o ar para dentro de seus pulmões, um tubo plástico inflava e murchava como uma sanfona.

Fui ao banheiro e me sentei no reservado para pessoas com deficiência por quase vinte minutos, só para ficar sozinha.

— Chateada? — perguntou minha mãe quando voltei. Procurava em meus olhos sinais de lágrimas. Eu podia contar o número de vezes que havia chorado na frente dela. Mesmo quando tentava me reconfortar, sempre havia um desejo implícito em suas palavras, uma esperança de que, se eu tivesse chorado, eu encontraria forças para me controlar.

— Não — respondi. — Gostaria de estar.

Então ela me abraçou com força.

— Bem, disso eu entendo — confessou. — Já passei por muitas coisas na vida e mal consegui chorar por qualquer uma delas.

Estava um dia bonito. Foi uma boa morte. É o que as pessoas dizem sobre uma morte como a dela. Ela era velha. Não doeu. Vi uma enfermeira injetar morfina na veia azulada sob a pele inchada de vovó. Era o fim do uso de aparelhos, o começo de algo chamado medidas de conforto.

O cheiro do quarto dela tinha duas notas: sabonete e urina. Seu rosto estava inchado pelos fluidos oriundos dos órgãos em colapso. Seu queixo inchado, pressionado pelo colar plástico do tubo de respiração. O tubo não estava mais conectado a nada. Acompanhávamos os batimentos cardíacos no monitor verde. Sua respiração chiou e depois parou completamente. Vi seu peito murchar e, então, me virei de costas.

Minha mãe desconectou o monitor cardíaco antes de ouvirmos o alarme. Beijei a testa de minha avó e ajeitei seus cabelos brancos despenteados. Juana soltou um grito assustado — "Ai!" — e começou a chorar.

O bipe do monitor cardíaco havia cessado. Os estalos do respirador silenciaram. O choro de Juana era o único som no quarto.

"Ausente" era a palavra que minha mãe usava para se referir à irmã sempre que eu perguntava, o que fazia parecer que Matilda havia escolhido se ausentar. Às vezes, usava a palavra "afastada", o que parecia mais adequado: rechaçada pela própria família. Eu a visualizava morando no meio de um descampado, recebendo cargas elétricas de raios nas pontas de seus dedos, seu corpo energizado como os mapas do corpo humano que ela estudava.

Fiquei brava com meu pai por me esconder o segredo da família de minha mãe, da *minha* família, durante todos os anos em que ficaram casados e depois.

— O segredo era da sua mãe — explicou. — Não meu.

— Mas você sabia que ela estava por aí, em algum lugar... Provavelmente sabe melhor do que ninguém o quanto a vida dela deve ter sido difícil nessa família.

— Você precisa entender — argumentou meu pai. — Sua mãe nunca falou sobre ela. Nunca.

— E você nunca perguntou? Não achava isso estranho?

— Sua mãe não é uma pessoa muito sentimental. Você sabe disso.

Uma vez, ele tentou explicar as diferenças que levaram ao fim do casamento deles.

— Sua mãe sempre queria que eu fizesse mais. E eu sempre queria que ela sentisse mais. Basicamente era isso.

Meu pai adorava fazer declarações breves sobre a própria identidade:

— Sou feito de emoções; emoções são meu maior vício — dizia.

Segundo ele, eu podia partir seu coração com uma única palavra cruel. Contei isso para minha mãe.

— Aposto que sim — respondeu ela, e ouvi um leve traço de satisfação em sua voz. Ela era diferente. Não dependia de ninguém. Parecia que a necessidade de outras pessoas não a atingia, eram repelidas de forma natural e inevitável, como gotas d'água em uma frigideira oleosa na pia.

Tom não entendia por que eu estava tão chateada com a história de Matilda.

— Qual o problema de ela não ter te contado? — perguntou.

— O problema não é eu não saber — argumentei. — Não tem nada a ver comigo. Eu só me pergunto quem merece ser cortado de...

— Talvez seja culpa da Matilda — interrompeu Tom. — Já pensou nisso? Você não sabe nada sobre ela.

Tom não era insensível, mas acreditava que as pessoas controlavam os próprios destinos. "O futuro só depende de nós", ele gostava de dizer. Eu sentia que "futuro" era algo que acontecia ao meu redor. Nunca achei que eu pudesse moldá-lo entre os dedos como argila.

Dava para ver a escultura da vida de Tom como algo que ele próprio entalhara. Dos vinte aos trinta anos, ganhou dinheiro em empresas privadas. Deixou o grande banco para trabalhar em uma empresa menor, onde ele teria controle sobre a grana. "Se algo der errado, será responsabilidade *minha*." Havia mais orgulho em sua voz do que medo. Ele nunca teve paciência para coisas que não aconteciam e gente que não as fazia acontecer. Matilda era uma pessoa que nunca aconteceu. Pelo menos, não para ele. Mas agora eu sentia, sem conseguir explicar, que ela estava acontecendo para mim.

Eu sabia que ela devia ter sido bonita, como minha mãe, talvez ainda fosse, e isso se tornou parte do meu imaginário. Criei vidas exóticas para o corpo que imaginava: mansões no litoral, selvas distantes, shows de cabaré em galerias decadentes. Não importa onde ela estava, só seu rosto resplandecia, luminoso.

Organizamos uma pequena cerimônia fúnebre no apartamento de Lucy. Eram só alguns amigos — pessoas que, nos últimos anos, só mantinham contato por correspondência. "Esse deve ser o novo fogão", alguém disse. Eles reconheciam a casa pelas cartas. Até meu pai veio. Ele e minha mãe ainda se davam surpreendentemente bem. O divórcio havia sido um alívio para ambos. Eu tinha a impressão de que ele era a pessoa que mais conhecia a minha mãe. E isso era privilégio de poucos.

Quando ela o criticava, suas opiniões nunca pareciam superficiais, apenas ponderadas e objetivas. Para ela, meu pai era um caso encerrado, mas eu ainda teria que lidar com ele por um bom tempo.

— Seu pai sempre achou que seria alguém extraordinário — sentenciou minha mãe. — Ele não estava preparado para o que se tornou.

Eu disse à srta. Z que precisava de alguns dias de folga para a funeral de minha avó. Eu havia mentido sobre sua morte e agora havia se tornado realidade. Eu precisava de mais dias.

— Você não tem mais dias — respondeu a srta. Z. — Você tem um emprego.

Ela tinha uma aparição importante marcada na televisão: um *talk show* diurno em que participaria de uma mesa-redonda com um grupo de adolescentes sem-teto. Ela precisava que eu pesquisasse: quantas crianças viviam em situação de rua nos Estados Unidos hoje? O que o presidente havia feito para piorar a situação? Até a srta. Z, uma das piores pessoas que eu havia conhecido, sabia que nosso presidente era encrenca. Eu disse que não podia mesmo ir trabalhar.

— Se quiser, pode me demitir — foi o que eu disse. E ela me demitiu.

Queria que o apartamento de Lucy ficasse apresentável para a cerimônia fúnebre. Eu não era muito boa em cozinhar e limpar, mas coloquei flores frescas e alisei as almofadas do sofá. Tinham ficado amassadas de minhas noites de sono agitado. Limpar sua casa era uma forma de deixá-la apresentável para ela, como se seu fantasma fosse voltar como um hóspede exigente. Testei algumas receitas de revistas, mas elas não ficaram como nas fotos. Minhas folhas murchas de espinafre pareciam oleosas e deprimidas.

— Salada quente? — comentou minha mãe. — Interessante.

Ela se levantou durante a refeição e disse algumas palavras para os convidados reunidos.

— É apenas o corpo que parte — asseverou ela. — O espírito permanece vivo.

Perto do fim da noite, eu a vi agachada no tapete da cozinha, segurando uma garrafa vazia de Corona do cesto de reciclagem. Ela a entregou para mim como se fosse uma relíquia. Não sabia o que ela queria que eu fizesse com aquilo. Pousei-a com cuidado no chão.

— Matilda quase destruiu esse tapete — disse minha mãe, enfim. — Lá em Los Angeles.

— É mesmo?

Ela me contou que Matilda derrubava bitucas de cigarro por todo lado, tombava os vasos de plantas e pisoteava a terra espalhada sobre o tapete.

— Só porque lhe dava na telha — disse balançando a cabeça. Mas, então, continuou falando. Contou como Matilda havia fugido com o professor de inglês durante o ensino médio.

— Foi o começo — sentenciou. — O começo do fim. — Minha mãe já tinha ido para a faculdade. Sentiu-se culpada por não estar por perto. — Não pela Matilda. Pela minha mãe.

Ela voltou para casa durante as férias para fazer companhia à Lucy, mas vovó lhe disse que queria ficar sozinha — ela se instalara no sofá-cama e comia torrada no café, torrada no almoço, torrada no jantar. Minha mãe passava o dia limpando migalhas dos cobertores. Às vezes, Lucy não tomava banho por dias. Tinha cheiro de meia velha. E era uma mulher que nunca havia calçado uma meia suja na vida. Suas unhas ficaram carcomidas de tanto roê-las. Sempre fora muito orgulhosa com a aparência, cacheava os cabelos e oferecia uma tigelinha de castanhas salgadas para as visitas. Por semanas, ela não se importou com nada.

Naquele ano, Matilda morava em Berkeley, usando ácido e talvez protestando contra a guerra. Minha mãe deu de ombros.

— Não sei que diabos estava fazendo. Ela não telefonou para nós uma única vez. Então, um dia, ela simplesmente apareceu, ferida de amor.

— Ferida de amor?

— Palavras dela, não minhas.

Minha mãe sabia que aqueles foram meses difíceis, depois que Matilda voltou para casa, mesmo que não tivesse presenciado. Matilda trabalhava meio período em um serviço de bufê, até que abandonou tudo. Começou a dormir doze horas por dia; passava metade de sua vida dormindo. Não comia. Garrafas de bebida sumiam do armário — Cristal, Pernod, Cointreau — e Lucy a encontrava largada na cama no meio da tarde, bêbada e suada, às vezes dormindo, às vezes acordada, resmungando de uma forma que era difícil saber se estava sonhando ou chorando.

Minha mãe mencionou o testamento de vovó Lucy sem alterar o tom de voz. Havia uma cláusula que deixava um pouco de dinheiro para Matilda, o suficiente para ela não questionar o fato de que não havia mais. Essa cláusula havia sido ideia de minha mãe.

Perguntei se Matilda era o tipo de mulher que brigaria por causa de dinheiro. Ela era esse tipo de gente?

Minha mãe fez uma careta.

— Não sabemos que tipo de pessoa ela é.

O advogado do espólio havia encontrado o endereço atual de Matilda e lhe enviaria uma carta. Segundo a informação, ela morava em uma cidadezinha chamada Lovelock, em Nevada. "Bluff Estates", dizia o endereço, um bairro com nome e sobrenome.

— Que tipo de carta ele vai enviar? — perguntei à minha mãe.

— Cordial, mas não muito pessoal.

Seria uma carta contando à Matilda que a mãe havia morrido.

— Não se deve contar isso numa carta — argumentei.

— Como é que é?

— Não parece certo.

— E o que devemos fazer? Sair procurando por ela no deserto?

— É uma possibilidade.

— Será que não consegue ver o meu lado? Não gosto de me sentir uma vilã.

Minha resposta não foi: "Você não é a vilã".

— Eu não disse que você é a vilã — preferi dizer.

— Que bom, pois para você parece que sou sempre a vilã.

Durante o ensino médio, passei um verão trabalhando no escritório de advocacia da minha mãe. Era para eu passar um mês na Guatemala, construindo casas em um vilarejo nas selvas do norte, mas no começo de junho guerrilheiros fecharam um aeroporto perto de Flores. Os jornais diziam que eles tinham um manifesto e muitas armas. As esposas deles levavam Fantas geladas e *tortillas* para os reféns. As matérias não esclareciam os termos do manifesto, mas relataram o tipo de armas que portavam. Perguntei à minha mãe se ela achava seguro.

— Está preocupada com as guerrilhas? — perguntou, espantada.

Fingi que não, mas eu estava.

Tom fazia comentários como: "Não é bom se meter com o socialismo". Eu não queria ter medo do socialismo, mas lá estava eu, um pouco assustada. As manchetes usavam expressões como "Ataques de emboscada!".

Foi quando minha mãe sugeriu que eu passasse o verão trabalhando no escritório dela.

— Por que viajar para países estrangeiros quando você pode ajudar estrangeiros a virem para cá? — perguntou. Talvez estivesse brincando, talvez não.

Eu costumava questionar suas causas sociais. "Acho que as mulheres deveriam poder cortar as próprias vaginas se quiserem", falei uma vez, pois ela era uma ferrenha detratora da mutilação genital, uma causa que defendia

O ARMÁRIO DE BEBIDAS 49

com unhas e dentes. Eu não podia suportar a ideia de herdar suas visões de mundo. Eram rígidas e peculiares, como uma armadura feita especialmente para seu corpo.

— Não é uma questão de querer — argumentava ela. — Elas são coagidas.

Sua certeza parecia um muro que ela construía ao redor de si — do nada, no meio de uma conversa —, um sinal de que ela vivia num mundo totalmente à parte, mais seguro e estável que o meu. Ela era uma mulher a favor da escolha, que não gostava de ouvir a ladainha de mulheres falando de como se arrependiam de seus abortos. Eu nunca entendi seu jeito de amar. Ela sempre se encolhia quando eu a abraçava, como se não esperasse, como se tivesse medo de ser esmagada.

Naquele verão, eu ajudei a pesquisar o caso de asilo de uma mulher chamada Daro. Era uma refugiada do Senegal. Seus problemas haviam começado quando ela resistiu aos rituais de mutilação de sua tribo. Ela gesticulava para nos explicar, colocava a palma da mão em V sobre a virilha e esfregava dois dedos sobre ela. Ela fugiu de sua vila — "correu", disse ela — e então sofreu perseguição de primos distantes em Dakar.

Transcrevi as entrevistas conduzidas por minha mãe com a ajuda de duas intérpretes: do francês para o wolof e depois no sentido inverso. A voz da minha mãe era estridente no gravador: "Por que seus primos te perseguem?".

Houve uma confusão no fundo, uma espécie de telefone sem fio. "Acham que ela desrespeitou a vila", falou a tradutora. "Mas ela não queria que suas filhas fossem cortadas.

Fui até a cama da minha mãe naquela noite e me deitei ao seu lado.

— Você tinha razão — sussurrei. — É horrível.

Eu me perguntava se ela havia me dado esse caso para me provar algo, para me mostrar o quanto eu estava errada. Falei algo terrível e falso sobre o mundo, sobre vidas de pessoas inocentes, só para mostrar que não era como ela. Eu me lembro da voz de Daro, a dor transparecia mesmo em seu idioma estrangeiro, e comecei a chorar.

— Não chore — disse minha mãe. — Apenas ajude.

Então tentei. Pesquisei o nome de Daro na internet. Digitei: "Daro Izowede + perseguição". Depois: "Daro Izowede + desafia tradição". O único resultado foi uma lista de classificados pessoais. Daro havia feito um antes de sair de Dakar. Mostrava o rosto dela em perfil — a foto três por quatro, suas longas unhas acrílicas espalmadas em leque sobre suas bochechas. "Procuro um homem para amar que ainda não sei o nome", dizia sua frase de apresentação.

No escritório, imprimi páginas com informações de sites de direitos humanos. Sublinhei todas as partes que citavam rituais rurais, violência rural, violência sexual, mutilação ou casamento. Organizei pastas impecáveis com etiquetas impecáveis. Eu me senti bem ao colocá-las sobre a mesa de minha mãe.

— Espero que faça diferença — falei.

— Fará — respondeu ela, levantando-se da cadeira para apertar minha mão.

Naquele verão, ela namorou um cara mais novo chamado Greg e foi largada. Não sei o que deu errado entre eles, só que a encontrei sentada à mesa da cozinha uma noite e ela usou essa palavra exata: *largada*. Sua voz foi objetiva e dura como a de uma estranha, mas seus olhos estavam límpidos e sua fala, coerente. Ela nunca se entorpecia com vinho nem crises de choro. Quando estava triste, ela só ficava mais incisiva — mais impetuosa e concisa.

— Ele achou que podia me magoar. Nem estragou minha noite — disse ela. Ficou sentada com as mãos cruzadas sobre a mesa, encarando o relógio acima da geladeira. — Não precisa me fazer companhia — disparou. — Não vai fazer eu me sentir melhor.

No dia seguinte, eu a encontrei exatamente no mesmo lugar. Dessa vez, ela usava um terninho e segurava uma caneca fumegante de café. Seus olhos pareciam turvos.

— Está de ressaca? — perguntei. Eu sabia pela televisão que a dor podia ser assim: ficar triste e depois de ressaca. Supostamente ficando bêbada entre uma coisa e outra. Na época, outro tipo de ressaca, os Hangovers, ainda estavam apenas começando. Tom havia conseguido uma bateria de segunda mão, pintada com chamas prateadas reluzentes.

— Como é? — irritou-se. — Se estou *do quê?*

— Você está bem?

— Acha que fiquei bêbada noite passada?

O ARMÁRIO DE BEBIDAS 51

— Não, claro que não — desconversei.

— Acha que aquele homem *significava* alguma coisa? Acha que preciso de homem para ser feliz?

Balancei a cabeça e fiquei calada. Tinha medo de dizer algo pior. Ela me perguntou se eu estava pronta para ir trabalhar. Era sábado. Eu não estava arrumada. Fui me arrumar. *Procuro um homem para amar que ainda não sei o nome.* Queria dizer à minha mãe que ela não estava sozinha. No mundo todo, as pessoas buscam amor. Ninguém sabia que nome ele teria.

A caminho do escritório, atravessamos um beco com cheiro de pizza e urina. Passamos por uma sem-teto agachada à sombra de uma caçamba de lixo. Ela estava com um macacão azul de mecânico com o nome "Pluto" costurado no bolso do peito. Tinha um lenço listrado amarrado na cabeça. Sua pele era escura, como Coca-Cola.

— Ei, vocês! — chamou. — Têm algum trocado? — Seu sotaque era cantado e musical, convidativo.

— Hoje não — respondeu minha mãe. — Hoje *não*.

— Papo-furado — retrucou a mulher. Ela bateu a mão contra a lixeira. — Papo-furado, papo-furado, papo-furado.

Minha mãe parou e se virou para mim.

— Nunca faça o que estou prestes a fazer. — Então se virou para a mulher e berrou: — Eu não te *devo* nada.

— Ah, não me *deve* nada? Nunca teve que enfrentar um dia dessa dor em sua vida e não me *deve* nada?

— Você não sabe o que já tive que enfrentar — falou minha mãe. Ela abriu um porta-moedas feito num tear, provavelmente por alguma tribo, e despejou o conteúdo na cabeça da mulher. As moedas deslizaram pelo topo da cabeça, pelos ombros, e tilintaram pela calçada. A mulher ficou em silêncio. — Vamos — disse ela, agarrando meu braço. — Agora vamos embora.

— De onde acha que aquela mulher *é*? — perguntei. — O que acha que aconteceu com ela?

— Não importa o que aconteceu. Sempre é possível escolher ser uma pessoa decente.

— Talvez ela seja uma pessoa decente — argumentei. — Era aí que eu queria chegar.

— Sei bem aonde você queria chegar — retrucou minha mãe, com uma expressão irritada.

Puxei meu braço e me virei. Vi a mulher de joelhos juntando as moedas, olhando debaixo da lixeira para ver se havia mais.

Procurei o endereço de Matilda num mapa de internet. Inicialmente achei que Bluff Estates era um bairro, mas era um camping para trailers. Digitei o endereço e fui clicando para aproximar, afastando o margeado amarelo do deserto que cercava a malha de avenidas. Os trailers eram dispostos ao redor de becos sem saída, seus capôs retangulares eram como blocos de montar infantis, linhas pontilhadas de residências em formato de estrela dispersas ao redor da cidade. Seus contornos indistintos.

O trailer dela tinha um jardim de cactos? Um ar-condicionado portátil? Janelas quebradas? Uma família de ratos vivendo debaixo do piso? Sentia meu estômago se contrair a cada clique, como uma bisbilhoteira, como se ela fosse aparecer de repente numa das janelas, me mandando embora — uma estranha — para fora de sua casa castigada pelo sol. Acabei aproximando tanto a imagem que o satélite desistiu, apagou e ofereceu uma fileira de interrogaçõezinhas azuis.

Meus pais se envolveram em algo chamado "Obra de luto". Meu pai falava disso como se fosse um movimento de justiça social. Mas na verdade, segundo minha mãe, era só dedicar um pouco de tempo para os sentimentos dessas pessoas.

— Seu pai nunca teve muito problema em fazer isso — comentou ela. — Como nós todos sabemos. — Fiquei surpresa de ela concordar em se juntar a ele. Toda terça-feira, eles faziam colagens na edícula da piscina de uma rabina chamada Jeri.

— Gosto muito dela, mas não sinto atração nenhuma por ela — disse meu pai, como fosse um fato maravilhoso, algo que Jeri chamaria de *mitzvah*.

— É interessante ver seu pai impressionar uma mulher com quem ele não quer dormir — confessou minha mãe. — Bem divertido.

O ARMÁRIO DE BEBIDAS 53

Meu pai fazia relatórios céticos.

— Sua mãe parece estar se divertindo — disse. — Mas não fez nenhuma colagem.

Pude ver as engrenagens se movimentando por trás de seus olhos. "O destino está no que se diz, não no que se faz", ele gostava de dizer. Agora ele via sua chance. Mamãe estava sensível pela perda e aberta ao novo. Ela poderia ter uma visão que mudaria sua vida para sempre. Ele queria ser parte disso.

Nesse ínterim, ela veio para o Leste para me ajudar a empacotar os objetos da vovó Lucy.

— Não posso confiar em você fazendo isso sozinha. Você teria guardado tudo — disse ela. Havia honestidade em sua voz, algo que eu apreciava; era uma constatação e um lamento. Era gostoso ser compreendida.

Ela chegou como da última vez, com dedos gelados e determinada. Foi durante uma frente fria no meio de maio. Ainda não estávamos livres do inverno. Ela tinha um plano que envolvia três caixas de sacos de lixo.

— Vamos doar muita coisa — observou. — E vamos *jogar fora* muita coisa.

No armário da vovó Lucy, vimos uma fileira de garrafas de cerveja cheias de terra. Cada uma tinha uma etiqueta: Maryland, Zurique, Rio de Janeiro. As colunas de terra eram coloridas, em tons de rum envelhecido, açúcar mascavo, argila avermelhada. A de Osaka era de um amarelo ictérico, como a urina de um doente.

Minha mãe examinou uma garrafa.

— Não acredito que ela guardou isso — disse ela. E, depois de um momento, acrescentou: — Vamos jogar pela varanda.

Minha mãe não era sempre uma pessoa divertida, mas isso, jogar troféus de um canalha pela varanda de sua esposa falecida e abandonada — era definitivamente divertido. Observamos o vidro se espatifar no asfalto lá embaixo. E os vizinhos, os solteiros cobiçados do mercado financeiro, surgiram de seus apartamentos e olharam para o céu.

Mais tarde naquela noite, eu não consegui evitar e saí de fininho para pegar parte da terra que restara. Tive de rastejar por baixo de um Mercedes preto para resgatar os restos de uma garrafa espatifada na entrada de carros recoberta de cascalho. Eu fazia parte da raiva mais antiga de minha mãe e agora testemunhava uma recordação ainda mais antiga. Eu podia ser cada faceta dessa dor ao mesmo tempo. Joguei a terra num funil para dentro de uma única garrafa de cerveja e fiz uma etiqueta: "Osaka?", dizia. "Maryland + Zurique + Rio de Janeiro?"

Esperei até a última noite da visita da minha mãe para tocar no assunto de Matilda. Perguntei se a carta havia sido enviada. Minha mãe disse que não. Ainda estavam decidindo os detalhes do testamento.

— O que isso significava? — perguntei.

Minha mãe me assegurou que era complicado.

— Questões legais — disse ela.

Argumentei que, questões legais à parte, eu achava mesmo que Matilda merecia... Tive de fazer uma pausa. "O que ela merecia?" — eu não sabia dizer exatamente; mas era algo diferente disso.

Minha mãe fechou os olhos e esfregou as têmporas.

— Vamos dar uma volta. Preciso sair desse apartamento.

Brigamos enquanto caminhávamos. No frio do começo da noite, no meio do estado de Connecticut, brigamos. Brigamos por causa de Matilda, alheia em seu deserto — seja lá que tipo de mulher ela fosse, ainda não enlutada pelo que ainda não sabia. Falei para minha mãe que seria cruel enviar a carta, quase inconcebível.

— Eu não gostaria que um estranho me dissesse que você morreu — argumentei.

Ela disse que Matilda havia *ido embora*. Eu não entendia isso? Quando alguém vai embora, de novo e de novo, não há mais nada a fazer a não ser deixar que vá. Eu havia bebido vinho, e meu rosto estava quente e corado; minha mãe bebera água com gás e seu rosto estava frio e pálido. Suas feições continuavam imóveis mesmo quando suas palavras sugeriam que ela estava bastante irritada.

Ela não conseguia entender como eu poderia me solidarizar com uma estranha mais do que com ela, a mulher que a havia criado. Respondi que não era isso — eu não sabia, só isso. Eu não sabia o que pensar.

— Então vá. Vá encontrá-la. Seja a heroína — disse ela.

Falei que não queria ser heroína. E me lembrei de como ela costumava usar essa palavra quando eu era criança, como se fosse uma vergonha depender de heróis. Eu só queria ver se era possível consertar um pouquinho as coisas.

— Ela vai te deixar farta. Você vai ver. Ela vai te magoar — respondeu minha mãe.

Fui embora brava e *a* deixei brava, parada no estacionamento. Mas a raiva deixou minhas mãos firmes o suficiente para pegar minha bolsa do apartamento, comprar uma passagem de volta para a cidade, embarcar e me sentar, encolhida, num vagão quase vazio. Foi só quando o trem começou a se mover que eu fiquei desconfortável, vendo o subúrbio às escuras passar pela janela, pensando: "Como uma mulher pode morrer, uma boa mulher, uma mulher que amou o melhor que pôde, e deixar essa bagunça de rancor para trás, esse ninho horrível de mulheres cheias de raiva?".

Baforei o vidro da janela e desenhei figuras. Escrevi o nome dela, Matilda, como uma garota apaixonada. Imaginei onde ela estaria. Será que estava frio? Ela estava sozinha? E foi então que me dei conta. Eu não precisava convencer minha mãe. Não precisava provar meus argumentos para ninguém. Eu tinha um endereço. Se eu quisesse, eu poderia encontrá-la.

TILLY

UM INVERNO, DORA voltou da faculdade com todas suas roupas boas embaladas em capas, o que era típico, e um par de olhos vermelhos, o que não era. Ela não costumava chorar nem fumar nada. Nossa mãe havia posto a mesa horas antes de ela chegar. Nosso pai havia sumido havia anos.

Dora se meteu no meu quarto depois da meia-noite, sentou-se na cama e sacudiu meu ombro:

— Está acordada?

A verdade é que eu estava quase delirando. Estava bebericando uma garrafa de vodca desde a sobremesa. Só havia sobremesa quando Dora vinha para casa, apesar de ela nunca a comer. Eu sabia que a maioria das pessoas começava a beber com os outros antes de beberem sozinhos, mas eu fui na direção oposta. Adorava aquela sensação de calor de estar bêbada, como se eu fosse feita de chocolate derretido, me espalhando por todas as direções. Eu não precisava de outras pessoas por perto para desejar essa sensação.

Dora me contou que havia estado com um homem pela primeira vez. Era difícil para ela contar isso, dava para ver. Ela nunca falava de coisas assim. Perguntei se tinha gostado. Ela disse que tinha sido ok. Perguntou se eu estava bêbada.

Eu quis saber mais sobre o cara. Quem era?

— Um cara que vai para a faculdade de direito no próximo outono — respondeu. Ela não tinha notícias dele desde que deixou sua cama. — O que isso significa? — perguntou. — Você que entende dessas coisas.

Eu tinha sete anos a menos, mas o que ela disse era verdade.

Expliquei a ela que podia significar várias coisas, e eu não tinha certeza se alguma das alternativas era boa. Perguntei se ela queria vê-lo novamente.

— Queria que ele quisesse *me* ver.

Assenti.

— Só gostaria de não me importar.

— Não sei o que há de errado em se importar.

— Não — disse ela. — Acho que você não sabe.

Naquela época, a casa era silenciosa, como se houvesse um velório acontecendo, que ninguém podia mencionar. Minha mãe não sabia como falar comigo. Estava assustada, acho, com medo da tristeza que me fazia querer beber e dormir o tempo todo, mas continuava procurando sinais de que eu fosse secretamente extraordinária. Às vezes, eu a pegava lendo provas de escola amassadas que eu havia jogado no lixo. Ou eu abria a porta do banheiro e a encontrava no corredor, como se ela estivesse me escutando cantar no chuveiro. Eu tinha essa sensação de que a vida dela já tinha acabado, e agora ela estava esperando que a minha começasse. Bem, éramos duas.

Sempre houve garotos. Não gostava da maioria deles, mas pareciam a forma mais fácil de mudar minha própria vida. Depois do ensino médio ano, eu fugi para Berkeley com meu professor de literatura norte-americana. Arthur Boy. Brincávamos sobre o nome dele. Ele foi meu primeiro homem de verdade. Basicamente não era uma pessoa muito divertida. "Me salve da minha esposa. De mim mesmo", dizia ele.

Nós nos mudamos para uma pensão de madeira na Poirier Street. A casa não era exatamente em Berkeley, ficava logo na fronteira de Oakland, com seus artistas e pessoas permanentemente chapadas. O verão de amor já havia perdido a validade. Kennedy morrera, depois King, depois o outro Kennedy, o pequeno Bobby!, e todo mundo se sentia um pouco perdido. As pessoas usavam drogas por motivos diferentes de antes.

O moleque que cuidava da pensão tinha o apelido de Peter Pan. Vendia drogas por toda a East Bay. Não apenas haxixe ou ácido, apesar de eu gostar dessas duas e ter experimentado minha primeira dose de ambas dos potes de vidro da cor da água do mar que ele guardava alinhados na beirada de sua banheira.

Arthur e eu tomamos um "doce" no parque Tilden.

— Me abrace — disse ele, e sua voz parecia estar vindo de debaixo da grama.

Eu tentava distinguir nossas horas imaginadas das verdadeiras. Houve um terremoto tão pequeno que poderia ter sido um sonho nosso? Um corvo comendo os olhos de um esquilo? Nós jogamos pedras nele? Matamos? Vimos sua alma saindo de seu corpo? Seus pensamentos mergulham no caos quando tudo dentro de você é rearranjado. É incrível conseguir compartilhar isso com outra pessoa.

Peter P. estava metido em merdas piores também. Ajudava as pessoas a superar o difícil fim dos anos sessenta e mergulhar em troços mais pesados. Os caras voltavam da guerra e não conseguiam se lembrar de quem eram antes de começarem a queimar vilarejos. Um cara cambaleou por nossa cozinha com um corte sangrando em seu braço. Havia quebrado uma das janelas. Passou a Peter P. uma nota suja de vinte dólares com a ponta rasgada.

— Seu porra! — disse ele. — Quase me matei por essa grana.

Peter P. segurava uma cerveja numa mão e um sanduíche de atum na outra. E entregou um saquinho plástico para o homem.

— Ei, agora você precisa dar uns pontos!

Naquela noite, eu disse a Arthur que queria que nos mudássemos.

— Ele está *matando* gente — argumentei. Eu não sabia ainda como era quando seu corpo precisava tanto assim de algo.

— Bebezinha — falou Arthur. — Você não sabe de nada.

Eu me senti mais solitária com ele do que jamais me senti comigo mesma. Em casa, pelo menos eu achava que partir me levaria a algo melhor.

Arthur gostava de trepar em todo tipo de lugar: na nossa laje de concreto e cascalho, no closet do corredor, na banheira.

— Aqui está bom — disse, me colocando sobre a mesa da cozinha. — Uma madeira de qualidade. — Eu sentia que ele tinha saudades de sua esposa e de todas suas coisas de qualidade. Certa vez, no banho, vi a porta entreaberta. Peter P. estava lá assistindo.

— Seu porra! — berrou Arthur. — Seu pervertido de merda! — Mas ambos estavam rindo e eu tinha a sensação de que algo havia sido combinado: "Quer ver como ela gosta? Quer ver com seus próprios olhos?"

Respirei fundo e disse a Arthur que eu não servia apenas para trepar.

— O que achou que éramos? — disse ele. — Uma família?

Ele usava um monte de drogas mais pesadas. Elas o faziam dizer coisas com que não concordava alguns minutos depois. Mas ainda eram coisas que ele dizia. Foi a última vez que me senti traída por um homem, acho. Depois disso, eu já esperava.

Fui embora bem cedo de manhã. Peguei uma carona com um casal mais velho para o litoral. Dirigiam uma van verde e me compraram panquecas para jantar em um restaurante de beira de estrada. O caminho todo eu ensaiei o que diria à minha mãe. Queria contar o que eu havia aprendido. Não sairia em busca do amor pelo estado todo. Aprendi uma coisa ou outra sobre família.

Lucy apareceu na porta em sua camisola de seda azul, uma com manchas de suco de laranja na gola. Parecia mais velha. Estava mais velha. Levou a mão ao coração.

— Ele está batendo de um jeito engraçado agora — disse ela. — Acho que a culpa é sua.

Foi um dos momentos em que mais a amei, acho. Ver seus olhos cansados e como não olhavam para nada além de mim. Saber que a magoei quando fui embora. Isso me espantou. Senti vergonha de mim mesma.

— Ah, Tilly... — suspirou e começou a chorar, e eu não tinha certeza do motivo: era porque eu estava segura, porque eu tinha voltado para casa, porque eu parecia estar bem, mesmo tendo ido embora, ou porque eu não parecia bem, e parecia haver algo de errado. Sinceramente, eu não sabia o que minha aparência dizia.

Peguei a mão dela. Sua pele era macia, como uma folha de papel amolecida pelo uso.

— Estou detonada, *mama*. Não estou lá muito bem.

— Você voltou. É isso o que importa.

Em todos os dias que se seguiram, ela nunca me perguntou por que fui embora. Só porque voltei. Acho que a deixava feliz saber o quanto me senti solitária.

— Dora diz que eu deveria deixar você resolver sua vida sozinha — comentou. Na época, Dora havia se mudado para Boston, onde fazia faculdade de direito. Eu me perguntava sobre aquele garoto. Ele ainda estava na vida dela? Às vezes, Dora ligava para casa e mantínhamos um silêncio cauteloso entre nós. Uma vez eu perguntei se ela estava feliz. Ela respondeu que estava exatamente onde queria estar.

Eu não voltei para o colégio, apesar de faltar apenas alguns meses para terminar. Arrumei emprego numa empresa de bufê, trabalhando em festas. Eu gostava de ficar bonita. Prendia meu cabelo em duas longas tranças que escorriam pelas minhas costas. Foi Dora que me ensinou esse penteado. Ela sempre machucava minha cabeça, então aprendi o mais rápido possível a fazer sozinha. Eu gostava como as pessoas olhavam para mim nessas festas do showbiz. Se você é bonita o suficiente, as pessoas sempre acham que você está escondendo algo. Elas ficavam bêbadas e me contavam seus segredos. Eu era boa ouvinte. Conseguia boas gorjetas.

Minha mãe sabia que o dinheiro não vinha do nada. "O dinheiro só aparece quando alguém quer algo em troca", ela dizia. Falei para ela que nunca deixava os homens me tocarem, o que não era bem verdade. Eu só não deixava que eles pagassem por isso. "Só é preciso que alguém ache que você é uma puta para você se tornar uma", comentava.

Aquele primeiro momento na varanda — suas mãos de papel, nosso toque sem palavras, a esperança — havia ficado para trás. Tínhamos brigas terríveis. Ela achava que eu não tinha respeito próprio. "Se tem, você é muito boa em escondê-lo", costumava dizer.

Quase toda noite minha garganta ficava inchada de tanto chorar. Eu bebia para afastar a dor, fechava os olhos e deixava a escuridão tomar conta de mim. Eu levava a bebida que sobrava das festas para casa. Bebia qualquer coisa, mas gostava mais de gim — era azedo, doce e amargo ao mesmo tempo. Parecia fazer efeito mais rápido e eu sentia calafrios por toda minha pele. Tudo ao meu redor parecia me tocar de forma mais intensa quando eu estava bêbada — cobertores, madeira, ar esfumaçado, carpetes peludos — como se envolvesse meu corpo em um abraço apertado. O mundo todo se encaixava,

O ARMÁRIO DE BEBIDAS 61

e eu me encolhia dentro dele. Eu tinha poucos momentos cegos de paz antes de apagar. Acordava e bebia o que não tinha bebido na noite anterior. Beber de estômago vazio envernizava meu interior como se eu fosse um vaso de barro.

Um dia, minha mãe me encontrou assim, com a garrafa enfiada entre os joelhos sob as cobertas.

— Olhe para você — disse ela. — Apenas olhe. — Ela agarrou meu braço e puxou. — Levante, levante, levante! — Ela me colocou na frente do espelho e segurou meus ombros, tremendo. — Está vendo *isso*?

Eu via. Eu me via como alguém das minhas festas devia me ver: uma sereia, com pouca roupa. Então vi o resto. Eu não estava usando short. Meu moletom tinha letras em relevo formando a palavra "nepente", e havia uma mancha de vinho cobrindo o *n*. Segurei a garrafa com uma das mãos. Minhas bochechas estavam coradas e ásperas, como estuque, a pele em volta dos meus olhos estava inchada. Minhas pupilas espiavam do fundo de suas cavidades. Meu cabelo estava oleoso e emaranhado, como o ninho de rato que encontramos em nossa garagem quando eu era mais nova: pedaços de trapos, pelo e tiras do estofado do carro. Fiquei impressionada com aquele ninho, como fizeram um lar de todo nosso lixo.

Mamãe continuava ali.

— Está se vendo? Está?

Peguei a garrafa e bati contra a porta. Queria que ela ficasse quieta. O vidro se partiu contra a madeira dura. Segurei o gargalo pontudo na mão fechada. Quebrei um caco e estiquei a mão para cortar minha coxa. No espelho vi o sangue escorrer do corte. Ele brotou espesso, como se vinho glaceado escorresse de dentro de mim. O fluxo foi silencioso depois do som do vidro quebrado. Levei o caco ao pescoço. Não sabia onde cortar. Não sabia se conseguiria.

Ela agarrou minha mão e a envolveu com a dela. O vidro cortou minha mão fechada. Senti o sangue escorrer entre nossos dedos. Afrouxei a mão. O caco caiu no carpete.

— Eu sabia. Sabia que não faria isso — disse ela.

Foi quando me virei e bati nela. Soou como o estalo de um chicote. Então, bem lentamente, coloquei a mão sobre a pele vermelha do tapa. Queria aliviar a dor. Ela colocou a mão sobre a minha por um segundo, permitindo meu gesto, depois balançou a cabeça e saiu andando.

— Lucy! — gritei. Depois de novo, e de novo, até o som não fazer mais sentido. — Viu, Lucy? Lu? — Eu só queria que ela se virasse. Queria saber se algo mais seria possível depois do estalo seco da minha pele na dela. Soava como o fim de tudo.

Lucy disse que eu tinha de me mudar. Então me mudei. Deixei meu orgulho naquela casa e senti falta: a parte de mim que sentia a decepção da minha mãe. Tinha certa dignidade, ao menos.

Dormi com gente com quem não deveria estar dormindo, em troca de drogas ou uma cama. Abandonei o trabalho no bufê, mas ainda saía com gente que conheci nessas festas, gente que fazia comentários sobre grandes esculturas abstratas e me pedia boquetes nos banheiros. Essas obras de arte nunca tinham gente nelas. Aquilo me intrigava. Eu fazia sexo oral em homens e mulheres, deixava que me penetrassem.

Ganhei uma graninha no calçadão vendendo colares que fazia. Devo ter caminhado uns vinte quilômetros por dia oferecendo-os aos turistas. Eu estava magra como nunca fui, mas isso me deixava cansada o suficiente para dormir profundamente, onde quer que eu estivesse hospedada. Eu apertava meus braços doloridos em volta do peito e sentia a dor me envolver como pálpebras — escura e rápida.

Uma mulher na praia foi muito generosa comigo. Tinha quase a idade da minha mãe e vivia de vender xale para os transeuntes. Seu tricô era como dedos espalmados, deixando o vento e a areia tocarem sua pele salgada. Ela usava lã grossa em tons neon: azul-água-viva, verde pálido como rocha lunar. Algumas lãs brilhavam no escuro, e no pôr do sol dava para ver as pessoas que compraram seus xales, caminhando pelo calçadão, bebendo refrigerante de canudinho e reluzindo como fantasmas.

Um dia, ela se aproximou e me disse que se chamava Fiona. Não era bonita, mas eu gostava de olhar para o rosto dela; suas feições eram como maçanetas que você podia puxar ou torcer para abrir a porta secreta e fazê-la falar. Tinha a pele de alguém que passou a vida no sol. Seu rosto era áspero como tecido, manchado de sol, da cor de damasco.

— Onde você dorme? — perguntou.

O ARMÁRIO DE BEBIDAS 63

— Como?

— Você tem uma casa? Muitas garotas não têm.

— Tenho alguns lugares. Mais ou menos.

Atualmente eu estava dividindo um quarto de hotel com um corretor imobiliário que havia se separado da mulher.

— Bem, qual deles é? Mais? Ou menos?

— Mais pra menos. Hoje em dia.

Ela me passou uma chave.

— Fique com ela. Para quando estiver em apuros. — Ela me contou que morava na Rose Avenue. — Dois prédios depois do boteco — explicou. — A minha é a varanda com esses trecos. — Ela abriu os braços e balançou os xales.

— É só aparecer? A qualquer hora?

Ela riu.

— Você é nova na cidade?

— Nessas bandas.

— Foi o que pensei. Apareça quando quiser.

Ela era uma estranha, claro. Ela não me devia nada. Mas na época minha vida era cheia de estranhos e mais ninguém. Queria dever algo a alguém, qualquer coisa. Queria me sentir em dívida.

Sua varanda era como ela prometera. Xales farfalhando no vento salgado, pilhas escuras como corcovas de camelos atrás dos corrimões. Ela não estava em casa, mas a sala de estar tinha sinais dela por todo lado: canecas vazias com saquinhos de chá endurecidos, um vaso de agulhas de tricotar que reluziam prateadas à luz da lua. Tropecei nas lombadas de livros abertos, derrubando-os no carpete. Eu me aninhei no sofá e acordei com a voz dela.

— Não precisa se levantar — sussurrou. — Apenas descanse.

Seu lugar era uma mistura de bagunça e tesouros: telas de janela sem qualquer serventia apoiadas contra paredes, uma fileira de coleiras velhas de cachorro com pedrinhas brilhantes, bolas de papel amassado enfiadas debaixo de prateleiras de livros. Desamassei uma delas e vi que era um saco de papel de uma loja de donuts. Abri outra, e havia algumas frases escritas, talvez dela, que pareciam o começo de uma carta ou uma música: "Se essa é sua ideia de céu, pode ficar com ele…".

Fiona se movia graciosamente pela bagunça. Ela sabia onde encontrar tudo: os copos de medida, o antigo álbum de fotos, o controle remoto — sem pilha e enfiado num canto empoeirado. Ela já tinha um colega de apartamento, um cara chamado Drew, mas ele não aparecia muito. Esteve em Khe Sanh, e esta foi uma das primeiras coisas que ele me contou sobre si mesmo:

— Estive em Khe Sanh.

Respondi que sabia que Khe Sanh era no Vietnã, mas não sabia mais nada.

— É tudo o que você precisa saber — concluiu. — Nada mais.

Naquela noite, perguntei a Fiona sobre Khe Sanh. Que tipo de guerra houve lá? Ela sabia?

— Guerra feia, foi desse tipo. São todas ruins

O quarto de Drew era vazio, como uma cela de prisão. A única coisa digna de nota era uma máscara de madeira entalhada. Parecia ter sido feita de um ramo de palmeira. Perguntei a ele se era feita disso, ele confirmou, coletada de uma praia que ele visitou durante uma folga. Ele tinha uma toalha de praia estendida debaixo da janela e uma cama de solteiro num canto.

— Foi uma longa estrada até aquela cama — resmungou ele.

Mordi meus lábios. Eu era uma menina na época, ficava nervosa perto da dor dos outros.

— Do Vietnã, você quer dizer?

— De *lá*. — Ele apontou para a toalha. — Dormi tanto no chão que foi um hábito duro de perder. O chão parecia melhor.

— Você a usa para que agora?

A toalha tinha faixas verdes vivas, como se alguém tivesse fatiado um limão e espalhado tiras da casca.

— Tomar um sol. Bate bastante sol aqui.

— Tem uma praia toda lá fora — argumentei.

Ele desviou o olhar.

— Eu sei. Mas gosto de ficar aqui.

Às vezes assistíamos ao noticiário. O Vietnã parecia um lugar onde até as plantas estavam vivas, tudo era elétrico e farfalhante. Todos tinham rostos borrados e as vozes distorcidas pela estática, como chuva. O lugar tinha nomes exóticos: Cam Lo, Da Nang. Mas todas as batalhas soavam norte-americanas: Operação Virginia Ridge, Idaho Canyon, Hamburger Hill. Todo dia eu via soldados passando pelo calçadão com olhos vidrados e pesados coturnos com cadarços desamarrados.

Drew não falava muito de seu ano na guerra. Uma vez ele disse que sentia falta do cinto de munição de seu M60, a sensação do metal sob seus dedos. Sua voz ficou entrecortada quando ele me contou sobre algumas noites em Saigon.

— Eles tinham uma sopa ótima — disse ele, e eu senti que havia uma mulher envolvida. Assegurei a ele que tudo ficaria bem, mas o que eu sabia? Talvez da próxima vez ele começasse a chorar e não parasse mais.

Fiona disse que eu podia ficar no sofá por quanto tempo precisasse. Mas eu estava cansada da generosidade alheia. Queria fazer algo da vida.

Guardei a grana que ganhei com minhas pulseiras. Peguei um trabalho de meio período numa barraca de cachorro-quente. Era como se eu fizesse parte de um pequeno mundo, daquela parte da praia. Todo mundo me reconhecia e dizia: "Olá, gata", mesmo que nunca fosse além disso. Havia uma turma de sem-tetos que vivia debaixo do píer, e eu levava as salsichas que queimaram ou ficaram muito tempo no óleo para eles.

Fiona dizia que eu tinha futuro. "Você vai viver alguma história louca", ela dizia. "Difícil dizer o que vai ser."

Pensei no que aconteceria se eu visse Lucy — se ela aparecesse aqui e de repente desse de cara comigo. Não era provável. Mas ela estava aqui perto, era a mesma cidade. Como eu poderia deixar de me perguntar "E se? E se?". Ela ficaria envergonhada em me ver assim — fedendo a salsicha, ganhando alguns trocados por hora e gorjeta em centavos. "Está se vendo? Está?"

Drew me disse que ganhou esse nome porque sua mãe desenhou um bebezinho certo dia e, três semanas depois, descobriu que estava grávida.

— Ela me *desenhou*, *drew*, em inglês, sacou? — disse ele. — Me fez surgir do nada, como mágica.

Ele me convidou para dividirmos seu quarto. Aceitei. Estava me cansando de Fiona e sua solidão. Eu a encontrava no sofá com um olhar sonhador, sua mão revirando uma tigela de pipoca. "Está com fome?", perguntava, e eu pegava um pouco porque não queria ver a expressão em seu rosto se recusasse.

Levei minha mochila para o quarto de Drew.

— Não se preocupe com nenhuma gracinha — assegurou. — Eu fico no chão.

Naquela noite ele rastejou para a cama. A sua cama. Suas palavras foram gentis.

— Você se importa? — sussurrou, mas ele esperou até eu adormecer para me tocar, até eu estar tão cansada para falar ou pensar, e pensei que essa não era a forma certa de tratar outra pessoa.

Eu me lembro de pensar: isso não é gentil. Rolei para longe e abracei minhas pernas próximas ao peito. Ele não tentou de novo. Acordei com ele gemendo. Estava agarrando o braço esquerdo com a mão direita, apertando forte. Eu podia ver os nós de seus dedos esbranquiçados.

— O que foi? — perguntei.

— Estou sangrando — respondeu. — Acho que foi feio.

Deslizei meus dedos por seu braço, onde ele apertava, mas não consegui sentir nada grudento ou úmido.

— Tire a mão — pedi. — Não consigo sentir nada.

Ele soltou a mão, mas não havia corte algum.

— Não tem nada de errado — falei. — Você está bem.

— Não estou não. — Ele gemeu novamente. — Precisa manter a pressão ou então…

Foi então que entendi.

— Pode soltar. Eu mantenho a pressão. — Eu me ajoelhei ao lado da cama e coloquei as duas mãos em volta de seu braço. Não havia nada de errado, mas apertei forte mesmo assim. Sussurrei em seu ouvido. — Pronto, está melhorando.

Quando ele adormeceu, afrouxei os dedos, ainda envolvendo seu braço como um bracelete dependurado. Finalmente tirei as mãos e o observei descansar.

Drew nunca pagava pelo que fazíamos juntos. Mas fizemos um arranjo que envolvia nossos corpos. Ficou acordado que eu podia dividir seu quarto de graça, e em troca ele me pedia para olhar enquanto ele se tocava.

— Só quero que veja — disse ele. — Não quero que vire o rosto.

Eu me importava com Drew, apesar de sentir que ele havia me arrastado para algo que eu não havia escolhido para mim. Era melhor de noite, o estranho espaço escuro de um quarto vazio. Mas, quando eu olhava para ele de dia, me embrulhava o estômago.

Certa vez o encontrei num canto, com os braços entrelaçados em volta dos joelhos. Usava sua grande máscara de palmeira, e ela o fazia parecer um demônio, o longo queixo curvado como uma vírgula, os olhos como flechas inclinadas. Fiquei lá com a mão na maçaneta. Ele tirou a máscara e balançou a cabeça.

— Desculpe — disse ele. — Não queria te assustar.

Certa vez acordei com cólica, uma dor do cacete, meu estômago revirado em um nó. Vomitei numa tigela azul porque não queria vomitar no banheiro de Fiona. Eu já era um estorvo. Naquela noite, Drew veio para a cama e tocou minha testa com as costas da mão.

— Você está queimando — constatou.

Eu me afastei dele. Queria manter a doença só para mim.

— Você tem muitas vontades — explicou. — Mas não fala nada. É de onde vem sua febre.

Ele me contou que sua irmã era assim também, quente ao toque porque havia um turbilhão acontecendo sob sua pele. Era como um forno.

— É preciso ser bom para pessoas assim — falou. — Especialmente para pessoas assim.

Eu não disse nada.

— Você é boa comigo. Eu queria poder ter sido bom contigo.

Eu não me sentia enjoada, mas me sentia esvaziada e fraca. Eu havia vomitado tudo. Eu sabia do que precisava.

Acordei cedo na manhã seguinte. O sol pela janela estava brilhante, redondo e nu. Eu me movi lentamente para não acordá-lo. Enchi uma sacola de mercado com alguns itens — escova de dentes, meias limpas, uma caneca de café que mostrava os morros de Catalina como nódulos verdes sob um céu laranja, com letras maiúsculas dizendo: "Onde o sol está sempre se pondo".

Minhas roupas haviam se misturado nas pilhas organizadas de Drew. Tinham o cheiro adocicado de limpeza do seu sabão em pó. Enfiei meu dinheiro economizado nas meias. Deixei um bilhete para Fiona que dizia "obrigada", uma vez no começo e uma no fim, e no meio havia um número de telefone caso ela quisesse falar comigo, o número da casa da minha mãe.

Peguei o ônibus 17 e desci perto da loja de ferramentas. Caminhei um quilômetro e meio morro acima com a sacola de papel batendo contra meus joelhos. Eu me lembrei de quando voltei de Oakland, certa de que ela me aceitaria, quando achei que a única coisa que importava era nós duas querendo que eu estivesse em casa.

Dessa vez, Lucy não atendeu à porta de camisola. Usava um antigo vestido de verão com listras amarelas, que deixava seus braços finos como varetas e as saliências de sua clavícula à mostra. Ela estava mais magra e mais indiferente, assim como eu.

— Se você soubesse o quanto me dói te ver, você não teria vindo — disparou.

— Não estou mais bebendo. Eu parei.

— Que bom, Matilda! É bom mesmo.

— Pensei que pudesse voltar… Só por algumas semanas…

— Você me assustou — disse ela, com a voz suave.

— Não sou mais daquele jeito. Não serei mais.

— Você deixou coisas aqui. Deveria levar com você.

— Você me ouviu? Quero *voltar*.

— Tem algum lugar para dormir? — Agora lágrimas escorriam por seu rosto. — Tem algum lugar para ir esta noite, certo?

— Claro que tenho — falei, dando de ombros.

— Está falando sério?

Assenti.

— Então vá para lá.

Toquei o braço dela, e ela se esquivou.

— Por favor?

— É melhor você ir — pediu, desviando o olhar.

Não fui muito longe. Eu me sentei na sarjeta algumas casas abaixo, assim que saí de suas vistas, e peguei as meias enroladas na minha sacola. Tirei uma nota de cinco e guardei todo o maço de volta. Caminhei até uma loja de bebidas na Sunset e comprei o gim mais barato que encontrei, depois entrei no mercadinho ao lado e comprei um litro de suco de laranja. Caminhei até a beira do costão, encontrei um banco vazio no meio do mato e comecei a dar um gole após o outro, levantando e abaixando a garrafa.

Visualizei minha mãe lendo um de seus livros de suspense ou pintando o cabelo com uma tonalidade castanho-avermelhada, a tinta escorrendo em trilhas pelo seu pescoço. Eu odiava todos os rituais dela quando morava em casa, mas agora tentava me lembrar de cada um deles. O gim queimava minhas gengivas feridas. O mar podia bem ser o deserto. Só dava para ver uma vastidão de escuridão, sem uma luz sequer.

A casa estava iluminada quando voltei. A forma como a luz saía pelas janelas de noite me lembrava de gema saindo de um ovo quebrado. Espiei dentre os arbustos por uma hora, dando goles, e vi a silhueta de minha mãe se movendo pela sala. Sua sombra se inclinou para pegar algo do chão. Sua cabeça estava numa forma esquisita, alta demais, e eu sabia que era de uma toalha enrolada. Ela parecia diferente na escuridão, mais dócil. Virei o gim e o suco de laranja de uma vez na minha boca. Deixei o líquido esquentar em minha língua, então engoli tudo e ouvi o barulho que fez ao descer por minha garganta molhada.

Bati à porta e não tive resposta. Fiquei batendo, não em rompantes rítmicos, mas continuamente — *toc toc toc toc* — até ela atender. O ângulo da toalha estava torto, quase desmoronando, e seu rosto estava inchado. Ela havia chorado.

— Não deu certo antes — falei. — Deu tudo errado.

Ela suspirou.

— Você está bêbada.

— Estou triste, esta noite estou muito triste.

— Precisa ir embora. Não me faça pedir de novo.

— Não estou te obrigando a fazer nada!

Ela ficou lá, olhando para as pantufas gastas. Não levantava a cabeça.

— Não tenho nada para te dizer, Matilda. Não quando está assim.

Minha voz parecia um elástico preso em minha garganta, bem esticado. Agarrei os ombros dela e balancei todo seu corpo. A toalha caiu, e seu cabelo se desmanchou sobre os ombros. Quando ela levantou o olhar, seus olhos não mostravam nada além de um brilho terrível, não lágrimas, eram puro aço: conchas azuis duras recobrindo a mágoa.

— Você é minha mãe, porra! — gritei. O elástico havia se partido. Queria sacudir os sentimentos para fora do corpo dela, para que ela pudesse vê-los. "Não tenho nada..." Ela não precisava dizer a coisa certa. Podia dizer qualquer coisa. Eu escutaria o que fosse que ela dissesse.

— Por favor, me solte — pediu. — Não faça eu me lembrar de você assim.

Deixei as mãos caírem na lateral do meu corpo. Havia chegado a isso: uma lembrança.

— É melhor que vá para onde está ficando. Chegue lá em segurança.

Eu a empurrei para trás, contra a porta de tela. Minha própria mãe, e eu fiz isso. Ela se segurou contra o batente e sussurrou.

— O que te deixou assim?

Ela se virou e entrou. Deixou a porta de tela bater. Vi todas as luzes da sala se apagarem, depois a da cozinha, a da sala de jantar. A do quarto ficou acesa. Eu peguei uma pedra enorme e joguei contra a janela. Ela espatifou em cacos de vidro que refletiram a luz.

— Você que me fez assim — resmunguei, mal conseguindo ouvir minhas palavras.

Voltei para a casa de Fiona, mas só encontrei Drew. Ele me contou que ela havia saído da cidade para o norte de Nevada, um lugarzinho chamado Lovelock. Ele parecia assustado e magoado. Não me tocou, nem para apertar a minha mão. Virei seu rosto para que me olhasse nos olhos.

— Você não é uma má pessoa, tá? Acredite nisso.

Peguei um ônibus para Reno e arrumei um emprego numa lanchonete vinte e quatro horas de um cara chamado Phil. Seu nome era Philippe, mas todo mundo o chamava de Phil porque isso o deixava furioso. Ele nem era francês.

Os cassinos de Reno eram como brinquedos feitos para crianças gigantes. Um deles tinha um mural que mostrava pioneiros em charretes cobertas, índios abaixados atrás de rochas, um acampamento com luzinhas reluzindo. Eu ficava lá às vezes, fumando cigarros, porque gostava da sensação de imponência da história. O lugar era um dos mais antigos da cidade. O boato era que, nos velhos tempos, ficou famoso por um jogo chamado roleta de rato, no qual colocavam um rato numa jaula cheia de buracos numerados e as pessoas apostavam onde ele entraria. Tentavam fazer barulho para tentar mudar seu rumo. Aposto que os ratos escolhiam buracos que já tinham o cheiro de seus pais ou irmãos. Eu adorava a ideia de os homens enlouquecendo vendo uma criaturinha decidir qual buraco ele escolheria para cagar. Foi bom estar numa cidade que não tinha nada a ver comigo. Eu acordava cedo e vagava pelos saguões com ar-condicionado, só para vê-los vazios. Numa manhã, fui abordada por um homem usando um terno risca de giz. Tinha um rabo de cavalo que chegava até a cintura. Ele perguntou se eu estava no ramo e se eu tinha um empresário. Eu me lembro que usou essa palavra: *empresário*. Como se falasse sobre talentos ou show business. Ele vivia disso. Estava à caça mais cedo naquele dia, sua palavra para isso, zanzando por saguões e procurando garotas que parecessem perdidas. Não havia muitas razões para uma garota estar perdida num saguão de hotel logo de manhãzinha. Respondi que não estava interessada.

— Claro que não está. — Ele sorriu. — Mas por via das dúvidas... — Ele pegou minha mão e escreveu algo na palma com sua caneta azul: "Hotel 6, Quarto 121". — Apenas dê uma passada. Se estiver curiosa.

O quarto estava alugado para um velho, aposentado como vendedor de temperos e ainda na ativa como viciado. Parecia pobre demais para usar as drogas que usava. Ele queria que eu fumasse sua maconha antes que ele se picasse, e eu disse que tudo bem. O baseado soltou meus músculos como um namorado paciente desabotoando sua blusa. Então ele levou sua caixinha plástica de ferramentas para a cozinha.

— Vem aqui atrás — chamou ele. — Vou 'cozinhar'. — Ele usava muita gíria, como se quisesse provar algo. Provavelmente havia sido um garoto ignorado pelos colegas.

Eu me lembro de um escorredor de pratos ao lado da pia, com latinhas de cerveja lavadas empilhadas e nada mais. Ele amassou uma lata e esquentou a droga no fundo. Eu o vi injetar, tirar o elástico do braço e voar ao espaço. Sua grande barba pendurada como fiapos. Estava com a boca aberta e a cabeça inclinada para trás como se estivesse bebendo algo que gotejava do céu. Ele se ofereceu para fazer um pouco para mim. Eu balancei a cabeça. Sua voz ficou ríspida, e ele sussurrou.

— Você tem que vir comigo!

Tentou enfiar um cachimbo na minha boca. Ele queria que eu precisasse daquilo tanto quanto ele. Então usei um pouco, assim como costumava aceitar a pipoca queimada de Fiona, para não ter de ver sua expressão se eu recusasse.

Sua boca tinha um gosto seco e azedo quando trepamos. Depois ele me deu umas notas amarrotadas e tirou uma Bíblia e um pacote de biscoitos da gaveta da mesinha de cabeceira. Eu me sentei no canto da cama, pernas cruzadas, e o observei comer. Pensei que talvez houvesse algo que ele quisesse ler em voz alta. Mas ele só olhou para mim, confuso.

— Você já acabou — disparou. — Pode ir embora.

Comecei a trabalhar para o homem de rabo de cavalo. Ele provavelmente tinha um nome diferente em casa, mas no negócio seu nome era Bruce Black. Falou que eu era esperta. Eu sabia que não era. Falou que eu era bonita também, mas, àquela altura, eu já tinha ouvido isso de tantos homens — homens à beira de gozar, de adormecer, de me expulsar — que eu mal prestava atenção. Eu não conseguia enxergar essa beleza.

A maioria de meus clientes era de caras que nunca tinham dado certo na vida. Eu podia ver na forma como se moviam, como trepavam, em seus atos ocasionais de crueldade. Tiveram sonhos apagados como pequenos incêndios ao longo de suas vidas. Quando eu os conhecia, já estavam acabados, não apenas haviam perdido a Grande Chance, como também o sonho de um dia a encontrar. Agora eram caixeiros-viajantes e corretores imobiliários trabalhando em subdivisões. Muitos deles tinham vícios. Geralmente eram justos e às vezes até gentis, e isso fazia me sentir grata — o que me deixava brava. Eu era grata só porque alguém me tratava como ser humano?

Um era um diabético com um ferimento no pé que não cicatrizava.

— Começou só com um cortezinho — disse ele. — Mas daí o sangue não chegava até lá.

Por dois anos ele fazia o que podia para melhorar. Queria que eu passasse a pomada para dor na pele em volta da fenda enrugada, aberta no meio do calcanhar. Achei que talvez ele fosse um daqueles caras que quer te pagar por um momento banal, dar as mãos ou tomar banho, mas ele não se revelou um desses.

— Ótimo — disse ele, quando terminei com seu pé. — Agora vamos trepar.

Eu passava minhas horas de folga em cassinos. Meio-dia era quando os casos perdidos apareciam. Eu gostava da persistência de seus sonhos. Observava o que comiam, o que vestiam, em que momento da tarde começavam a beber. Via os dias em que tinham sorte, soprando os dados ou dizendo frases: "A gata precisa de sapatos novos!".

O primeiro cara que pegou pesado comigo não foi o pior, porque eu não me culpei por ele. Nunca tinha visto um humor mudar tão rápido, meu corpo preso sob o dele: "Acha que pode escolher? Não pode escolher porra nenhuma!". Eu me culpei pelos que vieram depois. Era para eu já ter aprendido. Eram animais presos em suas próprias vidas. Quando me viam, achavam que podiam fazer o que quisessem.

Um cara me deixou roxa por dias. Quase me estrangulou. Tentou me comer por trás, e foi por isso que ficou bravo, justificou, mas acho que ele buscava uma razão para ficar bravo. O tempo todo em que fazia aquilo, me prendendo sob seus joelhos, apertando os dedos no meu pescoço, me dizia que algumas meninas tinham um tratamento ainda pior: unhas arrancadas, mãos amarradas com cordas, cabeça mergulhada na água. Eu sabia disso? Como era ruim para elas? Ele me fez dizer obrigada. Puxou tanto meu cabelo que senti minha testa se mover. Ele sussurrava:

— Diz.

Ele me pagou a mais quando fui embora. Eu ainda estava recuperando o fôlego. Tinha medo de tentar falar e não conseguir. Uma parte da minha garganta havia sido esmagada.

— Você é uma puta de sorte. Sabia disso?

Quando algo assim nasce num homem, nunca mais morre. Precisava ser extravasado. Se não fosse em mim, poderia ser em alguma mulher andando pela rua. Acordei com um hematoma no pescoço e pensei: "Me dê um único motivo para suportar isso". Eu só precisava de um. "Talvez agora não será outra menina."

Abe era um dos meus clientes mais ricos. Na nossa primeira vez, ele parou bem no meio, ainda dentro de mim, e levei um segundo para perceber que ele estava chorando. Era por isso que seu corpo tremia. Ele saiu de cima de mim e ficou lá deitado, sem explicação.

— Quase tive um filho, tempos atrás. Mas ela tirou. Não tivemos — falou, depois de um tempo.

Ele abotoou a camisa e me passou minhas roupas, bem dobradas. Esse cara era bom em manter a igualdade. Se ele estivesse vestido, eu também ficaria. Quando cheguei a seu quarto de hotel, ele se apresentou na mesma hora, como se não desse a mínima sobre a política padrão.

— Meu nome é Abraham Clay.

— Matilda.

Minha garganta se apertou quando o pronunciei. Esse nome pertencia à minha antiga vida. Os sons não pertenciam àquele lugar. Lutavam contra essa divergência.

Então ele me ofereceu um cigarro.

— Vou fumar — informou. — E gostaria de que fumasse também.

O vento eriçou os pelos em meus braços. Uma sirene ecoou distante, então mais perto, e mais perto — mais alta, mais rápida, mais aguda — até os sons ficarem mais lentos, abafados, e a ambulância desaparecer.

— Eu fabrico ambulâncias — disse Abraham. — A minha empresa fabrica.

— Parece importante — comentei.

Ele deu de ombros.

— É um meio de vida.

Contou que estava se divorciando. Não em Reno, mas em Las Vegas, onde morava com a esposa. Os dois haviam se distanciado depois que ela abortou pela primeira vez. Ele tinha quase sessenta anos, mas não tinha filhos. — Eu deveria tê-la impedido de fazer isso. Acabou com a gente.

Comecei a falar algo para confortá-lo — "Está tudo bem" ou "Já passou" —, mas ele me cortou. Disse que eu deveria sair de Reno. Seu tom foi incisivo e rápido, como se estivesse tentando esquecer o que tinha dito sobre si mesmo. Ele disse que não me conhecia, mas que todo mundo merecia algo melhor do que eu tinha, não é mesmo? Eu não achava?

O que eu poderia dizer para alguém que, de fato, escutasse? Era como a dor aguda de mãos voltando à vida depois de quase congelar de frio. Se me concentrasse em minhas coxas, eu poderia fazer os músculos se lembrarem de como ele as abriu.

O armário de bebidas 75

Dormi em sua cama. Toda vez que o som de uma sirene ecoava pela noite, eu pensava no mundo todo que ele tinha à sua disposição. Perguntei quantas ambulâncias ele havia fabricado.

— Quantas? Provavelmente milhares.

Levou anos para eu procurar Fiona, mesmo pensando sempre nela, e Lovelock ficava a poucas horas de ônibus da estação de Reno. Foi Abraham quem finalmente me convenceu a procurá-la. Contei a ele um pouco sobre meu passado, como Fiona era alguém em quem eu ainda pensava.

— Você devia manter contato com quem foi bom com você — disse ele. Enquanto isso, na vida dele, havia muitos laços cortados.

Lovelock era uma cidade feia com uma prisão com seu nome e não muito mais. O endereço me levou a um estacionamento de trailers na saída da cidade. O de Fiona estava preso ao chão com varandas e cadeiras bambas de plástico, grandes cabos gordos serpenteando pelo chão fumegante. Havia um tapetinho na porta da frente, com a figura de um gato brincando com borboletas. Ele nunca as pegaria. Tudo era coberto de poeira e areia.

Fiona foi até a porta tão lentamente que quase desisti de esperar. Ela havia engordado. Achei que podia ter algo a ver com a perna imobilizada. Ela explicou sobre a lesão. Uma grande placa de metal havia se soltado e a acertado, contou, as letras do tamanho de grandes pães. Seu amigo estava abrindo uma loja de roupas, e ela estava ajudando a levantar a placa. Ele cuidava da loja agora, mas ela não podia mais ajudá-lo. Sua voz tinha um peso que não tinha em Venice. *Tower People*. Era uma loja para gente alta. Seu amigo era um homem baixo, mas tinha uma esposa alta por quem ele faria quase tudo.

Perguntei se ela ainda tricotava xales.

— Isso? Foi praticamente em outra vida.

Fiz uma pausa. Não tinha certeza do que dizer.

— Quer entrar ou não? Porque preciso me sentar.

Eu a segui para dentro. Ela se acomodou numa poltrona reclinável e me deixou triste ver quanto alívio isso lhe dava. Como se não houvesse prazer maior que ela pudesse imaginar.

Fiona quis saber se eu estava procurando um lugar para ficar. Eu não estava, não exatamente, mas havia um motivo pelo qual eu havia pegado um ônibus em Reno — eu também não estava feliz lá. Ficava repetindo a mim mesma: "Essa não é sua verdadeira vida. Ainda não é".

— Bem, tenho um quarto, se precisar.

Havia sido construído como uma salinha de café da manhã, alertou ela, mas havia espaço para uma cama. Talvez, em troca, eu pudesse ajudá-la nos afazeres? Ela tinha dificuldades em se virar com a perna machucada e o peso extra.

— Deixe-me explicar algumas coisinhas sobre esta cidade — resmungou. — Tudo está pronto para te foder. — Achei que ela continuaria a explicação, mas foi só isso.

Senti que poderia fazer algo bom de verdade. Comprei cravos cor-de--rosa para a mesa de cozinha dobrável e um pacote de doze donuts para ela deixar no quarto. Ela comeu rapidamente, escondida, deixando um rastro de açúcar e farelos nos lençóis. Eu lavei seu suprimento infinito de moletons com slogans cafonas: "TPM significa Tô Puta Mesmo!", ou "Meu coração foi aprisionado em Lovelock". Comprei comprimidinhos verdes para os vermes de sua gatinha e um tipo especial de loção transparente que ela precisava para uma ferida nos lábios. Era uma antiga ferida que parecia uma afta permanente. Ela a conseguiu roendo um fio de eletricidade quando era pequena. Eu puxava sua mangueira vagabunda por todo o trailer — era emaranhada como cabelo de criança e tão enferrujada que escorria água vermelha — e tentava regar o jardim esturricado. Ideia idiota. As plantas só queriam morrer debaixo de todo aquele sol. Finalmente eu as deixei.

Fiona não perguntou sobre minha vida ou como eu estava vivendo em Reno, mas comentou que tinha muito respeito por minha habilidade em sobreviver. Ela sabia que eu estava sobrevivendo de alguma forma. Se ela me conhecesse bem o suficiente, teria descoberto que eu estava destruída como todo o resto: destruída por homens e drogas e o som de minha própria mão batendo no rosto de minha mãe.

Acho que ela queria minha companhia mais do que meus favores. As pequenas tarefas, como as chamávamos. Inventamos maneiras de passar as horas infinitas de nossas vidas. Assistíamos a filmes antigos em preto e branco e imaginávamos quais mulheres fatais se apaixonariam pelos detetives, quais os matariam e quais fariam as duas coisas. Às vezes torcíamos para o Utah Jazz na televisão. Eles eram o mais próximo que tínhamos de um time de basquete próprio. Não falávamos de nossos sentimentos mais íntimos ou de nossas histórias, mas você percebe que há um universo de assuntos para se conversar que não envolve você ou a outra pessoa.

Pelo menos eu era outro coração batendo no mesmo cômodo. Isso pode significar algo, acho, dependendo da sua situação. Uma vez Fiona tirou meus sapatos.

— Se está andando o dia todo por aí por minha causa, quero ver seus pés. — Ela pegou um creme que tinha cheiro de hortelã e começou a fazer círculos nos pontos mais ásperos: atrás do calcanhar, nas plantas endurecidas de meus pés. — Só relaxe — explicou. — Não tente esticar os dedos. — Ela massageou as juntas até eu sentir todo meu pé se soltando, um monte de ossinhos flutuando sob a minha pele grossa.

Tentei pegar a loção quando ela terminou, mas ela me impediu. Disse que não queria que outra pessoa visse os pés dela até o fim de seus dias. Eles denunciavam sua idade.

— Além do mais, ainda não terminei. — Ela ficou atrás de mim e massageou minhas costas, dessa vez só com as mãos, os dedos pressionando minha nuca, até eu sentir os nós se dissolvendo nos músculos como montes de areia.

Quando ela me beijou, sua cicatriz raspou nos meus lábios. Os contornos eram ásperos como lixa.

— Tudo bem? — quis saber.

— Sim — respondi, e a beijei de volta, enfiando minha língua no poço quente de sua boca. — Eu quero — sussurrei. — Quero muito.

Comecei a pagar pelo meu quarto quando nos envolvemos. Disse a ela que não podíamos misturar nosso relacionamento com dinheiro. Eu queria manter as coisas separadas. Eu ainda fazia trabalhos para Bruce algumas vezes por mês, viajava de ônibus para Reno. Falava para Fiona que ia fazer compras.

— Você nunca *compra* nada ou então não me mostra — argumentou uma vez.

No entanto, quando comecei a pagar o aluguel, não consegui mais esconder. Contar para ela, depois de todo aquele tempo, me fez perceber como a mentira havia sido um fardo.

— Você sabe que não julgo — afirmou. — Mas não consigo suportar a ideia de você dormir com esses caras para pagar meu aluguel.

Expliquei que queria pagar um preço justo.

Ela ganhava uma boa grana vendendo cosméticos por telefone e, provavelmente, poderia morar num lugar melhor do que um trailer. Mas ela já havia desistido do mundo, acreditando que era destinada à feiura e que não adiantava tentar fugir disso. Ela tinha uma voz reconfortante e trabalhava com fones. Inclinava-se em sua poltrona amarela e dizia às mulheres quão belas elas ficariam. "É cintilante", explicava. "Seus olhos vão parecer joias." Deviam imaginá-la jovem e magra, caminhando por uma estufa de plantas, deslizando os dedos por flores tropicais para encontrar palavras para todos os tons de sombra para olhos. Quando, verdade seja dita, qualquer verdinho era um milagre impossível sob o nosso sol inclemente.

Quando voltei para casa depois de uma das piores noites — "Você é uma puta de sorte" —, Fiona quase arrancou meu cabelo, puxando minha cabeça para ver o hematoma no meu pescoço. Eu me esquivei de suas mãos.

— Meu Deus! — horrorizou-se. — Você está com medo. Está com *medo*, porra. — Ela me aconchegou em seu enorme corpo quente e me ninou até se sentir melhor e eu lhe assegurar que me sentia melhor também.

Eu ainda via Abraham algumas vezes por mês. Às vezes trepávamos e conversávamos. Às vezes apenas trepávamos. Até suas perguntas mais banais — o que eu achava do clima? Do refrigerante? — faziam com que me sentisse vista, como se algo em mim importasse porque para ele eu era alguém.

A perna da Fiona estava melhorando, mas o resto de seu corpo piorava. Eu dormia em minha própria cama na maioria das noites porque era mais confortável para nós duas. Era uma coisa estranha ser mulher com outra mulher, era como uma onda se quebrando contra a água. Éramos iguais, mas ainda assim… era um acontecimento.

Eu vi o corpo dela em partes: coxas cheias de teias de veias azuis, uma barrigona flácida com dobras de pele. Ela tinha o tipo de estrias vermelhas que se ganha numa gravidez, mas nunca perguntei se ela teve filhos. Uma vez encontrei uma cicatriz escondida entre dobras de pele.

— Essa veio de onde? — perguntei.

— Tive um bicho horrível no quadril. Minha amiga teve de arrancá-lo.

Beijei o corte. Esperei até ela adormecer naquela noite e tirei suas meias brancas grossas. Seus pés eram remos brancos macios na escuridão. Ela acordou rindo.

— Jesus! — espantou-se. Estava grogue, doce e brincalhona.

Meu primeiro orgasmo me surpreendeu. Eu havia gozado muitas vezes — meu corpo escondido sob lençóis, o rosto abafado em travesseiros, as mãos entre minhas pernas — e estive com muita gente. Mas as duas coisas nunca haviam acontecido juntas.

Ela queria que eu descrevesse o que sentia. Eu não tinha certeza de que saberia encontrar palavras para isso, mas tentava. "Esse foi como arrancar botões de uma camisa", dizia. "Esse foi como garras arranhando meu ventre. Esse foi como um bolo crescendo no forno."

Certa vez, um pássaro ficou preso dentro de nosso trailer, batendo seu bico como louco contra as janelas, mesmo com a porta escancarada. Senti pena dele. Não conseguia entender por que era tão burro de não sair. Movia-se tão rápido que emanava calor como uma lâmpada coberta de penas.

— Já sentiu o coração de um passarinho batendo sob as costelas? — perguntei a Fiona. Era como tiros atingindo palitos de dente.

— Quero que ele saia — disse ela, batendo tão forte com uma vassoura que o matou. Ela não era a mesma mulher que eu conhecera no litoral.

Fiquei grávida no verão. Verões do sovaco, como Fiona chamava, porque parecia que todo seu corpo estava debaixo de uma axila. Algumas pessoas chamam de calor seco. Que porra! Não dá para ficar seca em lugar algum, o suor escorrendo para todo lado.

No fim de junho, passei a noite com um cuzão de Reno que me mandou embora sem banho. Ele insistiu que transássemos no carpete porque não queria dormir numa cama suja depois. Eu o deixei pelado em seus lençóis e me vi esperando por um ônibus antes de amanhecer. Sua porra seca descascava da minha pele, endurecida como glacê de donut em minha barriga.

Ficou quente logo, assim que o sol nasceu. Eu suava no assento do ônibus, as coxas escorregando sobre o tecido emborrachado como torrada com manteiga. Eu podia sentir o cheiro da minha própria boceta, o que eu gostava, porque era minha. Pensei no rosto daquele homem — a forma como suas bochechas chacoalhavam de um lado para o outro, flácidas e vermelhas — e fiquei tão enjoada que eu corri pelo corredor. O motorista era um grandalhão que usava uma viseira e bebericava uma raspadinha. Bati em seu ombro e pedi para parar, engolindo o mais forte que podia. Apontei para minha barriga, caso ele não tivesse entendido.

— Moça, estamos numa rodovia.

— Quer que eu vomite no ônibus ou fora dele? — perguntei.

Ele parou no acostamento, e eu me curvei sobre o asfalto. O calor queimou meus joelhos quando tocaram o chão. Fiquei com restos de vômito entre os dentes. Era pudim fermentado. E se alguém passasse e achasse que eu estava rezando?

Voltei ao ônibus, e todo mundo me olhou feio. Eu era apenas mais uma puta de ressaca. Mas o motorista se revelou um cara decente. Ele me deu um chiclete derretido de seu bolso e um sininho do painel.

— Da próxima vez que precisar parar, é só tocar.

Uma vez fiquei doente e Lucy me deu um sininho de metal em forma de triângulo.

— Toque a qualquer hora — pediu. — Não quero que se levante.

Só toquei uma vez.

— Do que precisa? — perguntou. Ela alisou meu cabelo. — Quer um pouco de gelo?

Balancei a cabeça. Só queria que ela ficasse comigo.

Parei no banheiro da estação rodoviária de Lovelock, que exalava um cheiro de urina velha. As paredes estavam cobertas de números de telefone e gírias. Algumas eu nem conseguia entender: "Jenny giletou meu camburão". Eu senti minha menstruação descer no ônibus, algo quente escorrendo. Lucy dizia que todas as mulheres de nossa família no fundo sabiam bem antes que iam menstruar, mas ela nunca dizia "menstruar" apenas "descer" ou "aqueles dias".

Acontece que minha calcinha estava branquinha. O que era engraçado, porque estava algumas semanas atrasada. Eu não estava preocupada em engravidar, fazia sexo havia anos e nunca havia acontecido. Mas agora estava atrasada. E, depois de semanas de espera, comecei a vomitar quase todos os dias. Eu bebia chá de menta mesmo achando que estava *quente* demais, porque era a única coisa que acalmava meu estômago. Finalmente comprei um teste de farmácia, não tão sofisticado quanto os de hoje em dia. A cruzinha rosa era como o sinal neon de uma igreja de beira de estrada. Visualizei os fetos que vira na televisão. Suas peles brilhavam como se o dia amanhecesse atrás de seus corpinhos.

Não conseguia parar de pensar no motorista de ônibus. Sua pele lisa e gorda me fez querer tocá-la; seus dedos grandes; aquele sininho. Seus olhos estavam escuros como telas de televisão. Foi só isso que vi durante a noite: o grande fantasma do motorista de ônibus através de minhas pálpebras, a bondade decadente de um perfeito estranho.

Quando contei a Fiona, ela abriu um enorme sorriso e então saltou sobre o braço de sua poltrona amarela suja.

— Vamos comemorar — anunciou. — Compre champanhe. — Seu tom de voz foi inexpressivo, mas fiquei feliz pela permissão. Não conseguia imaginar uma gravidez inteira sem ficar bêbada. Mas lá estava ela, dizendo: "Esta noite, pelo menos, podemos beber".

No mercado, comprei champanhe rosé enrolado em celofane, uma fatiazona de bolo de café com framboesa, um frango inteiro assado embrulhado em papel-alumínio dourado. "Cuidado com essas porcarias", teria dito Lucy. "Seu bebê é formado de tudo o que você come."

Nós nos aninhamos juntas no sofazinho, pegamos bocados de bolo com os dedos. Alimentamos uma à outra, nossos corpos tão aconchegados que nos esquecemos deles. Estávamos aquecidas e nos sentíamos leves. Fiona bebeu tanto que adormeceu. Ela era grande demais para ficar embriagada, mas, quando seu sangue ficava bêbado, ela apagava do nada. Os roncos eram tão altos que sacudiam todo seu corpo.

Tive uma sensação terrível dentro de mim, uma fisgada na lateral da barriga como a que sentimos quando corremos. Eu era um trapo que alguém havia rasgado. Meus quadris latejavam, e era onde haviam me rasgado. A dor e o bebê dividiam o mesmo espaço. Bebi um pouco mais de champanhe — última vez, prometi a mim mesma — e encontrei uma garrafa de gim. Fiquei tão bêbada que não conseguia andar reto. Bati minha cintura na mesa de jogos de Fiona. Uma perna cedeu, e toda a comida virou no carpete. Minha cintura latejava em ondas de choque. Levantei a camisa e toquei meu ventre.

— Me desculpa — murmurei. — Me desculpa.

Encontrei o resto do bolo, esburacado por nossos dedos, e o frango. Os pedaços recobertos de penugem do carpete. Joguei fora e levei o gim para o armário do corredor. Fechei a porta. Fiona não acordaria tão cedo, mas era melhor não dar sopa para o azar. Eu me agachei embaixo de uma fileira de vestidos de sua juventude que ela guardava, vislumbres coloridos em meio à escuridão: laranja e verde, um azul-petróleo que ela usava nas boates. Esfreguei meus dedos no carpete, para não sujar os vestidos com gordura e migalhas. Eram uma das coisas de que ela mais gostava.

Dei goles constantes. Continuei bebendo. Uma névoa cobriu toda minha vida e fiquei feliz por isso, como alguém escondendo as lembranças debaixo de um cobertor. Eu me lembro de engolir cada vez mais forte — um ritmo regular, como um relógio —, deixando a saliva acumular e me forçando a engolir novamente: bebendo até não ter mais espaço dentro de mim; bebendo até parecer tão natural quanto respirar. Bebi até minha garganta doer, depois bebi mais um pouco. Perdi o chão. Queria vomitar, mas tinha medo de que, se vomitasse forte demais, assustaria o bebê, sacudiria a bolsa ou a rasgaria. Sei que não se deve chamar de bebê — uma coisinha, absolutamente ínfima —, mas eu me sentia assim sobre meu filho desde o começo.

Desde quando eu era uma garotinha, eu me imaginava tendo um bebê, pintando um quarto grande numa casa grande com faixas azuis ou flores e o acalmando — *shhh, shhh* — toda noite até fazê-lo dormir. E agora isso: nenhum quarto para decorar, apenas uma caixa construída na lateral do trailer enraizado de Fiona. Eu estive com homens enquanto ele estava dentro de mim; não era nada além de uma porção de coágulos e fluidos. Eu sabia disso, e mesmo assim não era justo. Fracassei sem nem saber que estava fracassando. Eu queria fazer isso direito.

Algumas mulheres se apegam às histórias das mães, aos *como, onde* e *quando* de criar outra vida. Lucy me contou que começou a beber água direto do oceano Atlântico quando estava grávida de Dora. Passava os dedos pelas ondas e então fazia uma concha com as mãos para bebê-la. Minha história era a pior que eu podia pensar, vomitar na estrada e esperar minha menstruação no deserto, me matando de beber entre vestidos guardados como relíquias dos sonhos destruídos de outra mulher.

Eu sabia que Abraham era o pai. Só com ele o tempo da gestação fazia sentido. Mas eu não queria explicar isso a ele, *fulano fazia tempo demais, beltrano tempo de menos,* e ter que admitir com quantos homens havia estado.

Parei de ir a Reno. Um dia ele me ligou.

— Bruce me contou. Quero saber se é meu.

Respondi que sim. Eu tinha certeza.

Ele havia pensado muito sobre isso, falou, e queria adotá-lo. Só se fosse algo que eu quisesse também. Ele achava que podia dar uma boa vida a essa criança.

— Não que você não possa — explicou. — Claro que você pode.

Mas havia a questão da grana. Eu disse a ele que precisava de alguns dias para pensar. Nós desligamos, e eu não consegui pensar numa única boa razão pela qual eu mesma deveria criar o bebê. Eu queria muito, mas, para todo lugar que olhava, cada parte de minha vida me fazia odiar a ideia de trazer uma pessoazinha para isso tudo. Eu ainda bebia. Eu sabia que era errado, e algumas noites eu me comportava, algumas noites eu comia um prato de massa e me forçava a adormecer antes de poder ficar acordada tempo suficiente para ficar bêbada. Outras noites eu dizia: "Só uma". Só uma taça de vinho ou um dedo de gim. Então eu me via deitada na cama, o teto girando, segurando minha barriga e dizendo: "Desculpa, desculpa, desculpa".

Uma manhã acordei no chão do banheiro. Não conseguia me lembrar de como havia chegado lá. Meu rosto estava pressionado contra os azulejos perto da privada. Eu tinha vomitado? Também não conseguia me lembrar disso. Liguei imediatamente para Abe. Disse para ele que sim. Ele deveria criar o bebê. Fui a Reno a cada três semanas, e íamos ao médico juntos. Eu me sentava na maca coberta de papel, e Abe se sentava numa cadeira e observava. Havia muitas perguntas: "O que está comendo e quanto?"; "Está se sentindo enjoada?";

"Sente alguma câimbra, algum chute, alguma aceleração na pulsação quando se levanta rápido demais?". Tentei responder de forma mais honesta que podia. Mas era difícil: Abe estava logo ali, observando. Menti sobre dois cigarros no terceiro mês e inventei uma banana de café da manhã todo dia. Menti sobre beber. Claro que menti sobre beber. Eu não poderia suportar imaginar o rosto de Abe. Se ele pudesse ver as longas noites em que eu enchia a barriga já protuberante com longas doses de gim até o bebê ter quase se afogado... Em algumas manhãs, eu acordava com bochechas pegajosas que eu sabia que haviam ficado assim pelas lágrimas. Eu ficava tão bêbada que não lembrava de ter chorado.

O consultório tinha fotos do que acontecia com bebês quando suas mães ficavam bêbadas: seus rostinhos disformes, bocas largas e narizes curtos como de esculturas de argila. Mas eles pareciam algo distante, Abe com seu corpo sólido todo orgulhoso ao meu lado. Era seu bebê mais do que nosso — tinha os direitos, tínhamos um acordo —, mas ainda assim Abe cuidava bem do meu corpo por causa do que guardava para ele. Eu queria manter aquele sentimento, ao menos. Era a única coisa boa que eu tinha.

— Sua esposa é linda — disse uma enfermeira a Abe. — Uma barriga tão grande e bonita... — Ele sorriu e colocou a mão no arco de minhas costas.

Fiona não gostava das minhas viagens para Reno.

— Se ele se importa tanto, por que não vem aqui? — dizia ela.

Eu disse que ele era ocupado, o que era verdade. Como eu podia explicar o quanto eu havia implorado: "Você não pode vir aqui. Por favor, não venha". Não queria que ele visse como eu vivia.

Visualizei o crânio se formando dentro de mim, uma bolinha de massa de biscoito que algum dia conteria o cérebro, olhos fundos e úmidos, cílios longos. Queria encostar meu ouvido na minha própria pele só para ouvir ambos os líquidos pulsarem: um no coração e outro na barriga.

Às vezes, Fiona olhava a protuberância de minha barriga como se o diabo tivesse colocado sua semente lá. Nós não dormíamos mais juntas e certamente não fazíamos mais nada. Uma noite tentamos, perto do começo de meu último trimestre — nossos dois corpos grandes deitados em sua cama pequena demais, nossas testas se tocando, suas mãos tateando além do morro da minha barriga para enfiar os dedos sob o elástico da minha calcinha. Eu me virei.

— Vamos tentar dormir — disse eu.

Ela queria saber se algo havia mudado. Eu disse que tudo havia mudado. Minha privacidade não era mais minha. Pertencia a mim e ao bebê. Eu sabia que só o teria mais alguns meses. Não queria as mãos ou o hálito dela na pele perto do lar dele.

Durante o oitavo mês, encontrei um bilhete. "O aluguel está pago este ano", havia escrito ela. Parei de ler. Eu me sentei com um copo de suco de laranja. Após um gole, senti necessidade de mijar, uma pontada percorrendo meu corpo como eletricidade. Fiona tinha ido embora.

Eu sabia que ela não voltaria, mas na minha cabeça tudo ainda era dela: a cadeira da Fiona, a geladeira da Fiona, o armário da Fiona. Minha bolsa estourou no chuveiro dela. Peguei uma toalha do armário e senti a água escorrendo entre minhas pernas, como se o chuveiro ainda estivesse aberto. "Tudo bem", pensei. "Aí vamos nós."

A enfermeira do hospital perguntou se eu viera sozinha. Respondi que sim.

— *Qué linda* — disse, em espanhol, e tirou o cabelo do meu rosto.

Eu já estava bem dilatada. Seu turno terminava à meia-noite, mas ela voltou vestindo jeans e um suéter rosa-claro e segurou minha mão. Contou as contrações:

— *Uno, dos, tres… treinta y ocho, treinta y nueve, cuarenta…*

Aprendi mais números em espanhol do que jamais havia ouvido falar. Eu me lembro de querer gritar e também querer cagar. Eu me lembro de que ela me deu injeções para a dor, mas não sei quais. Eu me lembro de sentir que não conseguiria fazer mais nada até meu corpo reunir forças e dizer: "Sim, você pode. Você vai conseguir". Eu me lembro de empurrar com músculos secretos alojados entre minha coluna e minha virilha.

O corpo dele era roxo e tremia com a força de seus gritos. Quando levantaram sua cabeça, fui a primeira a ver seu rosto. Sua testa estava franzida como se estivesse preocupado, e o crânio parecia macio como massa de modelar. Sua boca era um buraco redondo de onde vinha o choro, aberta o suficiente para empurrar dobras de pele sobre seus olhos, os lábios escurecidos como se ele estivesse comendo amoras. Pensei: "Aí está ele. A única coisa de que nunca vou me arrepender".

STELLA

PARTIMOS PARA LOVELOCK de manhã cedo. Tom se acomodou no banco do passageiro do meu Camry.

— Essa sua lata-velha... — resmungou. — Achei que não conseguiríamos nem sair da cidade.

No entanto, lá estava ele comigo.

— Se pretende fazer isso, não deveria fazer sozinha.

Essa era sua faceta mais familiar: nunca saber o que ele escolheria ou desejaria. Levava uma carta de nossa mãe para Matilda. Ela foi bem objetiva e clara sobre isso: era para ele levá-la, não eu.

No meu mapa da estrada, Lovelock não era nada além de uma lombada no veio vermelho da Highway 80. Não era mais do que um dedo mindinho ao norte de Reno. Sherman, o advogado, enviaria sua notificação dentro de uma semana. Eu queria chegar a Matilda antes da carta. A voz de Sherman era áspera como um tecido lavado com água sanitária, e ele se referia a Matilda como "membro desligado", como se ela fosse um dedo amputado.

As rodovias estavam quase vazias. Pensei nos outros motoristas com estômago embrulhado, dedos agitados de tanto café agarrados ao volante. Minhas mãos também estavam bem firmes, meus dedos fechados em garras, os nós dos dedos brancos como se mergulhados em leite.

Os subúrbios distantes pareciam desolados do lado de fora de nossas janelas, os contornos turvos de um sonho do qual não havíamos despertado: longas galerias comerciais repletas de concessionárias e outlets. As cidadezinhas tinham nomes como Rancho Cucamonga e Diamond Bar. As áreas de estacionamento se estendiam por quilômetros.

Tom dormia ao meu lado. Ele tinha a aparência delicada da nossa mãe, o nariz pontudo e os longos cílios. Os tendões de seu pescoço estavam tesos na sua pele como cordas de um instrumento. Ele era o tipo de homem que você olha e pensa: "Ora, esse é um come-quieto. Capaz de partir corações". Mas aí ele surpreende, gaguejando, corando, tropeçando nas palavras ou na perna de uma cadeira.

Ele odiava o modo como eu dirigia. Ele me chamava de Maria Medrosa. Os freios faziam um som horrível. A sensação era de joelhos gastos, osso deslizando contra osso. Tom não tinha paciência para gente paralisada pelos próprios medos — indecisão, carros vagabundos ou covardia. "Cada um tem a responsabilidade de descobrir o que quer e correr atrás", dizia. Agora eu finalmente dirigia rápido, e ele nem estava acordado para ver.

Tom sempre foi estranho para mim. Apesar de achar que ele parecia estranho para todo mundo. Eu o vira uma vez com uma garota no nosso porão. Ele segurava um canivete, aberto e reluzente, mas ele não estava ferindo a garota com a cabeça enterrada no meio das pernas dele. Ele cortava a parte de dentro de seu próprio braço, onde a pele era pálida e sem pelos. Era uma lâmina grande. Ele passava de um lado para o outro como o arco de um violino. A boca aberta num O — ele ofegou abruptamente, como um soluço — então, sorriu. Ela continuou. Mas ele havia terminado. Ele se inclinou para trás e fechou os olhos.

Eu não entendi aquilo, mas sabia que não tinha a ver com ela. Nunca consegui associar a fonte de sua dor ou de seu desejo a outras pessoas. Eram circuitos fechados que começavam e acabavam nele.

Uma vez ele me levou até o píer de noite — não foi bem *no* píer, mas debaixo dele. As vigas encharcadas de sal cravejadas de cracas me lembravam de Forklift, nossa cadela, a spaniel de Tom, sua costela irregular com mamilos rosas sob os pelos. Ela tinha tantos! Mesmo tendo sido castrada pequena.

No escuro lá embaixo, homens falastrões agasalhados como bebês estacionavam seus carrinhos de compra e bloqueavam as rodas com areia. Usavam detectores que apitavam procurando ouro subterrâneo. Tom me passou um saco plástico cheio de porcas e parafusos.

— Vamos plantá-los como sementes — explicou ele. — Por toda parte.

Aceitei porque seus convites eram escassos e preciosos, mas por anos pensei naqueles fantasmas, agarrando suas máquinas com dedos enluvados de trapos, pausando pacientemente para escavar nossos "tesouros", decepcionados a cada descoberta.

Ficamos num hotel com a pintura descascada na Highway 15. Caras em trajes de corrida filavam cigarros de outros caras em trajes de corrida; garotos carregavam televisões debaixo do braço, segurando nos dentes sacos plásticos de salgadinhos e doces. Mulheres de aparência cansada emergiam das portas e desapareciam para dentro de outras. Pensei em Alice, que saberia como contar histórias sobre esse lugar. Ela teria o transformado em algo encantado.

Em nosso quartinho encardido, Tom sacou seu BlackBerry. Os botões brilhavam no escuro, mandando mensagens para todo canto da terra. Ele digitava com velocidade e propósito.

— O que está fazendo? — perguntei. — Comprando uma empresa?

Ele sorriu. Eu havia encontrado a coisa certa a dizer e disse. Era uma sensação boa. Às vezes eu temia que fosse a única sensação boa que me restara.

Eu o convenci a irmos nadar. Vesti uma camiseta velha e uma samba-canção que roubei do Louis para me lembrar dele. Agora teriam cheiro de cloro, não de homem, e me lembrariam tanto de Louis quanto de mim mesma, sentindo saudade dele em uma noite na piscina de um hotel no meio do nada.

Senti orgulho de ver o corpo de Tom deslizando pelo escuro da água, vê-lo vivendo esses momentos, como eu imaginara. Ele acabou ficando mais tempo do que eu.

De volta ao quarto, enquanto ele ainda estava na piscina, encontrei a mochila de Tom. Continha três barras de proteína, uma garrafa d'água e uma pasta marrom identificada como "Conta Meyer". Havia um envelope com o nome de Matilda escrito em letra cursiva. Mamãe havia escrito num cartão timbrado com seu nome em dourado no topo.

> *Querida Tilly,*
> *Espero que tenha encontrado uma vida que lhe traga felicidade. Nunca lhe desejei mal, apesar de saber que muitas vezes você tenha achado que sim — e me disse isso tantas vezes —, mas a verdade hoje, como sempre, é esta: só lhe desejo o melhor. Apesar de esperar que você entenda que esta carta não implica um desejo em mantermos contato ou resgatarmos nossa relação. Não queria que houvesse nenhuma confusão.*
> *Tudo de bom,*
> *Dora*

Observei Tom dormindo naquela noite: o peito subindo e descendo, a boca aberta. Suas narinas levemente abertas, e suas mãos em punhos frouxos. Ele estava recarregando, reunindo energias secretas para o dia por vir. Durante o jardim de infância, eu só conseguia dormir se ele dormisse no chão do meu quarto. "Sem problemas", dizia. Uma vez acordei e vi seus olhos me encarando, as escleras brilhantes no escuro.

— Você respira mais rápido que qualquer outro ser humano — sussurrou. — Eu contei.

Lovelock parecia uma próspera cidadezinha mineradora que nunca havia prosperado. As ruas principais tinham o nome de universidades da Ivy League. Eram difíceis de se distinguir. Havia um outdoor que citava a revista *Time* chamando Lovelock de "O sovaco da América". Alguém havia pichado embaixo: "Obrigado por notar". E, em cima disso: "Obrigado por nada".

Não tínhamos nada além de um endereço em nosso bolso e as longas horas do dia pela frente.

— Vamos esperar até de noite. Provavelmente ela está trabalhando mesmo — argumentei.

— Podemos fazer como você quiser. — Tom deu de ombros. — Acho que Sherman não descobriu o que ela faz da vida. — Ele também parecia aliviado. Nós dois não estávamos prontos para encontrá-la nem para admitir. Nosso maior consolo foi poder concordar sobre isso sem ter de confessar explicitamente.

Encontramos um trailer enferrujado com uma placa bamba de madeira que dizia: "Visitantes aqui!". Como se um bando de turistas estivesse preso lá dentro. Na mesa, uma mulher chamada Shelley pausou sua partida de paciência para nos contar das atrações locais. Havia minas de prata em algum lugar, desabadas. Eu as visualizei como gengivas sem dentes ao redor do buraco da boca de um velho.

— O fórum local era um dos únicos dois fóruns redondos do país — explicou.

Aparentemente, uma inovação podia ser notável simplesmente porque ninguém mais pensara que era uma boa ideia. Uma coisa era clara: não havia muito a fazer. Teríamos que nos esforçar muito para evitar o que tínhamos vindo fazer.

Shelley sugeriu um lugar chamado Rye Patch Reservoir. Ela olhou para Tom com os olhos semicerrados.

— Passe protetor. Você parece que saiu de uma caverna.

A represa era grande e reluzente. O calor nos deixou sonolentos. Bebemos refrigerante de laranja e vimos flocos reluzentes de luz ondulando pela água. Ficamos entediados e, depois, assistimos a uma família ficar entediada ali perto. Eles tentaram se divertir com boias na água, mas finalmente desistiram e comeram seus sanduíches duas horas antes do meio-dia.

Tom estava inquieto. Shelly estava certa sobre uma coisa: a pele dele torraria no sol e depois descascaria. Meu rosto estava ardido e corado. Não suportamos muito tempo. De volta à cidade, encontramos uma lanchonete chamada Cowpoke Café. Moscas pairavam sobre marcas de dedos de ketchup seco nas mesas. Quando eu as espantei, seus corpos pareceram duros e imóveis como pedras. A garçonete sorriu para nós.

— E aí, garotos da cidade. Com fome?

Tom pediu batatinhas onduladas que vieram numa carrocinha de plástico. Era a especialidade da casa, ficamos sabemos; vinha com dois bonequi-

O ARMÁRIO DE BEBIDAS 91

nhos de colonos no banco da frente. As batatas eram um ninho de cobras fritas se preparando para dar o bote neles.

Tom tentou dobrar seu guardanapo no formato de um cisne. As asas ficavam caindo. O pescoço majestoso frouxo como macarrão. Tom insistia. Nenhum de nós mencionava o que deveríamos estar fazendo.

Nossa janela dava para uma lavanderia desmazelada e uma loja de suvenires chamada "Adorável não é". Um de nós não resistiria a um comentário. Tom não se conteve.

— Será que com a pontuação a placa seria mais cara?

— Você não é adorável — brinquei. — Ponto de interrogação.

Escureceu tarde. O vento estava empoeirado e golpeava nossos olhos. Esperamos pelo pôr do sol antes de dirigirmos até o estacionamento de trailers, onde os nomes das ruas sugeriam pomares: Pêssego, Pera, Figo. A entrada estava repleta de carros depenados.

A alameda Maçã era a mais distante, colada ao deserto. O trailer de Matilda era mais elaborado do que a maioria. Ela havia acrescentado uma varandinha com uma churrasqueira e um cooler branco sujo. Nós paramos do lado de fora de sua porta. Tom me lançou um olhar como se dissesse: "Bem, viemos para isso", e eu bati.

Ouvimos uma voz de mulher gritar lá de dentro — rouca de doente ou de tanto berrar:

— Não vou sair de novo! Não vou!

— Não somos… — gritei, me inclinando mais perto. — Não estivemos aqui antes.

A mulher que atendeu parecia uma versão inchada de nossa mãe. Foi a primeira coisa que pensei: "Alguém inchou nossa mãe", como se as partes de seu rosto tivessem ficado mergulhadas em água por muito tempo. Seus cabelos estavam puxados numa longa trança, castanho-grisalhos, e sua pele salpicada de poros dilatados. A barriga pendia sobre a cintura de seu jeans. Usava uma camiseta rosa que não era grande o suficiente. Ela parecia um personagem de um programa de televisão sobre norte-americanos pobres, sobre os *white trash*. No momento em que pensei nisso, balancei a cabeça para afastar o pensamento.

— Sim? — resmungou ela. — Posso ajudar? — Suas palavras estavam enroladas, sua voz carregada de cigarro.

— Não feche a porta — pedi. — Somos da família.

— Da família de quem? O que querem?

Senti um cheiro horrível. Inicialmente achei que era o vento, talvez do lixo, mas depois percebi que vinha de dentro do trailer. Percebi que vinha do corpo dela, não do seu hálito, mas do seu corpo. Era bebida. Seus olhos estavam vidrados, e ela tropeçou ao se afastar da porta. Eu dei um passo à frente e toquei o cotovelo dela.

Tom me deu um olhar tipo: *O que está fazendo?* Eu o encarei de volta, incitando-o a falar.

— Pense bem — sibilou ele.

Segurei o cotovelo dela com mais força e a conduzi para dentro. "Sempre tem *alguém* caindo, não é? E você está lá para resgatá-los." A pele ao redor do cotovelo era ressecada, craquelada em rugas acinzentadas e salpicada de manchas brancas de sol que lembravam caspa. O cheiro do ambiente era como acordar após uma festa da faculdade — braços pendendo do sofá, um garoto estranho aninhado nas minhas costas, olhando para o chão grudento repleto de copos amassados, fedendo a vodca, tequila e rum.

Ela puxou o braço.

— Quem é você?

— Estamos aqui porque… — Fiz uma pausa. — Nós somos…

— Me solta — interrompeu ela. — Vou para a cama.

Não era nem sete da noite. Eu a virei de frente para a sala: dois sofazinhos cor-de-rosa de dois lugares, uma televisão com duas antenas tortas que pareciam pernas abertas. Uma calça jeans pendurada entre elas.

— Desculpe — murmurou Matilda. — Não é uma boa hora, só isso. — Olhei na direção da porta. Tom estava parado lá. Fiz sinal para ele entrar. Matilda se virou. — Vocês são amigos do Abe? — perguntou. Sua voz estava mais leve, quase esperançosa.

— Não — respondeu Tom. Ele parecia nervoso, se remexendo desconfortavelmente de um pé para o outro. Fiz sinal de novo. Ele entrou.

— Não sei por que vieram — contestou ela, com a voz seca novamente. — Mas precisam ir embora.

O ARMÁRIO DE BEBIDAS 93

Seu rosto estava brilhante. Ela precisava de água e talvez um pano gelado. Eu me virei para Tom e fiz um gesto de girar que significava torneira. Ele balançou a cabeça e respondeu bem alto.

— Não faço a menor ideia do que você está dizendo.

Ajudei Matilda a se sentar. Ela cruzou as pernas para um lado e depois para o outro. Quando se mexia, seus movimentos pareciam os de uma mulher se afogando, se debatendo, como se lutasse para se agarrar a superfícies que se recusavam a sustentá-la.

Olhei para a cozinha e vi uma lata de lixo empilhada até o topo com toalhas de papel. Uma garrafa plástica se projetava como um membro quebrado. Cheguei mais perto. A bancada da cozinha estava quase vazia, apenas uma fileira de copos plásticos e alguns limões. Peguei um limão e vi uma mancha escura na parte superior, como um ferimento. Parecia molenga.

A garrafa plástica no lixo não era de bebida alcoólica, era de tônica. Reparei numa fileira de pequenos gatos de porcelana empilhados logo acima da torradeira. Cada um fazendo alguma brincadeira de inverno: construindo um gatinho de neve, bebendo chocolate quente com graciosas patinhas enluvadas, desembrulhando meias ao lado de uma minúscula lareira. Caminhei de volta até o sofá, onde Matilda me encarava.

— Somos filhos da Dora — disparei. — Sua irmã, Dora.

— Eu sei quem é Dora. — Levou um dedo à boca e mordeu a unha. Pude ver sua cutícula roída com as bordas avermelhadas. Lá estava ela, anos depois, roendo os dedos como sua mãe fizera — até ficar em carne viva, arrancar sangue.

Ela colocou a mão cuidadosamente no colo, como se fosse um objeto que tentava equilibrar. Visivelmente trêmula.

— Faz muito tempo — constatou. Sua voz era carregada de algo denso e úmido, pigarro na garganta, lágrimas brotando sorrateiras.

Tom suspirou. Olhei feio para ele.

— Tom? — instiguei-o a falar.

— Seu nome é Tom? — quis saber Matilda. Seu olhar de repente se encheu de melancolia. — Você parece com ele.

— Com... — comecei a perguntar.

Não consegui terminar. Houve uma batida na porta. Forte o suficiente para chacoalhar todo o trailer.

Ninguém se mexeu para atender.

— Tom? — pedi. Ele ficou lá por um momento, em silêncio. Eu insisti. — Tom! Atenda à porta.

Ele abriu a porta. Do lado de fora, havia um homenzinho de sobretudo; era baixo e careca, com as mãos entrelaçadas diante do corpo.

— Desculpe — disse ele. — Eu não sabia… — Ele fechou mais o casaco. — Estou atrapalhando. — Sua voz não combinava com as batidas na porta. Devia ser o efeito no trailer, como ecoava, transformando cada ruído externo num ato divino. Nós devíamos ter soado assim também.

Ao meu lado, Matilda colocou a cabeça entre as mãos.

— Quem é esse cara? — perguntei. — Quer que ele vá embora?

— Sim. Quero que ele vá.

Eu me levantei e me juntei a Tom na porta. O homem parecia intimidado, apertando as mãos como se reunisse coragem para falar, mas não parecia disposto a ir embora.

— Precisa ir — pedi.

— Desculpe. Ela está? Ela está aí, não está?

— Ela quer que você vá embora. Nós queremos.

— Ela pode me ligar quando voltar — disse ele. — Sei que vai.

Eu me estiquei na frente de Tom e fechei a porta. Eu me virei para dizer a Matilda que ele havia ido embora, mas ela não estava mais lá.

— Matilda? — chamei.

— Vamos embora — disse Tom. — Ela não nos quer aqui.

— Consegue vê-la?

— Acho que é melhor irmos embora.

— Matilda? — chamei novamente. Entrei pelo corredor estreito.

As paredes estavam cheias de fotos em molduras de plástico baratas. Um garotinho segurava uma rede com sapos, sua expressão era tensa e angustiada; o mesmo garoto parado à beira de um penhasco ao pôr do sol, com os braços abertos em direção à câmera. O céu era como sorvete de cereja atrás de seu cabelo tigelinha. Havia uma foto publicitária: o mesmo garoto, reconhecível, porém mais velho, com os cabelos cheios de gel e o braço desajeitado sobre os ombros de uma garota pálida num vestido verde-claro. Parecia triste. É verdade, era parecido com Tom.

— Matilda? — insisti. Nada.

Havia uma porta fechada à minha esquerda, provavelmente o quarto. Bati — silêncio —, então a abri bem devagar.

Era um armário, não o quarto. Dava para ver contornos na penumbra: garrafas reluzindo no chão e as costelas fantasmagóricas de uma carcaça de peru. Havia um banquinho num canto. Eu podia ouvir moscas zumbindo no escuro. A bagunça apodrecia em silêncio, como uma ferida purulenta. Puxei uma corda. Uma lâmpada iluminou a escuridão com uma luz embaçada, mostrando um colchão inflável coberto com garrafas plásticas: garrafinhas vazias de gim, em quantidade grande demais para contar. O ar fedia a hálito de bêbado. Havia um cobertor cor-de-rosa embolado num canto, o tipo de cantinho favorito que uma criança poderia escolher.

Senti alguém atrás de mim. Era Matilda.

— Deixa isso aí — pediu.

Fechei a porta.

— Podemos nos sentar e conversar? Só um pouquinho?

— Vocês precisam ir — falou. — Estou cansada.

Ela segurava um copo plástico cheio de um líquido transparente. Deu outro gole, com as duas mãos no copo como uma garotinha. Ainda era uma estranha, mas as feridas abertas eram agora evidentes em seus olhos, como se as ataduras tivessem sido arrancadas.

Nós nos sentamos no sofá. Tom permaneceu de pé.

Matilda esfregou as têmporas.

— Talvez seja melhor voltarem amanhã. Não estou bem esta noite — queixou-se.

Tom me cutucou.

— Viemos te contar uma coisa — falei. — Algo que precisa muito saber.

— Vocês são *filhos* dela? — Ela balançou a cabeça. — Jesus...

Como eu poderia contar àquela mulher que sua mãe estava morta? Dizer da forma errada parecia imperdoável, mas eu não conseguia pensar em qual seria o jeito certo.

Tom pigarreou.

— Sua mãe morreu — disparou.

Matilda fechou os olhos e balançou a cabeça novamente.

— Ela está morta — repeti. — Sentimos muito.

— Sentem? — esbravejou. — Vocês sentem muito?

— Sinto. Digo, sentimos.

— Por favor, vão embora — sussurrou. — Já pedi. — Ela virou o copo de novo e deu outro gole de gim, derramando gelo no pé. Não pareceu notar. Eu me abaixei para pegar. — Não toque em mim — resmungou. — Não *toque* em mim.

Ela queria que fôssemos embora. Talvez eu quisesse ir embora. Afinal, eu não era responsável pela vida que ela levava, só a encontrei.

— Saiam — repetia. — Saiam, saiam, saiam.

Eu hesitei. Podia sentir a carta em meus dedos, o papel frio, mas eu não a entreguei. Havia sido escrita para outra mulher. Destinada a alguém que havia fugido do inferno, mas aquela mulher vivia no meio dele. Nossa mãe não conhecia essa mulher, seu jeans azul barato e sua camisa de algodão amarrotada, seus olhos vidrados, seu corpo cambaleante. Ela não sabia nada sobre a vida daquela mulher.

— Precisa entender. Pensamos que talvez você quisesse nos ver.

Ela chorava como uma criança. Limpava as lágrimas com as mãos, batendo na bochecha com as palmas abertas como se quisesse enfiá-las de volta na pele.

— Eu queria ver vocês. Só não queria ser vista.

Lá fora, eu me recostei no meu carro e esperei Tom falar. Ele me observava como se tivesse algo a dizer. O que eu queria, mais do que tudo, era pegar o carro e ir embora para nunca mais voltar. Os olhos dela permaneciam em mim, sua desesperança, como se ela pudesse ver a si mesma como a víamos, sentir a força da repulsa que nos esforçamos para esconder. Mas talvez assumir e compartilhar aquele sentimento de repulsa — observando-o chegar aos lugares mais distantes e voltar, como se um cordão o ligasse ao seu corpo, pudesse compensar todos aqueles anos perdidos, tornar nossos silêncios apreensivos em um momento familiar.

— Tá — disse Tom, finalmente. — Por que não entregou a carta?

— Está preocupado com a carta?

— Sim. Estou.

— Você *viu*? Você viu o que eu vi?

— Tive uma ideia.

— Ela tem um armário, Tom. Onde ela bebe. Só um colchão vagabundo e uma pilha de garrafas vazias. Tinha um banquinho, como se alguém fosse colocado ali de castigo.

— Ela é uma alcoólatra, Stella. Tem um problema claro. Não significa...

— Acho que ela tem um filho. Havia fotos de um menino. Era a quem ela se referia quando disse...

— Que pareço com ele?

— Acho que sim. É. Mas esse armário, Tom, estou dizendo. É algo saído de um conto de fadas. Onde a bruxa má vive.

— A carta era o motivo, Stella. Toda a razão de estarmos aqui.

— Não era o meu motivo.

— Então qual é?

— Eu queria dizer pessoalmente a Matilda que a mãe dela havia morrido, terminar esse silêncio absurdo. Você nem sabe o que a carta diz.

— Nem você.

Joguei meu cigarro no chão e o apaguei com o pé.

— Não é mesmo? — insistiu ele. — Nem você?

— Queria saber o que estávamos levando, tá?

— Mas não era *sua*, Stella. É simples assim.

— Isso não importa. Não é o mais importante.

Ele balançou a cabeça.

— Eu não devia...

— Sua vida sempre foi um desastre — disparou. Ele parecia cansado. — E ainda assim é tão curiosa pela vida dos outros...

— O que isso quer dizer? — perguntei, mas sabia o que ele queria dizer. Havia um vazio em minha vida que eu preenchia com os segredos alheios. Ele estava certo. Era verdade. Havia sido verdade por tanto tempo que eu não conseguia imaginar outro tipo de vida.

* * *

Em nosso quarto de hotel, Tom ligou a televisão e um programa policial surgiu na tela. Uma gorda era levada da varanda de alguém. Levava um grande cooler de Gatorade. Sua camisa escorregou dos ombros e vimos um flash de seus seios, sem distorção na imagem. Era um canal a cabo. De uma porta atrás dela, um homem magro gritava algo sobre divórcio. Um narrador dizia: "Parece que alguém fez besteira!".

Tom riu. De vez em quando, podíamos ficar numa boa juntos. Eu me lembrava de alguns bons momentos. Uma vez ele me deu um chapéu de bobo da corte.

— Faça uma dancinha — disse. — Me faça rir.

Sacudi os sininhos para fazê-los tilintar. Arrastei os pés. Coloquei as mãos nos quadris e balancei como se estivesse girando um bambolê. Fiquei de quatro e corri como um cachorro. Ele bateu palmas. Minha cabeça estava abaixada, mas eu podia ouvi-lo rir.

— A Boba Stella — provocou. — Boba Stella, não pare.

Hoje eu queria acertar as coisas entre nós.

— Vamos comemorar — anunciei. — Vamos brindar por este dia ter terminado da pior forma possível.

— Isso é muito Stella de sua parte — disse ele, com um leve sorriso. — Mas não temos nada com o que brindar.

— Tem um mercadinho no final da rua.

— Depois de tudo isso? Um mercadinho?

— Compre também uma cervejinha para depois do brinde.

Na TV, a mulher jogou o cooler por cima do corrimão, enquanto o marido ficava parado, assobiando. Tom se levantou.

— Você me conta o que eu perdi quando eu voltar— pediu. — O que será que vai acontecer com esse casamento?

Ele deixou a porta escancarada, mas não me levantei para fechá-la. Eu me acomodei e troquei de canal. Havia um programa sobre tubarões. Não era sobre tubarões vivos. Era sobre tubarões mortos e os animais mortos que encontravam dentro deles. Pescadores cortavam suas barrigas cinzentas para mostrar câmaras de músculo rosado repletos de águas-vivas, peixes prateados, embalagens de camisinha, cilindros de oxigênio. Encontraram tentáculos de polvo e faixas cor de laranja fluorescentes usadas por mergulhadores de águas profundas. Quando Tom voltou, a TV mostrava uma bacia de restos humanos como picles na salmoura.

— Jesus! — espantou-se. — O divórcio está pior do que eu pensava.

Tirei o som da TV.

— O que trouxe?

— Eu queria gim, mas achei que seria de mau gosto.

Ele havia comprado uísque. Enchemos os copos plásticos do hotel com o líquido âmbar e bebemos rapidamente, nossas gargantas se retraindo com o calor. Assistimos a pescadores com os braços cheios de sangue procurando fragmentos que pudessem identificar o morto.

Acordei de ressaca, com a visão embaçada e os cílios colados. Tom e eu nos encaramos com uma expressão culpada, como estranhos que haviam dormido juntos. Tínhamos de conversar sobre a noite anterior, apesar de nenhum de nós querer.

— Não vou me meter nisso — declarou.

Eu disse que ia voltar ao trailer.

— Mas por que seria… — Ele se interrompeu. — Tá.

Eu fiquei lá em silêncio.

— Mas entregue a carta a ela, está bem? Ela tem o direito de ler.

Matilda estava estranhamente animada quando cheguei. Ficava esfregando os olhos com os punhos como uma criança acordando, e eu me perguntava se ela havia tomado algum remédio desde que a vi. Seus olhos pareciam beterrabas avermelhadas. Tinha um olhar que eu reconhecia da minha mãe. Um olhar que sugeria emoções acontecendo além do visível: uma dor tão profunda que você nunca seria capaz de enxergar, um amor tão feroz que poderia engolir a si mesmo completamente. A expressão nunca perdurava no rosto de minha mãe, mas em Matilda o sentimento persistiu um pouco mais. Seus olhos estavam imersos naquela dor, presos em suas garras. A dor distorcia seu rosto. Seu corpo e seu hálito ainda exalavam gim.

Ela não me convidou para entrar, mas também não me mandou ir embora.

— Você voltou — constatou.

Não sabia se ela estava feliz ou surpresa. Ela alisou a saia de brim. Senti seu olhar me analisando: meu tubinho, manchado com meias-luas de suor, e sapatilhas amarelas. Eu estava bem-vestida, toda em tons pastel, uma típica garota de classe média de antigamente. O que será que achava de mim? Ficamos quietas.

— Então, queria saber uma coisa — disse, enfim.

— Pode me perguntar qualquer coisa.

— Lucy ficou doente do quê?

— Ela não ficou doente. Só ficou velha.

— Mas o que aconteceu exatamente? Você a viu?

— Tudo. Quedas, ausências, uma decadência generalizada. Ela sentia uma dor na pele.

— Você estava lá quando ela… Você a viu morrer?

— Vi.

— Doeu?

— Não tanto quanto poderia.

Matilda mordeu o lábio. Entrelaçou os dedos e estalou um a um, até o fim.

— Nem sei o que perguntar mais. Nem sei por onde começar.

— Quer saber a última coisa que ela disse?

— O quê?

— Ela disse à minha mãe que a meia-calça dela estava desfiada.

— Está de brincadeira! — Ela fez uma pausa, então sorriu. — É sério?

Balancei a cabeça.

— Porra! Detalhista até o fim.

Ficou parada por um momento. Então começou a rir. Riu tanto que seu corpo todo sacudiu. Foi tão repentino e silencioso que pareceu um momento muito íntimo. Desviei o olhar, constrangida, e quando olhei de volta, ela ainda sacudia, mas era um tipo diferente — mais como um tremor — e não era mais pelo riso. Ela balançava contra o sofá e apertava o peito.

— Precisa de algo? — perguntei. — Como posso te ajudar?

— Eu faço isso no escuro. Não consigo parar.

Fiquei quieta. E a deixei continuar.

— Desligo as luzes e dou pequenos goles, apenas pequenos goles, um depois do outro. Então durmo e acordo e penso que talvez, não sei, é idiota o que eu penso, mas que talvez, se houvesse uma porta que eu possa fechar… que talvez, não sei, seja uma espécie de fim.

— Muitas pessoas enfrentam esse problema — afirmei. — E melhoram.

— Não precisa dizer "esse problema" como se eu fosse idiota. Sei o que há de errado comigo.

Eu me lembrei do colchão, do cobertor amarrotado. Não disse nada.

— O que você quer? — perguntou. — Quer que eu diga que vivo como um animal aqui? É o que você quer?

Mordi o lábio.

— Não, não é isso que eu quero.

Eu me sentia enjoada. Fiquei sentada em silêncio, tentando evitar que o enjoo piorasse.

— Você não parece bem — comentou.

Eu saí e me agachei, vomitando na terra branca e dura. O chão era áspero e seco pelo sol inclemente. Nada saiu da minha boca exceto um fiapo de saliva amarela. Levantei o olhar. Eu a vi observando.

— Desculpe — disse. — Não queria…

— Ela teria odiado, sabe.

— Quem?

— Lucy. Ela teria odiado *mesmo*. O ponto a que as coisas chegaram. — Agora, ela chorava baixinho. — É um problema que eu tenho.

— Tinha tantas — falei. — Tantas garrafas.

— Nunca é o bastante.

O choro ficou mais intenso. Eu queria dizer que ficaria tudo bem. Mas não estava bem havia anos. E o que eu poderia fazer para mudar isso? Ela acordaria amanhã naquele lugar — cheia de lembranças daquele colchão, da lembrança de sua mãe, da lembrança daquele homem, quem quer que fosse, batendo à sua porta. O cheiro até poderia desaparecer — deixar seu corpo e seu armário —, mas levaria um tempo, e tudo mais continuaria igual.

* * *

Dirigi até a cidade e voltei com compras: sacos de lixo, água sanitária, purificadores de ar cujos nomes sugeriam mudança e movimento: Brisa de Limão, Onda Cítrica. Perguntei a Matilda se eu podia fazer uma faxina. Ela assentiu sem dizer uma palavra, esfregando os dedos nas cavidades das têmporas, mal olhando na minha direção. O choro havia aberto algo nela, como o calor descolando um envelope selado.

A primeira a ir para o lixo foi a carcaça de peru. Encontrei outra pilha de comida, escondida nas sombras: um prato de papel coberto de envelopinhos de ketchup e grumos de queijo endurecido, uma antiga bandeja para comer na frente da TV tinha restos rosados de camarão, com fiapos brancos pendurados nas pontas dos rabos. As cascas eram como pedaços de unha, quebradiças e crepitantes. Senti cheiro de carne velha e o fedor ácido de iogurte azedo. Havia embalagens amassadas de doces e muffins. Toquei o papel engordurado, meus dedos receosos do que poderiam encontrar.

Empilhei as garrafas nos sacos. Suas tampas mal fechadas derramaram gim nos meus dedos. Matilda estava sentada no sofá e me via indo de um lado para o outro pela sala, sacos vazios nas mãos e sacos abarrotados nos braços. Quando eu carreguei o cobertor, ela se levantou abruptamente.

— Deixa que eu cuido disso

— Tudo bem. Esse é o último, praticamente.

— Por favor, me deixe ajudar.

Ela pegou o cobertor, dobrou direitinho no sofá e me disse para parar um pouco — eu podia esperar por um segundo? —, enquanto ela pegava algo nos fundos. Esperei. Ela voltou e me passou um pedaço de papel dobrado. Abri. Havia um cheque dentro. Na parte de cima, estava escrito: "Para Tilly". Logo abaixo: "Você conseguiu!". O cheque era de trinta mil dólares.

— É do meu filho, para quando eu ficar sóbria.

Foi quando ela me contou sobre Abe.

— Meu pestinha adorável — disse ela. Seu filho. Ela trabalhava como prostituta em Reno, e o pai era um dos clientes. Era um bom homem, disse, mas a situação era complicada.

O ARMÁRIO DE BEBIDAS 103

— Meu filho é um bom homem também. Trabalha duro.

Ficamos em silêncio. *Prostituta*. A palavra parecia grande, como uma presença no ambiente.

— Então você é...? — Não consegui terminar.

— Não, faz tempo que parei. Cinco anos.

— Mas antes?

— Não tenho orgulho.

— Eu só... — hesitei. — Eu não sabia.

— Parei por causa dele. — Ela apontou para o cheque. — Por causa de Abe. Ele me sustenta para que eu possa... Bem, para que eu não precise fazer isso.

Eu podia sentir o cheiro em seu hálito: não do gim da noite passada, mas o desta manhã. Exalava de sua língua como fumaça.

— Meu filho envia cheques há anos — continuou ela. — É um banqueiro importante em São Francisco, tem tanto dinheiro que não sabe o que fazer com ele, e uma mãe vivendo na miséria no meio de Nevada. E o que ele pode fazer? Foi a melhor forma que ele pensou para me ajudar.

Assenti. Matilda me contou que o filho ligou uma noite e ouviu na voz dela como as coisas haviam degringolado.

— Ele apenas *ouviu* — disse ela. E eu sabia exatamente o que ela queria dizer. Agora estava farto dela até ela ficar sóbria de vez.

— Nada de dinheiro até você largar?

— Ele nem fala comigo. Não até eu melhorar. Até ele ver com os próprios olhos.

— Ver?

— Ele quer que eu vá para lá.

— Quer que você more com ele?

— Ele é solitário. Tenho certeza de que isso é parte do motivo.

Tentei imaginar um homem adulto implorando à mãe para morar com ele. Imaginei a conversa deles na noite em que percebeu o estado dela. "Meu menino", as palavras arrastadas, "estou sozinha no escuro", a luz do celular como sua única companhia.

Peguei a carta das mãos dela. Havia sido dobrada e redobrada tantas vezes que as dobras estavam puídas, o papel esgarçado. O titular da conta era Abraham Clay, e o endereço, em Harrisson Street. A letra era clara e firme, como se um grande esforço tivesse sido depositado em cada letra. "Você conseguiu!"

— Ele a chama de Tilly? — perguntei. Como Dora a chamava. Ainda tinha a carta dela na minha bolsa.

— Ele e todo mundo — disse ela. — Todo mundo exceto minha mãe. *Preciso de Matilda. Onde está Matilda? Ela me falou sobre o gengibre.* Claro, todo mundo exceto ela.

Perguntei se ela era próxima do filho.

— Sim e não. Não o conheço muito bem, se é o que quer dizer.

Esperei que ela continuasse.

— Mas ele foi a única coisa que fiz que… Bem, que acabou bem. Mesmo que eu nunca tenha sido uma mãe para ele.

Ela explicou sobre o pai de seu filho, o Grande Abe, e toda sua grana. Eu podia sentir o cheiro do gim entre suas palavras como pontuação. Acontece que ambulâncias sempre são um bom negócio, sobretudo em Las Vegas. Os cassinos significavam ataques cardíacos, brigas de faca, idosos sonhadores desabando em carpetes felpudos. Abraham era um astuto negociante que caiu de paraquedas no ramo de resgate.

Abe fora criado pelo pai, mas ficava com Tilly por duas semanas a cada verão.

— Essas eram nossas semanas — explicou. — Só nós dois.

Ela olhou para a cozinha, e eu pude ver — só um vislumbre — uma fome selvagem, desesperada em seus olhos. Não era nem meio-dia.

— Vamos sair. Vamos dar uma volta — sugeri.

Se era para sair, ela precisava se trocar, explicou ela. Vestiu uma calça branca e um cardigã azul combinando. Penteou o cabelo e o deixou solto. Seu hálito tinha cheiro de enxaguante bucal. Tomou algumas aspirinas antes de sairmos, dizendo que o calor lhe dava dor de cabeça.

Caminhar pelas ruas de Lovelock dava a sensação de estar presa num corpo arfante em seus momentos finais, quando tudo parecia fraquejar até sucumbir de vez. Ouvi a placa de turistas batendo contra o metal do trailer e me lembrei do *claque-claque* do respirador fazendo o trabalho dos pulmões de Lucy.

Conversamos sobre Nova York, uma cidade que ela não conhecia, e contei a ela suas peculiaridades: os caras que jogavam handebol na frente do ponto da West Fourth, os famosos cupcakes que tinham um cheiro melhor do que o gosto — "Não me entenda mal, é que o cheiro é maravilhoso", expliquei — e a vez que eu joguei um ar-condicionado pela janela do meu quarto. Contei a ela sobre o dia em que vi uma ratazana comendo os restos de outra nos trilhos do metrô enquanto o trem A se aproximava.

— Você é boa em descrever momentos — disse ela.

Era só isso. Eu não conseguia me lembrar da minha vida como nada além desses recortes, pequenos retratos ou reações que deveriam sugerir verdades maiores sobre minha existência.

— Conhece muita gente? — quis saber Tilly. — Suas histórias nunca têm pessoas.

— Conheço pessoas. Às vezes acho que conheço gente demais.

Ela se virou para mim.

— Você é muito inteligente. Como sua mãe.

Eu não sabia o que dizer quanto a isso. Não sabia o que isso significava para ela.

— Não sou feliz lá. Em Nova York, quero dizer.

Eis uma das minhas maiores verdades: eu era solitária, a história toda se resume a esse fato. Eu podia passar horas divagando sem dizer isso expressamente, mas estava sempre implícito.

— Então talvez você devesse sair de lá.

Ela me levou ao famoso fórum redondo. Era redondo. Ela me mostrou cadeados pendurados em longas correntes de metal no parque da cidade.

— As pessoas trancam seus amores — explicou ela. — É uma tradição local.

— Como é?

— Pode parecer idiota para você. Mas para algumas pessoas significa muito.

Compramos cachorros-quentes de um vendedor no parque e comemos. Ela me mostrou um pouco da história da cidade como se tivesse orgulho. Acho que de certa forma tinha; era lá que havia passado a maior parte de sua vida. Havia uma placa de bronze em homenagem a George Lovelock, o pioneiro galês que chegara à cidade seguindo os rumores sobre as minas de prata. A lenda local alegava que toda manhã ele mergulhava uma faca em quinino e lambia o pó da lâmina só para provar que conseguia. Ele nunca ficava doente. Até ficar tão doente que morreu. De febre tifoide, em 1907. Em sua última noite na Terra, ele foi visto em profundo delírio, carregando uma vela para dentro de uma mina. Seu trabalho foi sua razão de viver e seu túmulo.

Contei a ela sobre minha demissão em Nova York. Ela nem havia perguntado o que eu fazia da vida.

— Era um trabalho horrível — expliquei.

— A maioria é. Pretende arrumar outro?

— Para ser sincera, não tenho certeza do que fazer agora.

— Aposto que sua mãe adora isso.

Minha risada saiu como um ruído animal, desvairada. Eu estava nervosa. Ainda não havia lhe entregado a carta.

— Dora sempre adorou planejar o futuro.

— Não se preocupe. Ela ainda adora — retruquei.

— O que ela achou de… você sabe… de você vir até aqui.

— Minha mãe?

Ela assentiu. Parecia genuinamente nervosa.

Vasculhei minha bolsa e senti o envelope.

— Ela não sabia o que pensar — respondi.

— Na época em que eu a conhecia, ela sempre sabia o que pensar.

Saquei a carta da bolsa.

— Isso é dela.

Ela leu na minha frente, imóvel. Observei seu rosto. Sua expressão permaneceu impassível. E, então, me devolveu.

— Então é isso. Aí está.

— Ela pode ser muito dura às vezes. Eu sei.

Ela suspirou. Seus olhos contemplavam o horizonte. Passou a mão pelos cabelos entremeados de mechas brancas. O ar estava ficando mais frio. O deserto escurecendo ao nosso redor.

— Sabe do que eu preciso? Preciso de uma bebida.

* * *

À meia-noite, estávamos de volta ao parque. O fórum reluzia branco como um dente na escuridão. Estávamos sentadas na grama com um litro de Gordon's. Só sobraram alguns dedinhos, brilhando como joia na garrafa. Eu estava levemente bêbada, mas sabia que Tilly havia bebido a maior parte. Era difícil de acreditar que um corpo normal de mulher podia aguentar tanta bebida.

Nós nos deitamos na terra e olhamos as estrelas. Havia provavelmente constelações lá em cima em algum lugar — era só uma questão de perspectiva —, mas minha visão não conseguia focar o suficiente para enxergá-las.

A voz de Tilly era clara e forte em sua bebedeira, pensamentos despersonificados emergindo da escuridão ao meu redor.

— Qual sua grande esperança? — quis saber. — Daqui a dez anos, o que deseja?

Pensei por um longo tempo. Minha cabeça parecia pesada. Estava cheia de líquido que havia se transformado em gel. As respostas estavam presas lá como insetos em âmbar.

— Eu gostaria de fazer algo que me tirasse de mim — disse, finalmente.

— Por que isso?

— Fico cansada de ficar presa dentro de mim mesma.

— Você é livre. Tem a vida toda pela frente.

— Odeio quando as pessoas dizem isso.

Ela sorriu.

— Eu odiava quando diziam isso para mim.

Sabia que aquilo não estava certo, o que tínhamos feito. Eu havia visto suas trevas e agora era parte dela. Mas era muito melhor estar ali, duas mulheres na noite aberta. Era mais fácil falar com nossos rostos à luz da lua, minha língua solta e quente. Isso também era um tipo de bravura.

Perguntei sobre sua infância. Como eram os verões? Ouvi histórias sobre Cape Cod.

— Ouviu sobre isso? — perguntou.

— Lucy me contou — falei.

Então ela contou sobre os verões em Cape. Pareceu evocar memórias prazerosas. Perguntei sobre a banheira cheia de criaturas marinhas morrendo. A história era verdade? Sim, ela confirmou. Era. Certa vez Dora tirou as patas de uma estrela-do-mar e Matilda ficou brava. "Junte essa estrela de volta!" Então elas arrumaram os pedaços e os colaram de volta para lhe dar um enterro digno na areia.

Tilly me contou sobre o verão em que ficou doente, com uma febre tão alta que sonhou acordada. Lucy lhe deu um sininho de prata e resfriava sua pele nas piscinas naturais, pingando água do mar sobre sua testa quente com uma esponja. Imaginei minha mãe coletando espécimes marinhas no dia seguinte, enchendo, sem saber, um jarro com a mesma água que lavara a febre de Tilly. Ela não tinha como saber que o suor febril de sua irmã caçula desaguou nas águas frias do Atlântico.

Minha mãe não tinha ideia dos momentos que perdera, vividos pela mãe e pela irmã, e isso me deixava triste por ela, pela menina que minha mãe havia sido.

— Vou mijar — anunciou Tilly. — Já volto.

— Aqui fora?

— Bem, o fórum com certeza está fechado. Então acho que vou na moita. — Ela cambaleou um pouco, oscilante, e se segurou em um banco para manter o equilíbrio.

— Você está bem?

— Sim, sim — respondeu. — Estou bem.

Agora as estrelas estavam claras e brilhantes. Não estavam mais se movendo. A bebedeira estava passando. O frio ajudava. Se eu forçasse a vista, podia ver uma lagosta erguendo suas duas garras em direção à lua. Estava lutando consigo mesma.

O corpo de Tilly atingiu o chão com força.

— Ai. Ouviu isso?

— Isso o quê?

— Minha bunda batendo no chão.

— Sim. Ouvi.

Ficamos quietas. Arranquei tufos de grama e esfreguei a terra entre meus dedos. Ela bebeu o resto do gim.

— Bem, que se foda. Não adianta. — Ela virou as últimas gotas de bebida no chão. — Estou tentando. Pode não parecer, mas estou. Há anos.

— A mudança vai te fazer bem. Um recomeço — sugeri.

— Um recomeço! — berrou. — Já fodi mais recomeços do que você poderia contar. Sempre tenho que fazer isso sozinha.

Foi quando a ideia surgiu em minha mente. Nem podia distingui-la claramente até sugerir a ela — em voz alta, um pouco bêbada —, como uma constelação fraca, distante, ganhando forma diante de meus olhos embaçados.

— O que acha da ideia de eu me mudar para lá com você?

Levou muito tempo até ela falar.

— Eu diria que nem nos conhecemos.

— E o que diria depois?

— Que poderia ser um desastre. Eu diria que o apartamento nem é meu. Eu não tenho a mínima ideia do que fazer da minha vida quando…

— Nem eu — interrompi. — Pago aluguel até encontrar um lugar para mim.

— Vou ter que recomeçar do zero. Vai ser uma merda.

— Talvez eu possa ajudar.

Ela me olhou e ergueu as sobrancelhas.

— Podemos deixar uma coisa clara? — Havia um tom áspero em sua voz que eu reconhecia de minha mãe: "Stella, venha já aqui", agarrando meu braço logo antes de gritar comigo por algo terrível que eu havia feito, como colocar sabão no aquário dos peixes, migalhas na cama, engravidar de um homem casado. — Não preciso de alguém cuidando de mim — esbravejou ela. — Você acha que sou um fracasso. Sei disso. Acha que eu mesma não vejo isso?

Respirei fundo.

— Não disse isso. Só achei…

— Eu sei — resmungou. — Você quer ajudar.

Fiquei de pé e limpei a poeira do meu jeans.

— Esquece o que eu disse.

Ela bateu no chão novamente.

— Senta logo. Senta. Só preciso saber de uma coisa.

— Do quê?

— Me diga que não está fazendo isso só por mim. E aceito. Faremos isso. Só me diga que não será por minha causa.

— Isso é fácil — respondi. — Tudo que eu faço é por mim mesma.

Chamamos um táxi, que deixou Tilly em casa primeiro. Ela camba-leou duas vezes na calçada. Eu queria me certificar de que ela conseguiria subir as escadas do trailer. E ela subiu os três degraus sem tropeçar. Era a casa dela. Ela a conhecia bêbada. Provavelmente era a forma como mais a conhecia.

O chuveiro estava ligado em nosso quarto de hotel. Tom não havia fechado a porta do banheiro, e todos os espelhos tinham gotas grossas de vapor.

— Voltei! — gritei.

O barulho de água cessou — era sempre um som aspirado aos meus ouvidos, como se a água estivesse inspirando — e Tom apareceu de cueca boxer e uma camiseta branca. Ele me contou que havia pegado uma lanterna e corrido no deserto e, então, parou e desligou a luz.

— Era escuro pra danar lá. Parecia outro planeta.

— Legal — falei. Esperei.

— Como ela estava? Como foi?

— Foi bom.

— Que bom!

— Tom?

— Quê?

Contei a ele sobre a mudança: minha grande ideia. Contei sobre Tilly e seu filho e seu grande apartamento vazio — como ele era solitário e ela sabia, e como ela estava se matando e ele sabia, e sobre o plano louco de que talvez os dois pudessem fazer isso juntos, por um tempo, tentar recuperar o que nunca tiveram quando ele era jovem.

Eu não conseguia parar de falar. Quanto mais eu falava, mais louco e maravilhoso parecia, aquele plano, absurdo e cheio de esperança. Ela tinha medo de começar algo novo e eu também, verdade seja dita, mas eu tinha ainda mais medo de continuar fazendo a mesma coisa por anos, tentando explicar aos outros por que estava feliz.

Quando terminei, Tom perguntou:

— Está bêbada?

— Você acha que é bobagem. Acha que é uma loucura.

— Não pode estar falando sério — retrucou ele. — Nós conhecemos essa mulher ontem.

— Ela não é uma estranha.

— *É*, sim. Não vê? Isso nem tem a ver com ela. Você sabe disso tanto quanto eu.

— Tem a ver com o quê?

— Deixa disso, Stella. Você acha que mamãe não soube ser mãe, então fica tentando bancar a mãe de todo mundo, a porra do mundo todo, sua própria avó, e agora…

— Não tem nada a ver com a minha mãe. É coisa minha. É a minha vida.

— Você não tem emprego. Não tem dinheiro. Cria histórias engraçadas sobre sua vida. Basicamente, é só isso.

— É exatamente o que estou dizendo. Quero algo mais.

— Então me conte como vai ser, Stella. Vocês se mudam para um apartamento de rico com o filhinho prodígio dela e você banca a enfermeira durante os doze passos dela, é isso? Você a amarra à cama enquanto ela grita por uma bebida e conta histórias terríveis sobre nossa mãe enquanto você a escuta atentamente? Quer bancar a boa samaritana?

— Bem, alguém aí anda lendo a Bíblia dos Alcoólicos Anônimos.

— Não sei nada sobre os Alcoólicos Anônimos. Só tenho medo do que você deseja. Quer que a vida inteira dela mude num instante? Quer ouvi-la dizer "obrigada"?

Fiquei quieta.

— É isso?

— Quando você se tornou tão amargo, Tom?

Ele suspirou.

— Isso é sério?

— Espero que sim.

— Você sempre quis transformar sua vida num romance — retorquiu. — Eu sabia que algum dia isso te causaria problemas.

* * *

Quando uma jovem deixa Nova York, uma senhora madura e cheia de promessas, parece um veredito entregue ao final de um julgamento. "Quanto tempo você resistiu?", alguém me perguntou, e os outros fingiram que não pensavam dessa forma, mas no fundo pensavam — resistir significava persistência, era um marco de fraqueza ou força. Eu amava a cidade da forma como amava garotos — despida de todo orgulho. Talvez ela só tenha me amado por um momento, mas eu continuei a amando — caminhando por aquelas ruas lotadas, à procura de outro toque.

— Não entendo por que está fazendo isso — disse minha mãe. — Mas acho que não preciso entender.

— Não estamos começando uma vida juntas. É só um período de transição. Uma forma de nos conhecermos um pouco.

— Isso não tem nada a ver com ela. É você fugindo de sua própria vida.

— Estou vivendo minha própria vida.

— Espero que você não ache que possa salvá-la. Sei que pretende tentar.

— Tom falou a mesma coisa.

— Talvez ele tenha razão.

Fiquei calada.

Ela suspirou e perguntou:

— Como vai para lá, afinal? Tem um plano?

Dirigimos um caminhão de mudança alugado na direção oeste. Vendi meus móveis, voei para Lovelock e a ajudei a empacotar suas coisas. Tilly não tinha muitos bens, mas fez questão de mantê-los em segurança — aqueles gatinhos com luvas de inverno, agarrando canecas de chocolate quente do tamanho de unhas. Acontece que os gatos eram presentes de Abe, um em cada Natal.

— Virou um hábito — explicou Tilly. — Provavelmente ele não conseguia pensar em outra coisa para me dar.

Ainda havia espaço no caminhão quando terminamos de carregá-lo.

— Achei que eu tivesse mais coisa — disse ela, se desculpando. — Acho que não precisávamos de um caminhão.

O ARMÁRIO DE BEBIDAS 113

A viagem foi longa e quente, um borrão de horas de corpos doloridos e batatas fritas murchas. Nós medíamos o tempo pelo rugido oco do ventilador quebrado de nosso caminhão e nas crescentes queimaduras de sol em nossas bochechas expostas na janela.

O deserto de sal era estonteante, planícies caiadas de branco e margens de aspecto lunar. Parecia irreal, mas estava lá, estendendo-se por quilômetros e mais quilômetros. Era como se o mundo tivesse sido mergulhado num barril de água sanitária. Tilly já conhecia, quando viajou de carona num caminhão cheio de frango de granja com um cara chamado Pat. Ele tinha um pomo de adão que se projetava como uma maçaneta e gostava de fazer piadas sacanas para ver se ela se impressionava. Ela odiava o som da voz dele e as rajadas de fedor de titica de galinha. Agora Matilda batia no painel com a mão.

— Eu sabia que isso podia ser bom!

Eu imaginei como esses anos deviam ter sido para Lucy, sabendo que Tilly estava por aí, sem saber aonde tinha ido. Ela trouxe ao mundo o jovem corpo ferido da filha, tão vulnerável a esses abandonos. Ela havia visto aquele corpo sofrer. Ela o conhecera bem.

Numa parada de descanso, vimos um caminhoneiro sacudindo uma máquina de venda automática, arranhando os próprios braços num surto de fúria desesperada. Tilly reconheceu os sinais nos dentes e na pele.

— Provavelmente está na fissura — disse ela. Nós o vimos sugar as feridas abertas. Ela cochichou em meu ouvido: — Ele quer sugar o resto de metanfetamina do sangue.

Paramos num hotel castigado pelo vento do deserto. O ar zunia pelas janelas e chacoalhava as vidraças. As paredes do saguão tinham pinturas a óleo retratando veleiros, moinhos, cachorrinhos com chapéus de caubói. Dispensei o jantar e me enfiei na cama com um cinzeiro e um maço de cigarros. Eu ainda curtia isso às vezes: ir dormir com fome para acordar me sentindo leve, adormecendo imersa na fumaça fedida.

O telefone tocou uma vez, duas vezes; eu atendi. A linha estava muda.

Alguns instantes depois, tocou de novo. Atendi: ninguém. Ou era número errado ou era Tilly. Ela estava em um quarto no andar de baixo.

A porta estava destrancada. Eu a abri.

— Ei! — chamei. — Me ligou?

Não houve resposta. O quarto estava perfeitamente intocado exceto por um saco de papel amassado aos pés da cama.

— Não precisa ficar — falou Tilly de dentro do banheiro. — Estou me sentindo melhor.

— Melhor? O que houve?

Ouvi a descarga. O longo espelho atrás da televisão mostrava um pedaço do banheiro. Tilly estava ajoelhada na frente da privada. Caminhei até a porta do banheiro, mas não consegui ir além.

— Desculpa. Não queria que você visse isso.

Tinha cheiro de vômito e jasmim industrial. Ela havia borrifado um purificador de ar. O odor me lembrou de Lucy — não o cheiro que ela costumava ter, mas de uma vez que minha mãe nos levou para jantar. "Sei que Dora está acostumada com restaurantes chiques", dissera ela. Acho que fazia muito tempo desde que estivera em um. Sua sombra de olho estava absurda naquela noite, escura demais, e ela usava um vestido floral brilhante, engomado nos ombros.

Preparei um banho quente. Eu não estava certa se banhos quentes eram bons para bêbados — talvez só aumentassem a névoa da bebida, evaporassem suas mentes pelos poros —, mas eu queria que Tilly sentisse aquela sensação gostosa envolvendo seu corpo. As pequenas bolhas se espalharam na superfície como penugem branca nascendo na água. Ela ficou de molho enquanto eu assistia a um programa de crimes reais na TV. "Ela encheu a banheira para trazê-los de volta à vida." O programa era sobre um fazendeiro de jacarés que havia sido assassinado. Todo mundo achava que era sua enteada, de apenas catorze anos, mas ninguém tinha provas. No entanto, todos sabiam que ele a estuprava. Não exatamente estuprava, seja qual for o nome que se dá para alguém que diz sim, mas não tem discernimento suficiente para saber o que é bom para si mesmo.

Tilly demorou tanto que fiquei com medo de que ela tivesse adormecido na água e desmaiado com o calor. Bati na porta para me certificar de que ela estava bem. Sua voz veio um momento depois.

— Pode ir. Estou bem.

O ARMÁRIO DE BEBIDAS 115

Mais tarde, eu viria a aprender a reconhecer isso — a esperança de que, se ela demorasse tempo o suficiente, eu simplesmente iria embora. Mais do que tudo, ela odiava parecer idiota.

Ela saiu num roupão branco limpo. Seus cabelos estavam escurecidos pela água, as cores mescladas de madeira manchada e cinza-aço. Ela passou a mão nos cabelos desgrenhados e escorrendo.

— Posso pentear para você. Se for mais fácil.

Eu nunca tive uma irmã mais nova ou mesmo uma prima, ninguém.

Ela não respondeu, mas se sentou no cantinho da cama, como se me desse permissão, e eu me sentei com as pernas cruzadas atrás dela, passando o pente em cada mecha até ficar perfeitamente alinhado em suas costas.

— O que aconteceu? — perguntei.

— Tudo parecia bem. E depois não estava.

Tirei o cabelo dos dentes do pente e juntei o chumaço no meu punho fechado.

— Só pensei… — Ela fez uma pausa. — Pensei, só *mais uma vez*.

Passei a mão na curva suave de sua cabeça.

— Está penteado.

— Você é boa nisso. Dora sempre puxava muito forte.

— Sim. Eu sei.

Eu a encontrei pelada na cama na manhã seguinte, lençóis jogados de lado. Seu rosto e seu corpo estavam cobertos com um brilho amarelado. Ela se sentou lentamente, apalpando o cobertor com os dedos. Fechou a mão em punho, então enfiou debaixo de um travesseiro. Percebi que ela estava com tremores. Estava tentando escondê-los.

— Bem… — murmurou. — Acho que devemos cair na estrada. — Eu mal podia olhar para essa mulher: a pele pálida, as pálpebras trêmulas, as mãos percorrendo o lençol como um animal enjaulado.

— Não — afirmei. — Vamos passar por isso aqui.

Quatro dias, propus a ela. Sem bebida. Deixei meu quarto no andar de cima e me mudei para o dela.

— Não se deve parar de uma vez — argumentou ela. — Você sabe disso, não sabe?

Vi seu olhar, como uma rede que lançava para qualquer direção, para qualquer um, só para conseguir o que queria: o líquido transparente, o calor aveludado descendo pela garganta. Pensei na palavra *bêbada,* suas sugestões engraçadas — como se ela tivesse sido embebida, encharcada, absorvida. Seus lábios estavam ásperos como espigas de milho.

Ela estava de ressaca e tinha um tremor intenso. Sua boca estava tão seca que abafava sua voz.

— É como se minha garganta estivesse cheia de mariposas — sussurrou.

Comecei a descobrir que ela sempre teve uma descrição vívida para o que acontecia em seu corpo, mesmo quando ela o feria: tumores grumosos como amoras em seus seios, o fígado vermelho e esponjoso pelas toxinas, álcool correndo por suas veias como a urina de um velho. Ela tinha um linguajar... Suas palavras eram feias, mas era o que ela queria expressar.

Fui a um mercado comprar comida e água. Perguntei à moça do caixa:

— Qual é a vitamina para detox? — Ela me lançou um olhar como se eu fosse louca. — Desculpe — emendei. Vasculhei a bolsa à procura de meu cartão de crédito. — Deixa para lá.

— Espere um segundinho. — Ela pegou seu interfone.

— Chamando Freddy. — Sua voz ecoou alta. — Freddy, caixa 16.

Um homem apareceu momentos depois. Tinha mãos grandes e uma cicatriz em forma de pistache abaixo do olho. Segundo seu crachá, ele trabalhava no setor de carnes, e seu jaleco estava manchado de sangue.

— Freddy... — disse a mulher. — Essa jovem quer saber sobre uma vitamina para detox.

Ele cruzou os braços e me olhou com bondade.

— Acho que a que você procura é a B_1 — sugeriu. Seus olhos estavam cheio de pena. — Boa sorte.

Eu me sentei no carro no estacionamento e não conseguia me mover para dar a partida. Pensei em nosso quarto de hotel — Tilly na cama, sem saber o que dizer — e eu me senti cansada e exaurida, ridícula. Peguei meu celular e o encarei por um longo tempo, abrindo e fechando. Queria que houvesse alguém, qualquer um, cujo nome viesse rapidamente à mente.

Louis atendeu antes mesmo de eu ouvir o telefone chamar. Eu não estava pronta para sua voz.

— Stella... — sussurrou com a voz suave. — Achei que estivesse se mudando.

— Estava. Estou.

Houve uma pausa. Eu podia ouvir buzinas e o zunir de uma sirene, os sons das ruas da cidade.

— Como você está? — quis saber.

— Já estive melhor.

— O negócio é que...

Ele e a esposa iam ter um filho.

Pouco depois da meia-noite, eu acordei com o som de uma descarga. A porta do banheiro estava aberta. Tilly estava sentada na privada, sua camiseta de algodão grudada ao corpo.

— Tive um sonho. Você não vai acreditar.

Segundo ela, havia um cachorro cavoucando seu braço como se tivesse enterrado ossos por baixo da pele, como se seus ossos fossem os ossos dele, que ele havia guardado e agora voltava para pegá-los.

— Meu braço todo estava despedaçado como queijo em palitos. É a última parte de que me lembro.

Ela piscava bem rápido. Sua pele estava pálida, mas suas bochechas estavam coradas. Seu cabelo estava denso como a pelagem de um animal. "Ela é uma mulher", disse a mim mesma. "Uma mulher."

— Volte a dormir — sugeri.

— Não consigo.

Eu me virei para sair. Eu me sentia culpada. E cansada.

— Stella? — chamou. Eu me virei de volta. — Precisa mijar?

Assenti.

— Então vá em frente. Não sou uma aleijada.

— Obrigada.

Ela saiu lentamente. Apoiei-a pelo cotovelo.

— Vai melhorar — falei. — Amanhã é outro dia.

— Outro dia... — resmungou ela. — Mal posso esperar.

Acordei e a encontrei deitada em posição fetal, apertando a barriga. Ficou assim a manhã toda.

— Tem algo *errado* aqui — explicou.

Seu suor criava formas como manchas de teste de Rorschach nos lençóis: um cervo com chifres quebrados, um bebê de duas cabeças, uma seringa espetada num dedão.

Ela disse que não estava com fome, mas fiz comida mesmo assim: macarrão instantâneo, sopa no micro-ondas, macarrão com queijo de uma caixa coberta de personagens de desenhos.

— Pode levar esse troço lá pra fora? — pediu. — O cheiro está me deixando enjoada.

Ela aceitou biscoito água e sal e cookies amanteigados, nada mais. Tomava as vitaminas que eu lhe dava a cada manhã. Escondi o frasco e disse que eram remédios prescritos por um médico.

— O que posso fazer? — perguntei. — Me diga.

Ela suspirava.

— Eu não deveria parar assim de repente.

Eu balancei a cabeça.

Ela estava muito entediada, dizia. Estava enlouquecendo. Não estava acostumada com todo esse tempo livre: horas após horas acordada e lúcida. Quem sabe eu pudesse distraí-la?

— Me conte histórias como aquela mulher. Aquela que contou histórias que duraram muitas noites — pediu.

— Sherazade?

— Sim. Faça como ela.

Contei sobre meus problemas. Pensei que pelo menos não eram os dela. E a verdade era que eu não falava sobre eles havia algum tempo. Sentia saudade deles como se fossem velhos amigos.

Contei a ela sobre meu jejum forçado durante dois anos, de acordar com tanta fome no meio da noite e me esgueirar até o subsolo do dormitório da faculdade e encontrar um pote de manteiga de amendoim jogado na caçamba de lixo. Eu me agachava e enfiava o dedo no pote e o lambia até ficar limpo, repetidas vezes, até avistar um rato sair correndo de um saco plástico amassado e pensar: "É aqui que eu paro". Eu não conseguia suportar a ideia daquelas horas vazias insones e solitárias, as horas que ficavam se repetindo à minha frente.

Contei a ela sobre ignorar o café da manhã e ficar tonta ao fumar logo cedo. Contei a ela que eu corria treze quilômetros na esteira toda manhã. Eu podia sentir o antigo orgulho emergindo.

Ela continuou calada. Não sabia se ela estava interessada ou sofrendo. Eu não sabia o que estava acontecendo em seu corpo, só que doía.

— O que sua família disse? Sua mãe?

— Ela ajudou. Tentou.

"Quero ter orgulho de você", dizia. Ela falava que me recusar a comer era a coisa mais perturbadora que eu havia feito.

Mostrei a Tilly uma carteirinha da faculdade daquele ano. Ela soltou um longo suspiro.

— Dá para ver no seu rosto. Você parece triste.

— Nem sei por que guardo isso na carteira.

— Não sabe? — questionou. — Acho que sabe.

Ao contar a ela essas velhas histórias, o antigo medo voltou — o medo de que nada nunca fosse me dar uma sensação tão boa quanto aquele orgulho. Um dia, no metrô, durante a pior fase, vislumbrei a mim mesma num vidro escuro: um par de olhos fantasmagóricos me espiando sobre as maçãs do rosto. Observei as pessoas no vagão — o velho com seu violino, a mulher com um bebê molenga, e achei que não havia como um estranho olhar para mim sem pensar: "Ela está desistindo de algo". Todos fantasiando histórias sobre o que me deixou daquele jeito. Troquei de posição e segurei a barra em outro lugar. Dessa forma, eles podiam me ver de todos os ângulos, o perfil esquelético, os ombros protuberantes.

Quando irrompemos na luz do sol do outro lado do rio, saindo de nosso túnel subaquático, perdi meu próprio rosto no vidro escurecido. Olhei para os desconhecidos ao redor, e nenhum deles olhava para mim. Estavam olhando antes, não estavam? "Será que estou enlouquecendo? Será que estou enlouquecendo?" Ninguém estava me olhando; era apenas meu senso doentio de inutilidade ansiando para que me vissem. Ergui as mãos para cobrir minha expressão atônita, então o metrô acelerou, meu quadril bateu no banco e eu agarrei o plástico duro para me equilibrar.

— Melhor você se sentar — sugeriu o velho.

— Desculpe. Desculpe.

Ele era apenas um estranho. E lá estava eu, chorando mais, ainda de pé. Ele balançou a cabeça e me passou uma caixa de lenços de papel e desceu na estação seguinte, do hospital especializado em orelhas, bocas e gargantas. De que tipo de ajuda ele precisava? Na época, eu nem me perguntei.

Uma vez eu vi uma garota magra, mais magra ainda do que eu, cair de joelhos no banheiro do dormitório. Suas pernas se retorciam. Ela tinha um cabelo de palha de vassoura e os olhos vidrados de um animal fumegado para fora de sua toca. Ela jogava água no rosto, e então seus joelhos apenas cederam. Pensei: "É assim que termina". O corpo se esquece de como ficar de pé.

Eu também já havia caído em banheiros, em muitos deles. Uma vez dei descarga numa privada em Revere Beach e acordei numa poça de areia úmida e urina. Apagões roubavam momentos da minha vida e os escondiam da minha vista. Eu pensava: "Isso é ser doente. É desejar isso". Anos depois, ao encontrar Lucy no chão, me lembrei do frio da urina e do concreto na minha pele. Vi seus dedos tateando no ar: "Isso não é querer. Isso é morrer".

Na estação da Central Square, numa manhã gelada, tropecei nos longos degraus que levavam ao subsolo. Eu estava zonza porque estava sempre zonza. Eu só me sentia estável quando estava deitada. Senti a colisão dos corpos e então meu próprio corpo, a escuridão brotando como um xarope espesso, e senti o gosto de algo doce, como a saliva antes de vomitar, e senti a quina dura do degrau, a dor na minha bochecha, o sabor metálico de sangue em minha boca. Ouvi alguém dizer:

— O pé dela está torcido.

Fechei os olhos. Não estava mais zonza. Eu estava deitada.

Abri os olhos e vi um par de tênis brancos, depois o rosto de uma mulher.

— Me escuta. Sua boca está cheia de sangue.

Ela me ajudou a chegar a um quiosque de café perto das catracas. Meu tornozelo já começava a inchar. Eu me perguntava como andaria na manhã seguinte.

O cara no caixa era um careca de aparelho nos dentes. Como isso acontecia ao mesmo tempo com uma pessoa? Não parecia justo.

— Ela precisa de um banheiro — disse a mulher.

— Os banheiros não são para o público, moça.

A mulher cochichou no meu ouvido.

— Sorria.

Obedeci.

— Pode ir — disse ele. — É nos fundos.

Levei a mão aos lábios. Quando tirei, estava manchada de vermelho. Anos depois, eu me sentaria na frente de Lucy com sua saia de lã, asseada e decente apesar da forma como a idade havia transformado seu corpo em uma fruta apodrecida. "A gentileza de estranhos não melhora nada. Só faz com que me sinta solitária."

A mulher me trouxe café e um donut de chocolate. Segundo ela, eu precisava aumentar a glicose no meu sangue. O café estava quente nos meus lábios feridos. Cutuquei o donut com as unhas e lambi as migalhas do meu dedo. Fiz isso várias vezes, até que o topo estivesse cheio de buraquinhos. A mulher me observou em silêncio. Ela fez uma careta.

— Entendi — disse finalmente. — Então é isso.

Eu tirei um pedacinho, coloquei num guardanapo de papel, tirei outro pedaço e coloquei em outro guardanapo. Eu, de fato, fazia coisas assim. É engraçado de lembrar. Não tão engraçado. É algo diferente.

Sei que muitas garotas com o meu problema precisavam ser convencidas de que ele existia, mas eu sabia desde o início. Sentia que havia escolhido isso, desejado, apesar de saber que não admitiria isso a ninguém. Vi minha clavícula ficando mais pronunciada. Contava minhas costelas obsessivamente, como bater em teclas de piano para tocar fragmentos de música. Eu mantinha um caderno preto grosso em que gravava o número de calorias que eu havia comido a cada dia. Anos depois, quando encontrei aquele caderno e joguei na lata de lixo da minha mãe, senti pena. Continha as piores partes de mim, e agora elas não pertenciam a ninguém.

Escrevia poemas sobre comida, ensaios sobre comida, desenhava comida. Se os blogs já fossem moda na época, eu teria feito um blog sobre comida. Eu fazia tudo o que podia com comida, exceto comer. Eu gostava do trecho de *Ulisses*, em que o cara se lembra de ser alimentado: "Docemente ela fez deslizar em minha boca o bolo de sementes aromáticas quente e mastigado. Pasta enjoativa que sua boca tinha mastigado com sua saliva agri-doce. Alegria: eu a comi: alegria".

Não era um sentimento real, mas, sim, uma sensação lembrada. "O eu. E o eu agora", disse. Só havia uma lacuna entre os dois, um anseio. Eu me lembrava de mim maior. Agora eu me sentia um pontinho perdido numa vasta planície. Não havia mais ninguém por quilômetros.

No terceiro dia, Tilly recuperou sua energia. O suor estava pior, mas os tremores melhoraram.

— Agora só parece uma gripe — concluiu. — Está saindo pela minha pele.

Seu apetite voltou, e eu levei isso muito a sério, como um presente dado a nós duas. Descasquei uma laranja para ela. Comprei uma salada.

Ela via muita TV. Dava para ver que isso era parte de sua rotina, porque ela já tinha seus favoritos — reality shows sobre adolescentes, sobre animais.

— Vamos dar uma volta — sugeri. — Precisamos de um solzinho.

Caminhamos de estacionamento em estacionamento. Acho que andamos mais de um quilômetro sem chegar a nenhuma calçada. O mundo lá fora tinha cheiro de asfalto e fumaça de carro. Tudo reluzia, a luz dura refletindo em capôs sujos de metal.

— Uma vista pitoresca — comentou. Queria voltar. Sentia-se enjoada. Queria mais histórias.

Sobre meu transtorno? Era a *mesma* história, de novo e de novo. Todo dia era a mesma merda. Eu tinha a sensação de que Tilly entendia isso.

Não eram nem seis da tarde. Levaria muitas horas para anoitecer. Nós tínhamos a noite toda para dissipar. Inicialmente achei que ela poderia dormir durante a pior parte, mas isso foi antes de ouvir seus pesadelos. Pensei que talvez fosse melhor mantê-la acordada o máximo que eu pudesse.

Eu podia contar a ela sobre os garotos, sugeri. Eu conhecia alguns.

No começo, tinha o Josh, minha obsessão do último ano do ensino fundamental. Estava obcecada por seu judaísmo, pelo menos a densidade que isso representava — anos e anos envolvendo esse garoto comum, reluzindo em seus óculos e aparelhos, uma cebola em camadas de história e mito. Ele me convidou para seu Seder e nós mergulhamos ovos em sal pela tristeza de nossos ancestrais, seus ancestrais, e eu fingi detestar *gefilte fish* mesmo não detestando, porque odiar também era parte do ritual, um desgosto passado por gerações.

Meu primeiro namorado de verdade foi um surfista depressivo chamado Carl. Ele assinava seus bilhetes com "Paz e amor", mas, acima de sua assinatura, ele escrevia coisas como "vou te infectar com a dureza de minha alma". Ele vivia com a mãe biológica, o marido cuzão dela e sua prole surpreendentemente peculiar: garotos gêmeos com cara de cabrito e uma garotinha xereta que usava sininhos nos tornozelos, denunciando sua bisbilhotice. Carl me levava ao minigolfe, mas gostava de um aquecimento com metanfetamina, ficando tão agitado que não parava quieto a noite toda. "Moinho filho da puta!", dizia ele, chutando os obstáculos. Seus olhos ficavam úmidos e famintos como se estivessem buscando algo — talvez meu olhar, provavelmente algo além. Na época eu achei que ele estava sendo melodramático, inventando desculpas para mascarar sua dor inventada. Mais tarde, percebi que não era bem assim. Ele podia estar inventando as desculpas. Mas não a dor.

Houve os pseudointelectuais da faculdade: um médico, um filósofo, um engenheiro químico que se tornou especialista em história japonesa. Teve um poeta que conheci durante o workshop de escrita no verão, quando um tornado em julho passou por nossa cidade e destruiu dois quarteirões. Carros foram arremessados nas árvores, mas ninguém morreu. Meus colegas reagiram escrevendo poemas. "Mãe natureza, tenho perguntas a lhe fazer! Por que nossos quintais? Por que nossos carros? Por que nossos bares?" Meu poeta me mandou uma mensagem de texto: "Vi a nuvem em forma de funil! Era verde, verde, verde!".

Nova York trouxe uma sequência de homens de uma sílaba só: Max, Dan, Scott, Pete, Steve. Eram fáceis de enumerar, em retrospecto. Namorei um banqueiro chamado Paul porque era o que garotas entediadas faziam. Namorávamos banqueiros, e ele me fazia o que era esperado dele: dava sobremesa na minha boquinha nas mesas de restaurantes caros, investia ego demais em seu trabalho, nunca demonstrava muito sentimento. Mas quando o larguei de vez, ele chorou bem na minha frente. Fingiu que era só alergia, pólen, contentamento da primavera.

Gostei da dor que tomou sua voz durante esses momentos finais. Ele estava disposto a falar tudo que pensava. Eu era horrível. Só podia sentir a dor do outro como algo doendo em mim mesma. Para algumas pessoas, isso é empatia, mas, para mim, parecia roubo.

Tilly escutou pacientemente o meu repertório. Esfregava um pano úmido em suas bochechas, o pescoço, a cavidade da clavícula onde o suor empoçava.

— Você os transformou em pequenas porções, como aperitivos — disse ela.

Eu a visualizei trabalhando num de seus frilas no bufê, anos atrás, uma garota de olhos tristes, oferecendo enroladinhos de salsicha com seus dedos magros: outra porção e mais outra, sempre havia mais uma.

— É justo, creio. Pratiquei bastante.

— O que quero saber — emendou — é o que doeu.

Então contei outra história. Essa era sobre encontrar uma clínica no centro durante uma frente fria de outono e deixar uma mulher sugar o pequeno broto de um embrião do meu corpo.

Descobri que estava grávida por um teste de farmácia. Vi a cruzinha aparecer sobre a pia da srta. Z. Mesmo sem aparentar, que não estivesse nem perto disso, me sentia pesada com o broto de gente em meu ventre, o menininho ou menininha que ainda não era nenhum dos dois.

Era filho do Louis. Mas Louis tinha suas dúvidas.

— Não está dormindo com alguns caras? — perguntou.

Balancei a cabeça, dizendo que não.

—Ah, achei que estivesse.

Esperei por algo mais.

— Bem, obviamente é sua escolha — emendou. — Quero deixar isso bem claro. É seu corpo.

— Você quer que eu me livre disso, não quer?

— Eu não disse isso. Disse?

Balancei a cabeça novamente.

— Disse?

— Pensei…

— Você pode ter ou não. Não *quero* que não tenha. Essa escolha só diz respeito a você, mais ninguém.

E isso selou minha escolha. O que, ao final, tornou-a uma escolha dele.

No dia do meu aborto, o céu tinha cheiro de fumaça. Fazia frio. O vento carregava a luz do sol como um ruído. A claridade transformava as bitucas de cigarro em engenhocas enferrujadas no chão, encharcadas pela chuva e depois secas pelo sol. Uma sem-teto bateu em meu joelho quando passei por ela. Seus lábios estavam rachados e tingidos de cor-de-rosa.

— Ei, moça, não quer ajudar outra mulher?

Dei a ela uma nota de dez dólares. Sabia que me lembraria daquele dia pelo resto da minha vida e queria guardar a lembrança de ter sido generosa.

A clínica de Planejamento Familiar era um prédio lúgubre saindo da Terceira Avenida. Na calçada do lado de fora, dois homens agasalhados em calças de moletom e suéteres de tricô encostados na parede de tijolos seguravam cartazes: "Você não conhece o bebê que está matando", dizia um deles. Os homens pareciam com frio e cansados. Eu estava pronta para retrucar se falassem qualquer coisa, mas continuaram calados. Apenas me encararam como se esperassem que eu tivesse algo a dizer.

A recepcionista era uma mulher com tranças que desenhavam linhas em seu couro cabeludo. Suas unhas eram longas, de acrílico. Cada uma mostrava um minúsculo oceano banhado pelo pôr do sol. No polegar, um golfinho dava um salto.

— Meu nome é Luella — apresentou-se. — Como posso ajudá-la?

— Estou aqui para fazer um aborto — expliquei.

— Uma interrupção? — Ela me passou uma prancheta e uma caneta com a tampa mastigada. Eu me perguntei sobre a mulher que mordiscara aquela tampa. Estaria nervosa? Sua escolha foi mais difícil do que a minha, seu feto maior dentro dela, os membros mais formados?

A sala de espera estava lotada de adolescentes ansiosos e pessoas sem plano de saúde. Passei por um homem barbudo que levantou o olhar, me deu uma secada e depois voltou para a seção de classificados eróticos de sua revista. Eu me sentei na frente de um garoto vestindo jeans largos com fones de ouvido e olhos semicerrados. Sua postura era notavelmente ereta. A cadeira ao lado dele tinha uma bolsa branca e uma jaqueta acolchoada dourada — as coisas de sua namorada, provavelmente. Ela devia estar lá dentro agora, passando pelo procedimento que em breve eu teria que enfrentar. Havia um caixote cheio de livros infantis ao lado de meus pés. "Grátis", avisava uma placa. "Por favor, pegue um ou mais." O garoto tirou os fones e pegou um de capa dura quadrado chamado O dicionário do grande alce para a grande, grande floresta e soltou uma risada nervosa, agitando o livro na minha direção.

— Engraçado, não?

Assenti, educada.

— Digo, um livro infantil, logo aqui.

— Entendi o que quis dizer — retruquei e desviei o olhar desejando imediatamente ter sido mais simpática. Sentia pena do garoto, prestes a se livrar de sua tristeza antes mesmo de perceber sua magnitude, e sentia ainda mais pena de mim mesma — ali, sozinha, sem nem mesmo um fedelho para se preocupar com o que aconteceria com meu corpo.

Preenchi os formulários: idade, última menstruação, método de pagamento. Desejava ver o ultrassom antes da interrupção? Fiz uma pausa. Marquei sim.

Fui ao banheiro na sala de espera, do que logo me arrependi. Mais tarde eu tive de me agachar sobre um copo plástico por quase dez minutos, esperando um gotejar grande o bastante para depositar no tubo metálico. Coletaram minha urina e meu sangue, depois fui para uma pequena sala onde uma mulher colocou uma camisinha no que parecia um grande vibrador de plástico. Esse era o ultrassom transvaginal, para fetos tão pequenos que não apareciam pela barriga. Vi as ondas se formarem numa imagem granulada no monitor, um grão de feijão escuro de algo-que-poderia-ter-sido no cinza desbotado de meu útero.

Uma mulher de cabelo branco me conduziu a um pequeno consultório. Tinha uma pele castigada pelo tempo e mãos calejadas. Sua mesa estava coberta com pequenos quebra-cabeças que mostravam métodos contraceptivos e a estrutura do colo uterino.

— Essa é uma escolha sua — asseverou. — Isso é o mais importante.

Sua voz transparecia orgulho e medo. Ela havia lutado por tudo isso. Tinha idade o suficiente. E eu era o corpo feminino pelo qual ela havia lutado — invadido pela ciência, esperando por um panfleto. O folheto dizia: "Nossos corpos, nossas escolhas". Um trecho anunciava: "Todo mundo tem uma escolha". Outro dizia: "Vivendo com escolhas". A mulher na capa era feita de linhas laranja. Seus olhos desenhados eram cheios de esperança. Ela ficaria bem.

Eu não podia dizer a essa mulher: "Essa é a escolha de um homem". Deveria ser minha.

— Vou explicar os passos do procedimento — começou ela. — Para que saiba exatamente o que está acontecendo dentro de seu corpo.

— Obrigada. Seria bom.

Não havia muito a explicar. O que eles fariam: inseririam um canudo de sucção, que chamavam de cânula — o que me fez lembrar de *cannoli*; quanto tempo levava para sugar tudo — não muito, ao que parecia; e o que eles fariam para amenizar o procedimento — primeiro o sedativo, através de uma agulha no meu braço, e depois algo local no colo uterino.

Havia um saguão interno onde nós, as grávidas, esperávamos. Quando nos levantávamos ou mudávamos de posição, nossos aventais farfalhavam como folhas secas. Não dava para notar, mas eu visualizava suas barrigas-fantasma. Algumas eram meninas. Eu imaginava suas barrigas como pequenos ninhos feitos de órgãos entrelaçados com veias sangrentas. Havia um segredo implícito entre nós. Estávamos lá pelo mesmo motivo, e as mulheres falavam abertamente sobre suas situações: o cara não queria, assunto encerrado, ou ele estava surtando porque não conseguia suportar a ideia de alguém matando seu bebê.

— Ele está enlouquecido — murmurou uma garota. — Não para de mandar mensagens.

Essas mulheres falavam sobre seus desejos e seus enjoos matinais. Percebi que algumas delas se viam grávidas, mesmo que logo mais deixariam de estar, enquanto eu nunca me imaginei como nada além de uma mulher prestes a abortar, carregando esse peso até ser libertada.

Cada vez que chamavam um nome, as outras mulheres olhavam ao redor, se perguntando quem era. Compartilhavam o tempo de gestação e os desejos de grávida, mas não seus nomes. Ninguém sabia quem era quem. Quando chegou minha vez, me levantei e alisei o avental, ajeitando a parte de trás para não mostrar a pele nua e arrepiada de minhas pernas trêmulas.

Na sala de cirurgia, um homenzinho careca estava à minha espera e anunciou que faria meu procedimento. Ele não estendeu a mão. Notei que sua roupa cirúrgica tinha um pequeno círculo de sangue no bolso do peito — como se uma caneta tivesse vazado ou uma mulher tivesse sangrado. Era do tamanho de um picles cortado na transversal. Eu não conseguia parar de olhar.

— Está procurando meu nome? É Rosengeld.

Ele colocou meus pés na posição e sorriu para mim como sorriria para uma bela pintura. Os dedos dos meus pés pressionaram o estribo para não escorregar. Então ele testou a máquina — seu zumbido irregular pulsando uma vez, depois de novo, antes de ele desligar e desembalar uma nova ponta plástica de um saco plástico selado. Outro homem se agachou ao lado do meu braço direito.

— Vai sentir uma espetada, e depois tudo vai ficar meio enevoado.

Ele estava certo. Formas se derreteram em vozes. Dava para ouvir um burburinho generalizado ao meu redor, reconfortante como uma conversa séria depois de várias taças de vinho. Senti mãos abrindo minhas pernas e ouvi o zumbido recomeçar, então senti uma dor aguda como um longo gemido, mas não queria desistir, mesmo que doesse, e entendi, em meu torpor, que essa era a função do sedativo. Não era exatamente a de me proteger, mas a de impedir que eu quisesse me proteger. Parecia que raízes de árvores haviam se enrolado ao redor do meu ventre e apertado forte.

Na minha visão periférica, vi um tubo cheio de sangue, um fio vermelho passando pelo plástico, e pensei: "Isso era meu. Isso era dele".

O que dizia o folheto? *Você vive com as escolhas que faz.* Eu viveria com isso, não com o feto, mas com a memória de arrancá-lo de minhas entranhas. Era meu, esse tubo plástico e seu chiado, como um animal emergindo por trás do avental de papel, das trevas de minha virilha coberta. Minhas ações voltando para me ferir.

Eu me levantei lentamente, o que foi uma boa ideia, porque o procedimento terminou antes da dor. Eles me levaram de cadeira de rodas até a sala de recuperação, onde mulheres se sentavam em cadeiras reclináveis azuis encostadas na parede, como pacientes num salão de cabeleireiro. Um homem de olhos verdes e uma longa barba me passou um refrigerante e biscoitinhos. As dores eram como suturas me mantendo unida. Cada uma delas percorrendo costuras imaginárias. Outra cólica retorceu meu abdômen apertando ainda mais essas costuras, como se minhas entranhas fossem uma bolsinha com cordões. Pedi ao homem um remédio para dor.

— Daqui a uns minutinhos — explicou. — Coloque algo em seu estômago primeiro.

Eu me sentei lá por um tempo, não sei quanto tempo, até o mesmo homem se aproximar e colocar a mão no meu ombro. Ele me ofereceu um suco de laranja e um saco de papel com dois frascos de remédios, um de analgésicos e outro de antibióticos. Tinha um panfleto com os dizeres: "O que esperar depois de seu procedimento". E em letras menores, logo abaixo: "Aspiração uterina a vácuo". Havia uma coluna enumerando os efeitos físicos e outra, os emocionais. Agarrei o saquinho de papel com dois dedos, forte e trêmula. Senti o papel amolecendo na palma da minha mão.

Antes de ir embora, Luella se certificou de que alguém me levaria para casa.

— Você precisa de um acompanhante. Conhece as regras.

Era verdade. Tinham me dito. Respondi que alguém viria me buscar. Mas não era o caso. Eu pretendia ir direto até uma delicatéssen próxima, sozinha, e comprar um dos cookies grandes como mãos e me sentar ali o tempo que eu precisasse, até me sentir melhor.

— Tudo bem, querida — disse ela.

Luella se virou para a tela do computador. Não queria expor minha mentira; provavelmente ouvia isso a toda hora. Suas unhas estalavam no teclado. Não seria ela a me salvar de minha própria vida. Era apenas uma estranha com um sorriso sincero. Era a filha de alguém, talvez irmã de alguém ou mãe de alguém — talvez as três — e já ouvira todos os tipos de histórias terríveis sobre o quanto era doloroso ser mulher. Dava para ver em seu rosto, na beleza obstinada de suas unhas pintadas, que ela ainda acreditava que, ao final das coisas, era possível chegar lá. Ela ouvira muitas histórias de dor. Eu podia ser a personagem dessas histórias, elas se moldavam à minha vida como um colchão velho.

Tilly ficou quieta por um longo tempo. Sua pele estava seca e suave, mas seus olhos pareciam tristes.

— É uma coisa terrível se livrar de um bebê — disse, finalmente.

— Não era um bebê — disparei. — Não era nem um feto.

— Um feto — corrigiu. — Foi o que eu quis dizer.

— Acha errado?

— Não sei se é errado. Só acho que é terrível.

— Eu só queria que as coisas com ele tivessem sido diferentes com Louis, só isso.

— Quem sabe quem aquele bebezinho teria sido? — argumentou.

Franzi a testa. *Você não conhece o bebê que está matando*. Não sabia o que dizer.

Tilly rolou em direção à parede, mal deu para ouvir sua voz.

— Desculpe por fazer você falar.

— Está chateada?

— Vamos dormir.

Acariciei o ombro dela por cima do cobertor. O gesto pareceu esquisito. Meus dedos roçaram hesitantes contra o tecido.

— Você parece chateada — falei.

Ela se sentou. Sua expressão não era gentil. Não sabia bem o que era.

— Vamos embora amanhã — anunciou. — Eu não suportaria outro dia.

Ela insistiu em dirigir. Seu rosto estava inchado, mas os olhos pareciam radiantes e atentos, semicerrados contra o sol. Ela dizia que era gostoso pisar no acelerador. Contou que nunca teve um carro. Dava para acreditar? Um pouco, sim, pela forma como ela dirigia.

Passando a fronteira estadual, vimos um trailer parado no meio do deserto de Mojave. Havia uma placa de papelão encostada no para-choque traseiro que dizia "Grátis".

Tilly parou sem perguntar ou sinalizar. Um senhor de idade emergiu da porta e desceu os degraus, apoiado no corrimão. Usava uma camisa com a cara de um enorme de tigre, a boca aberta esparramada em sua barriga.

— O que é grátis? — perguntou Tilly.

— Tenho fontes termais — explicou. Bateu o punho contra o trailer. — E essa merda, se estiver interessada.

— Água quente? — perguntei. — Parece ótimo. — Devia estar fazendo uns quarenta graus na sombra, como dizem.

— Uma piscina inteira — respondeu o homem. — Há uma fonte natural subindo aquele morro.

Ele nos mostrou o lugar: era uma ladeira cheia de mato elevando-se na margem da rodovia, como se estivessem fixadas no lugar por algumas árvores retorcidas. O mar parecia estar a mil quilômetros de distância, em vez de pouco mais de cem; apenas uma fantasia na mente de alguém vagando pela vastidão de areia, um ato impossível de imaginação.

Seguimos trilhas de terra em zigue-zague até as piscinas: uma poça de água turva borbulhando com vapor, cercada de rochas de mentira. Tilly tirou a camiseta e cambaleou para fora de sua saia de brim. Seu sutiã era da cor de uma foto envelhecida, sépia, e mal impedia que seus seios caídos saltassem para fora. Ela sapateou pelo concreto.

— Parece um forno. Vai queimar seu pé!

Ela tinha razão sobre o piso. Mas a água estava ainda mais quente. Mantivemos os corpos perfeitamente inertes sob a superfície. O menor movimento provocava ondulações insuportáveis, correntes de água fervente castigando nossa pele. Tilly rangeu os dentes.

— Mal sinto meu corpo. Acho que derreti — brincou Tilly.

O morro atrás dela era recoberto de cactos, suas hastes largas cravejadas de espinhos que se projetavam como pregos no mormaço quente que assolava a terra.

Tilly mergulhou a cabeça.

— Eu só queria um pouco de trégua do calor. Essa sensação é tão ruim quanto a de antes.

Ela fazia as curvas da Highway 1 com uma expressão séria, desacelerando em cada longa curva ao redor dos penhascos, mas às vezes surgia uma vista, o azul ondulante e vasto, e eu podia vê-la sorrindo de leve. Estávamos cansadas. Vimos a neblina se esvaindo. A terra era repleta de mistérios lúgubres, infinitos. As estradas ladeadas por fileiras de barracas de hortifrúti. Havia uma ilha pouco maior do que uma galeria comercial, ligada à costa por uma ponte estreita, de onde se projetavam chamas bruxuleantes de usinas contra o céu azul. Passamos por vastas colinas que se estendiam uniformes e pareciam morrer aos poucos em valas esparsas, a relva queimada como se o sol tivesse se alongado demais por ali. Vimos melros levantar voo e criar formas no céu, de asa a asa, uma figura alada maior do que qualquer um deles jamais conseguiria imaginar.

— Como eles sabem o que fazer? — perguntou Tilly. — Nunca entendi isso.

Não paramos muito. Avistamos golfinhos e depois compramos pistaches. Basicamente escutávamos música folk e tentávamos manter o caminhão estável nas curvas. Tilly quis se certificar de que eu não tinha contado a minha mãe sobre o trabalho dela. Eu não tinha.

— Que bom! Ela não compreenderia.

Achei que minha mãe era capaz de entender muitas coisas complicadas — mais do que era possível deduzir de seu jeito de falar —, porém eu não conseguia pensar numa forma de dizer isso para Tilly, aquela que ela mais havia magoado.

— Como começou? — perguntei. — A prostituição, quero dizer. Se não se importa de eu perguntar.

— Começou porque eu não tinha dinheiro nenhum. Foi basicamente isso.

Ela me contou sobre usar calças de segunda mão que tinham cheiro das partes íntimas alheias e comer refeições formadas por condimentos de lanchonete: creme para café e ketchup, sal e pimenta com biscoitos.

O ARMÁRIO DE BEBIDAS 133

— Eu era pobre — concluiu. — Não um pobre artístico. Pobre pobre.
— Ela me contou sobre os homens, como ela ainda ouvia suas vozes. Alguns eram bombas-relógio, explicou. *Tique-taque, tique-taque.* Só esperando para explodir.

— Você já ficou machucada? — perguntei.

— Há coisas que não se deve contar aos outros. Não dá voltar atrás.

Argumentei que não me importava com isso. Eu queria saber.

— Não é assunto seu — respondeu. Depois se calou.

Os penhascos ficaram mais íngremes e as curvas, mais fechadas. Ela se manteve firme e mais lenta na estrada. Outros motoristas buzinavam e ela os xingava alto. Eu xingava também. Ela roía as unhas até sangrarem. Eu me lembro da voz cantarolante e jocosa de Tom: *Maria Medrosa.* Tilly era medrosa como eu.

Tilly

A Harrison Street não era o que eu imaginara. Havia clubes de strip piscando seus letreiros de neon e mendigos dormindo atrás de caçambas de lixo, se escondendo da neblina tão espessa que parecia chuva. O céu era cinza como camarão cru. As árvores na rua pareciam mortas, mas suas raízes ainda aparentavam vida, emergindo do asfalto como veias saltadas prontas para a seringa.

No entanto, era divertido. Dava para ver que os apartamentos nesses blocos custavam muito dinheiro. Suas paredes pareciam feitas de giz de cera, rosa-salmão e verde-claro, com grandes janelas de vidro e pátios cheios de samambaias. Havia sido minha esperança desde o primeiro dia, desde a primeira cruzinha neon no teste de farmácia, que meu filho passasse a vida em lugares que eu nunca poderia pagar.

Ele esperava na calçada, apoiado numa grande porta de aço. Estacionei o caminhão em fila dupla e desci sem desligar o motor.

Ali estava ele, meu garoto. Ele parecia com o pai, alto e magro. Ele me deu um sorriso tenso.

— Eu te daria um abraço, mas estou todo suado — desculpou-se.

— Abrace mesmo assim.

Ele riu, apesar de não ser uma piada, e me apertou com braços apáticos. Eram brancos como papel e magrelos, ossos saltando de seus cotovelos.

Toda vez que nos falávamos por telefone, dava para ouvi-lo andando de um lado para o outro em seu escritório ou na sala de estar, e agora eu conseguia ver a mesma ansiedade estampada em seu rosto, uma preocupação que não seria dissipada, independentemente do quanto caminhasse. Seu rosto era magrelo: maçãs pronunciadas, crânio grande, olhos úmidos. Eu o abracei por um longo tempo, correndo minhas mãos por suas escápulas, então por sua espinha protuberante. Eu havia feito cada parte dele.

Ele se afastou delicadamente, como se eu fosse um brinquedo frágil. Ouvi a porta de Stella batendo. Ela dera a volta no caminhão. Segui seus olhos, depois seu corpo se aproximando.

— Abe? — Ela apertou a mão dele. — Prazer em conhecê-lo.

Ele parecia agitado.

— Precisamos descarregar.

Não tínhamos muita coisa: algumas caixas e alguns sacos de lixo. Achei que os sacos seriam mais fáceis de encaixar em lugares apertados. Deixei muita coisa em Lovelock porque não queria vê-las nunca mais. Mas fiz Stella me ajudar a empacotar as estátuas dos gatinhos e todos os projetinhos do Abe. Etiquetei a caixa como "Gatos", escrevendo a palavra em letras caprichadas em cada lado.

— Cuidado com aquela ali — apontei. — É frágil.

Abe a levantou com facilidade.

— Vamos — chamou Abe. — Eu mostro o caminho.

— Acho que vou levar o caminhão de volta para a locadora — explicou Stella. — Não podemos deixá-lo na rua.

— Sabe onde fica o pátio de devolução? — perguntou Abe.

Ele não percebeu a irritação na voz dela ou então decidiu ignorá-la.

— Não, mas tenho um endereço — retrucou Stella.

O que ela queria? Que Abe se oferecesse para ajudá-la ou pelo menos um pouco de atenção?

— Tudo bem, então — respondeu ele, virando-se de novo para mim. Ele apontou para uma escada de concreto. Caminhei como uma mendiga, os sacos de lixo jogados sobre meus ombros, até um pátio cheio de plantas que eu não sabia o nome: flores cor-de-rosa, folhagens imensas, grossos galhos verdes. Hastes de bambu alinhadas como papel de parede.

— O jardim é uma área comum — explicou Abe. — Pode usar quando quiser.

Os bancos de madeira eram retos, a pintura impecável. Não estavam abaulados pelo uso. Eu não conseguia me imaginar sentada lá sozinha.

Abe apontou para uma porta aberta que saía do pátio: o apartamento dele. Entramos numa sala de pé-direito alto que estava quase completamente vazia. Havia uma cadeira de jardim de plástico, colocada de frente para uma TV de tela plana, e caixas empilhadas nas paredes. Vi uma cozinha feita de aço e mármore e um sótão na parte de cima. Havia uma escada em espiral.

— Aquele é seu quarto? — perguntei. — Lá em cima?

Ele negou com a cabeça.

— Medo de altura. Sempre tive.

Nunca soube disso. Mas acho que fazia sentido eu nunca ter percebido. Convivi com ele numa cidade plana, cheia de galerias e trailers de um andar, sem um local alto por quilômetros. Eu me lembrava do pai dele obrigando-o a andar em uma das maiores montanhas-russas de Las Vegas, mas nunca tive certeza de qual parte ele tinha medo. Ele chorava só de me contar sobre aquela montanha-russa sacolejante, como as luzes da cidade ficaram borradas ao longe — ele estava tão alto, como um pássaro assustador — e como suas lágrimas deixavam tudo ainda mais embaçado. Achei que ele tivesse medo da velocidade, ou talvez de seu pai, que nunca era cruel, era só um homem com muitas esperanças e só um filho para as concretizá-las.

Abe pousou a caixa.

— Meu quarto é aqui nos fundos.

Ele me levou para um quartinho atrás da cozinha. Era vazio e iluminado, com uma cadeira giratória sem uma mesa e um colchão no chão. Havia um laptop no piso preso ao fio do carregador, como um cachorro numa coleira. Havia um suporte para gravatas na parede, coberto com faixas brilhantes em tons de azul e verde. Havia um livro sobre o travesseiro e uma barra de chocolate pela metade enfiada como um marcador entre suas páginas. Eu me inclinei mais perto. O livro era algum tipo de ficção científica; vi um planeta vermelho flutuando no meio de um espaço cor de alcaçuz. Desde menino,

Abe gostava desse tipo de coisa. Ficava impaciente quando eu misturava alienígenas de filmes diferentes.

— É um tipo de "quarto barra escritório". Ainda não está arrumado — explicou atrás de mim.

— Não tem um escritório no trabalho?

— Tenho.

— Mas precisou de outro.

— Precisei de outro.

Ele morava lá havia três anos. Eu sabia pelo endereço em seus cheques, e ainda estava assim: como se tivesse acabado de se mudar, só uma barra de chocolate marcando seu cantinho.

— O sótão é para Stella. Até ela encontrar um lugar. E há todo um porão para você. Mais privacidade.

Ele me conduziu até lá embaixo: um banheiro, uma lavanderia e um quarto. Havia mais mobília lá embaixo do que em qualquer outro lugar no imóvel — uma cama e uma penteadeira combinando, um tapete vermelho de franjas, uma pequena escrivaninha com um solitário peso de papel feito de vidro. Eu não tinha nenhum trabalho para fazer numa mesa daquelas. Só tinha gatinhos para arrumar sobre o tampo.

Abe pousou minha caixa no chão. Tocou levemente a lombar ao se levantar — um momento de dor. Fazia alguns anos que eu não o via — fora em sua última viagem de trabalho para Reno, algo a ver com o *recall* de pneus —, mas ele parecia mais velho do que eu imaginara.

Ele me beijou na bochecha e disse que precisava correr. Literalmente correr. Estava atrasado e de tênis. Poderia trazer o resto das caixas, mas daí teria de voar. Deveria estar numa reunião que já tinha começado havia uma hora.

— Vai voltar para o jantar?

Ele verificou o relógio.

— Não tenho certeza. Não me esperem. — Pegou uma maçã na bancada da cozinha e seguiu para a porta. Antes de sair, se virou para dizer: — Estou feliz que esteja aqui. De verdade. — E então partiu.

* * *

Embora ele tivesse recomendado que não o esperássemos, é claro que esperamos. Bebi água demais, precisava de algo na minha boca, qualquer coisa. As idas ao banheiro dividiram a espera em porções menores. Se tivéssemos um relógio, teríamos ouvido o compasso dos tique-taques, mas não havia ou talvez estivesse empacotado fundo demais para ser ouvido. As caixas de Abe nos rodeavam como estranhos.

— Meu Deus! — exclamou Stella. — Como é bom estar fora de Nova York.

Ela começou a explicar o motivo e não parou por quase uma hora — por que ela estava tão feliz de ter saído de lá, por que era bom estar sozinha aqui. *Sozinha* foi a palavra que usou. Não se desculpou por isso. Seus antigos amigos sabiam como resolver a vida de todo mundo, menos as próprias, falou. As ruas de Nova York eram repletas de lixo e fluidos estranhos, leite verde, óleo escuro. As pessoas trombavam em você, com força, e nem notavam que haviam tocado outro corpo humano. A conclusão era que a cidade toda a deixava cansada. E ouvir essa história me deixava cansada. Ela estava assustada em deixar tudo, e era compreensível, mas eu também sabia que não é possível começar uma nova vida em um novo lugar até dizer um "foda-se" para a antiga. Também nunca fui boa nisso.

Liguei a TV, mas a tela permaneceu preta. Não estava na tomada.

— Você podia ligar para ele — sugeriu Stella.

— Não quero incomodar.

— Bem, eu estou morrendo de fome — resmungou.

Então fomos procurar algo para o jantar. Eu queria uma comida encorpada para forrar o estômago. Todos esses anos de bebida ainda precisavam de algum tipo de esponja — algo massudo, gorduroso — para absorver o que ainda sobrara. A neblina deixava nossa pele úmida e transformava nossos dedos em borracha fria. As ruas estavam vazias. Stella estremeceu.

— Parece uma cidade-fantasma.

Tive a impressão de que ela não queria dizer *cidade-fantasma* como um lugar vazio, e sim um lugar cheio de fantasmas, e era verdade: havia mendigos por toda parte.

Passamos por arranha-céus e lojas de roupas de três andares. Havia cafeterias maiores do que todo meu trailer. Não gostamos do clima na

Market Street, então viramos numa ruazinha lateral e entramos em um restaurante de lámen que estava lotado. Tinha cheiro de carne cozida, e o ar estava quente e pesado como se fosse se transformar em gotas de chuva gordurosas. Um cara baixinho de bigode enfiou dois cardápios em nossas mãos e apontou para uma mesa apertada num canto, embaixo de um dragão pintado na parede. Stella se sentou e pediu água.

— Achei que voltaríamos para comer com o Abe — falei.

— Claro — disse ela, levantando-se rapidamente. — Eu me esqueci, claro.

— Vão ficar ou levar? — perguntou o homem.

— Levar — respondeu Stella. — É para viagem.

— Espere lá fora — avisou. — Eu anoto o pedido.

Esperamos do lado de fora e vimos pela janela as pessoas afundarem seus palitinhos em montes de macarrão. Queríamos sopa de carne, nós duas. Não sabíamos o que levar para Abe. Achei que talvez ele quisesse frango. Quando era garotinho, gostava de comidas de criança — sanduíches de carne moída, macarrão com queijo — que eram baratas, e duas semanas não eram o suficiente para ele se cansar delas. Suas babás sempre o obrigavam a comer vegetais na casa do pai, reclamava. Eu ficava triste em pensar nisso: era o trabalho delas e elas o levavam a sério; eu era a mãe e o alimentava com porcarias.

Caminhamos para casa no escuro e tropeçamos nas calçadas, quebradas pelas raízes das árvores. Liguei para Abe para avisar que tínhamos comprado sopa de frango para seu jantar. Ele disse que chegaria tarde.

— Podem comer.

— Eu espero — avisei. — Prefiro.

— Não me espere.

— Vai dizer um "oi", pelo menos? Quando chegar?

— Talvez você… Provavelmente vai estar dormindo.

— Então me acorde. Não importa o horário.

Coloquei a comida dele na geladeira e escrevi "Frango pro Abe" no saco de papel, apesar de não ter muita coisa com que se confundir. As prateleiras estavam vazias. Também escrevi um bilhete que dizia "Frango pro Abe aqui" e prendi num ímã na porta da geladeira. Havia um calendário com fotografias pendurado na lateral do freezer, rodovias em preto e branco se afastando em direção ao horizonte. Ainda estava em fevereiro. Abe mal morava ali. Contou em suas cartas: "Tenho uma segunda cama no escritório". Sempre achei que fosse uma piada. Eu analisava suas frases por horas, tentando entender que tipo de cara ele era — o que o deixaria bravo, o que o faria rir.

Stella e eu abrimos nossas sopas e as comemos direto na embalagem, carne desfiada flutuando em manchas de óleo. Espremi quatro sachês de pimenta na minha tigela. Joguei pimenta chili em flocos até minha sopa parecer um aquário salpicado de comida para peixe. Suguei o caldo ruidosamente. Limpei meu nariz escorrendo com lenços amassados que tinham o cheiro de minhas mãos. Stella me observava. Seus olhos estavam ansiosos e lacrimejantes.

— Apimentado o bastante? — perguntou.

— Na medida — respondi. — Gosto de sentir o sabor. — Enfiei o macarrão na boca, longas minhocas ardidas, até lágrimas escorrerem pelas minhas bochechas. Minha pele parecia corada. Foi bom chorar.

— Está gostando? — quis saber Stella.

Assenti. Assoei o nariz novamente. Peguei outro bocado de macarrão. Parecia uma água-viva moribunda que encontrei em Cape anos atrás, seus tentáculos emaranhados na areia, seu corpo translúcido e ondulante.

Limpei as lágrimas com o punho. Minha mão estava suja, e pude sentir o creme picante lambuzando minha pele. Não me importei. Stella parecia tensa. Eu já vira esse olhar antes: ainda está tudo bem entre a gente? Ou algo deu errado?

— E se isso não funcionar? — disparei.

— Isso?

Coloquei os pauzinhos na mesa e bebi o resto do caldo da tigela. Minha garganta ardia como pele queimada de sol debaixo do chuveiro. Stella pegou os pauzinhos úmidos para que não manchassem a madeira.

— Digo, este lugar. Quer dizer, tudo.

Abe me acordou, agachado próximo a meu rosto, e sussurrou.

— Cheguei. — Senti o cheiro de pasta de dente no meio da escuridão.

— Acende a luz — sugeri. — Me deixe dar outra olhada em você.

Ele só tinha trinta e dois anos, mas seu rosto me fazia pensar na mão enrugada de um velho. Seus olhos eram grandes amêndoas cintilantes, cheios de mágoa, como os de uma mulher.

— Você é mesmo trabalhador. Como seu pai.

— Nunca achei que acabaria como ele.

— Ele era um bom homem.

— Ele não facilitou sua vida.

— Eu não facilitei.

Ele desviou o olhar. Toquei sua bochecha com meus dedos. A pele esticou entre os ossos como a de um tambor.

— Você parece cansado — comentei.

— Estou. Já faz anos.

Eu me sentei, e conversamos apenas por uns minutos. Mas já era um começo. Ele me disse que queria que eu arrumasse sua casa. Fizesse dela um lar, se estivesse disposta. Entregou-me seu cartão de crédito, que estava embaixo do meu travesseiro quando eu acordei na manhã seguinte, letras em relevo com seu nome: *Abraham Clay*, como o pai. Soava como um profeta ou um vigarista, alguém que poderia mudar o rumo da história.

Fiquei com vergonha de colocar minhas roupas na elegante cômoda de madeira que Abe escolhera para mim — basicamente calças folgadas de moletom e camisetas com letras desbotadas quase apagadas. Enfiei tudo no fundo das gavetas e disse a mim mesma: "Em breve". Eu compraria coisas novas. Planejava arrumar um emprego e ter um dinheirinho meu para gastar.

Levei mais tempo para desempacotar as coisas importantes: minhas estátuas de gato e a caixa dos projetos de arte do Abe — desenhos de todas as frutas de máquinas caça-níqueis, uma flor feita de fichas de pôquer. Cada peça era horrível e preciosa. Eu as guardei numa gaveta para que ele não as visse e ficasse envergonhado, para o meu bem ou o dele, junto a algumas cartas que ele me enviara. Uma tinha um desenho de um grande planeta vermelho pintado com lápis tão forte que esfarelava como caspa:

Querida Tilly,

Este é um desenho que fiz de Júpiter na aula da srta. Coomb.
A srta. Coomb disse que parecia real, e eu perguntei a ela como ela

sabia já que nunca foi lá. Mas espero que goste mesmo assim. Sei que sempre pergunta qual vai ser minha fantasia no Halloween. Este ano, vou me vestir de James Bond, do filme com a joia em forma de ovo, não o filme com a tarantulazona. Provavelmente vai querer que eu mostre a você no verão.

Com amor, Abe.

P.S.: Acha que um dia vamos encontrar vida em outro planeta (fora da Terra)? Apostei com o meu pai.

O espaço sideral se tornou uma obsessão. Ele me ensinou a ordem dos planetas e todos os detalhes. Ele sabia os dados reais, mas inventava outros só para nós. As maiores exportações de Júpiter eram escudos antiasteroides, eixos de foguete e trituradores de estrelas. Em julho, ele fez um sistema solar de palitinhos de sorvete. Foi um trabalho de equipe. Nós chupamos os picolés juntos, e ele os usou para construir os satélites. Para mim, parecia um monte de esqueletos de bolas de basquete.

— Dá para ver como você trabalhou duro — elogiei.

Na última noite de sua visita, eu o vi parado ao lado de um grande saco de lixo na cozinha.

— Quem eu achei que estava enganando? — esbravejou. — Ficou horrível.

Eu me senti abandonada. Havíamos sido parceiros, de certa forma, mas ele não me perguntou antes de destruí-lo.

Dias secos eram longos. As horas se acumulavam. O relógio se movia devagar. Os minutos de minha vida se estendiam como as planícies de sal pelas quais havíamos passado. Desbotadas e planas, tão infinitas que eu mal podia suportar olhar para elas. Tanto havia mudado, a nova cidade, Abe por perto, mas eu ainda acordava todo dia e tentava descobrir o que fazer da minha vida. As horas vazias eram como perguntas: *E agora? O que fazer?*

Comecei a desempacotar os livros do Abe das caixas na sala de estar. Não perguntei se podia, apenas fiz. Eu os organizei por altura, para que não parecessem um sorriso desalinhado. Stella saiu do banho, apenas de toalha, e me encontrou concentrada na arrumação. Às vezes, eu achava doloroso olhar para o corpo dela — as asas de gaivota de sua clavícula, suas costas delicadas —, porque meu próprio corpo parecia muito cansado e gasto. Ela era linda como eu havia sido, mas tinha consciência disso como eu jamais tive. Enrolada na toalha, ela tinha serenidade. Não estava tentando parecer bela, ela simplesmente *era*.

— Está só colocando na prateleira? — perguntou. — Não está colocando em ordem?

— Em ordem? Como numa biblioteca?

— Em ordem alfabética. Eu nunca achei… — Ela fez uma pausa. — Está bom assim.

—Ah… — constatei. — Não tinha pensado nisso.

Comecei tudo de novo. Tirei os livros e fiz vinte e quatro pilhas. Abe não tinha tantos, nada com X ou Z, mas quando espalhados recobriam grande parte do chão. Suas capas mostravam montanhas reluzentes, criaturas com pele azul ou prateada, espaçonaves que pareciam insetos gigantes de metal. Não havia prateleiras suficientes para todos.

Encontrei algumas tábuas de madeira no beco, limpei com um trapo úmido e roubei do pátio uma pilha de tijolos que ninguém estava usando. Fiz algumas prateleiras e enfileirei os livros.

— Gostei — elogiou Stella. — Parece bem descolado.

—Acha mesmo?

Ela assentiu. Achava mesmo.

Não era grande coisa, mas fiquei feliz.

Naquela noite acordei com um estalo alto e, depois, uma sequência de batidas fortes. Verifiquei meu relógio. Eram duas da manhã. Subi as escadas e vi Abe agachado sob a luz fraca. Minhas prateleiras haviam quebrado, e os livros estavam espalhados por todo lado.

— Eu tropecei — explicou. — Vou colocar de volta. — Estava empilhando os livros. Usava um terno cinza-claro. Sua pasta apoiada numa coxa. Acabara de chegar.

Ele deslizou os dedos pelas lombadas de uma das pilhas.

— Posso te fazer uma pergunta? Estão em ordem alfabética? — perguntou, admirado.

— Estavam. Não estão mais.

— Eu nunca… — Ele parou. — Obrigado.

Ele começou a rir, agachado no chão.

— É meio idiota. Todos esses livros vagabundos, e você coloca em ordem. Daí eu…

Então me dei conta também. Todas as maneiras idiotas com que tentávamos criar um sentido no mundo. Abracei os joelhos contra o peito e ri. Vi meu filho rindo também.

Stella e eu caminhávamos pela vizinhança, *nossa* vizinhança, toda manhã. Isso nos dava um motivo para acordar. Havia um gato no apartamento ao lado que miava a noite toda, qualquer noite. Soava como uma criança sendo machucada. Talvez estivesse no cio. Se estava, parecia eterno.

Abe sempre saía antes que nos levantássemos da cama. Deixava sua tigela de cereal suja na pia: leite amarronzado com restos de cereal inchados.

Eu gostava de passar o tempo com Stella, mas às vezes ela era difícil de aguentar. Tinha a sensação de que ela queria arrancar algo de mim. Gostava especialmente de ouvir sobre Cape. Não me surpreendia que Lucy tivesse contado a ela sobre isso. Foi algum de nossos melhores momentos, de nós duas.

— Ela me contou que algo aconteceu com um garoto lá — tateou Stella. "Algo terrível", segundo lhe disseram. É o que Lucy diria.

— Com Nick. Foi o que ela quis dizer.

— Houve um escândalo?

— Não exatamente.

— Mas… ele te machucou.

— Eu me machuquei.

Stella ficou quieta. Às vezes, quando ela se calava, era repentino; ela percebia que havia perguntado demais. Lucy nunca perguntou — sobre Nick, o que havia acontecido —, pois não queria saber a verdade. Ele não havia me forçado, não de fato. A verdade é que ele não havia feito nada de errado.

Eu tinha onze anos, mas eu quis, se é que se pode dizer isso. Eu gostava das mãos dele, como velas de barco sopradas pelo vento, mesmo sendo um garoto, poucos anos mais velho do que eu. Até aquele verão, meus seios eram pequenos torrões de açúcar sob o triângulo rosa-choque de meu biquíni, e agora estavam enormes e inesperados, se projetando do tecido sob os dedos dele.

A mãe dele era meio louca. Sentava-se quieta atrás do caixa da lojinha da família e tricotava fantoches de dedo com olhos de cruzes pretas. Aquela mulher tinha sido *arruinada*, dizia minha mãe. Completamente arruinada por um homem. Era um banqueiro de Boston, rico e casado. Fora um caso de um verão, um aborto no outono. Ela entrou no mar com pesos de papel nos bolsos, mas não teve angústia, ou coragem, suficiente para ir até o fim. A cidade toda sabia. Nick era bom com ela. Ele lhe alimentava com laranjas, pedacinho por pedacinho, e arrumava seus bonequinhos de tricô na janela.

Um dia, os dois, mãe e filho, me levaram para a praia favorita deles. Parecia algo bem íntimo entre nós três, mais íntimo do que a parte dele que entrou em mim. Construímos castelos de areia. A mãe de Nick me ajudou a construir uma torre. Ela colocou a mão sobre a minha para me deixar sentir o formato correto. Carregava uma cesta de sanduíches de atum e latas de refrigerante de uva. Comemos em silêncio. As ondas faziam barulho.

— É isso que costumamos fazer — contou Nick. — Não conversamos muito.

Da primeira vez que ele colocou minha mão em sua ereção, ele cochichou:
— Veja como fica grande.

Mas eu não sabia qual era o tamanho antes. Fizemos sexo na gôndola de aviamentos.

Teve um dia terrível quando tudo desmoronou, seus amigos mexendo comigo quando eu entrava na loja com Lucy. Nós já éramos os mais pobres de todos os visitantes de verão de Chatham, já passávamos vergonha. Nick só ficou lá, sem dizer nada e admitindo tudo. Lucy olhou para ele e soube. Ela me arrastou até a mãe dele, sentada muda e pacificamente, e pude ouvir sua voz ficando distante, como se estivesse a quilômetros.

— Quer terminar como ela? Quer?

Aquela mulher sofrida olhou no meu rosto e pegou minha mão, segurando por um momento; então eu soube que não era tão ruim estar onde ela estava, mesmo que parecesse que sim.

Stella quis saber sobre Dora.

— Você pensa nela? Tem saudade?

Eu falei a verdade, que eu nunca havia entendido a Dora, mas ela era minha irmã, e havia coisas que aconteciam em nossas vidas que só aconteceram conosco duas.

— É? Tipo o quê?

Contei sobre a fazenda de nossos avós. Era dos pais de Lucy, os únicos avós que conhecemos. Tinha uma grande plantação de laranjas. Nós brincávamos de polícia e ladrão nas fileiras intermináveis. Vovô tinha um par de poodles brancos grandões que mandava para nos encontrar quando era hora do jantar. Aqueles cachorros eram como pôneis de pelo encaracolado. Esperávamos até eles nos encontrarem, daí os seguíamos para casa. Havia longos momentos quando o mundo todo ficava quieto e éramos só nós quatro correndo em meio às árvores.

Eu e Dora tivemos muitos anos sendo jovens juntas, mas parecia que ela estava em outro lugar na maior parte do tempo. Havia algumas histórias às quais eu sempre voltava, porque não conseguia pensar em outras. Nós fomos acampar perto da Mammoth Mountain, e um urso rasgou minha mochila porque eu não coloquei meus doces em nossa lata de metal especial. Podíamos ouvir suas garras estalando nas embalagens plásticas, uma a uma. Dora abriu seu saco de dormir, e eu engatinhei para dentro com ela.

— Foi bem idiota — esbravejou ela. — Sabia? — Mas ela me abraçou até eu dormir.

Outra vez encontramos um sapato sujo de mulher na grama ao lado da calçada. Era de couro de jacaré, com seu salto alto enfiado na lama. Passamos horas criando histórias sobre como chegou lá. Na maior parte, eram histórias de amores que deram errado. Eu era melhor do que a Dora em inventá-las. Eu dizia que a moça estava fugindo de um antigo namorado ciumento ou se esquivando do taco de beisebol de uma esposa raivosa. Olhando em retrospecto, é engraçado; dói mais lembrar das partes boas. Stella usou uma expressão para isso uma vez: "sal na ferida da memória". Ela falava como uma professora, mas às vezes conseguia descrever um sentimento como ninguém.

Stella me ajudou a escolher a mobília para a sala de estar. Mobílias, o pequeno Abe costumava dizer. Em frases como: "Você não tem todas as mobílias". Em algumas visitas anuais, ele nem sequer chamava meu trailer de casa. Mas sempre tinha cuidado de não fazer bagunça.

A primeira coisa que compramos foi um sofá verde de uma loja pela qual passamos numa de nossas caminhadas matinais. A poltrona que combinava com ele era enorme. Se você se aninhasse da forma certa, encaixaria seu corpo todo entre os braços. Eu visualizava as pernas ossudas de Abe dobradas sobre as almofadas. Com que frequência ele apenas relaxava? No que ele pensava? Eu imaginava todos nós de bobeira — falando sobre o tempo, seu livro espacial mais recente ou a porra do nosso presidente. Eu queria ser o tipo de pessoa que tem algo útil para dizer sobre política. Era difícil imaginar noites ou dias inteiros sem ficar bêbada. Eles pareciam intermináveis.

O cara na loja de móveis insistiu que a entrega era grátis. Podíamos fazer uma doação se quiséssemos. Ele nos mostrou um folheto de uma campanha chamada Sorrisos Haitianos. A capa mostrava uma criança haitiana sem sorrir, e a parte de trás, uma criança haitiana sorrindo. Paguei pela poltrona com o cartão do Abe, mas Stella insistiu em fazer a doação.

— Quero contribuir com alguma coisa — justificou.

Eu sabia que ela já estava pagando mais aluguel do que valia o quarto dela. Havia decorado o sótão como se planejasse ficar um tempo, tecidos recobriam as paredes e a cama. Abe não tinha comprado muitos móveis para ela.

— Claro que não — argumentou. — É temporário mesmo. — Ela arrumou um trabalho de noite numa pousada numa das montanhas chiques, Nob ou Russian, num quarteirão íngreme coberto de casas de madeira pintadas em tons pastel.

Ela procurava ajudar. Isso era claro. Queria ajudar as crianças do Haiti, sua tia, todo mundo. Ainda estava tentando descobrir o que sua vida estava se tornando, como se já tivesse uma forma e ela só precisasse se esforçar o bastante para enxergar.

Toda semana, por meses, recebíamos algo dos Sorrisos Haitianos pelo correio, um calendário gratuito ou uma carta desesperada endereçada à Stella. Eu me importava com eles também, aqueles camaradinhas magrelos sorrindo e não sorrindo lá do Sul; eles só não sabiam disso.

Eu não recebia muita correspondência. Quando me mudei, só tive de mandar meu novo endereço para uma pessoa. Fiona era uma fiel amiga por correspondência, mas às vezes levava um tempo para suas cartas chegarem até mim. Ela escrevia do Centro de Correção Feminina Florence McClure, nos arredores de Las Vegas, e sua correspondência tinha sempre de ser aprovada.

Anos após Lovelock, ela se envolveu num laboratório de metanfetamina com um bando de moleques imprestáveis. "Foi uma ideia idiota", escreveu ela. "E nem foi minha primeira". Mas a prisão dera a ela muito tempo para pensar no que importava. "Você foi uma das pessoas que mais amei. Em todos os lugares e épocas de minha vida". Aparentemente ela havia perdido peso. "Você não acreditaria se visse meus dedos", comentou, orgulhosa. "Finos como os de um esqueleto".

Ela assinava as cartas com: "Sua boa amiga desde 1970, Fiona". Sempre fazia isso: amigas desde 1970, mesmo quando ainda estávamos em 1971.

Enviei fotos de Abe em várias idades diferentes. Fazia cópias coloridas. "Você não está em nenhuma das fotos!", escrevia de volta. O que era verdade. Minhas favoritas eram aquelas que mostravam ele sozinho: esparramando água numa piscininha de plástico do lado de fora do trailer, emburrado em sua fantasia de fantasma. Todo verão eu pedia que ele me mostrasse o que havia usado no Halloween do ano anterior: um papagaio empalhado e um cutelo de plástico para sua fantasia de pirata, um dos ternos do pai e uma taça de martíni quando foi James Bond. Ele sempre reclamava — sentia calor no terno, se sentia idiota — mas usava a fantasia mesmo assim.

O ARMÁRIO DE BEBIDAS 149

Fiona escreveu que tinha um periquito chamado Pica-Pé que morava em sua cela. "Parece um monte de ovos mexidos", escreveu. "Está sempre com fome". Ela fazia parte de um programa especial onde as detentas adestravam animais — perdidos, selvagens, abandonados — e os davam a outras detentas para fazer companhia. Fiona aprendeu muito: como alimentar filhotes de esquilo com um conta-gotas cheio de leite, como amar Jesus de todo o coração. E ainda aprendia. Ela mencionou algumas vezes. "É um processo contínuo".

No caso de Pica-Pé, ele teve um bom lar até sua dona ficar tão velha que morreu. Antes de morrer, ela era uma mulher sem braços. Daí o Pica-Pé. Ele foi treinado a receber alimentos dos dedos do pé, e isso o deixou com medo de mãos pela vida toda. Não dava para esticar os dedos para ele sem levar uma bicada. "Não uma bicada para pegar um petisco", contou. "Bicada para tirar sangue". Eu me lembro de como ela atacou o pássaro que entrou no nosso trailer. Mas agora ela amava esse. Ele não a via como uma criminosa, explicou, porque ele não sabia de nada.

"Eu não te vejo como uma criminosa", escrevi a ela. "Quem sabe eu possa te visitar?"

Sua carta de volta foi breve: "Você não pode me ver assim".

Queria acreditar que ela não falava sério. Queria acreditar em todas as outras coisas que ela dissera: que a vida dela havia ficado difícil, mas que não havia acabado ainda, ela não sentia vergonha da pessoa que havia se tornado, ela valorizava o que estava aprendendo, algo novo todo dia.

Comprei um terninho azul para minha primeira entrevista de emprego. Era parte do plano: pequenas mudanças, uma por vez. Eu me candidatara a uma vaga de vendedora numa loja de roupas chamada Sweet Sixteen. As roupas deveriam ser para meninas, mas não pareciam com nada que uma garotinha deveria usar: casacos de couro falso com gola de pele artificial, reluzentes tops de paetês.

Stella e Abe me ajudaram a ensaiar antes de minha entrevista.

— É uma simulação — explicou Abe. Era o termo que usavam no banco. Stella deveria fazer o papel da entrevistadora boazinha e ele do malvado, mas achei que as perguntas da Stella foram mais cruéis.

— O que a trouxe ao varejo a essa altura da vida? — perguntou ela.

Eu pigarreei e respondi.

— Nunca é tarde para aprender.

— Sim! — elogiou Abe. — É exatamente isso que eles querem ouvir!

— Ele não era muito bom em ser cruel.

— Como você lidaria com clientes irritados? — questionou Abe.

Stella o cutucou com o lápis — com a ponta afiada, não com a borracha — e balançou a cabeça.

—Assim não! Perguntas mais difíceis.

A gerente era uma mulher chamada Tina, bonita, mas pedante. Não era gentil nem má. Só parecia entediada. Mastigava uma grande massa de chiclete cor-de-rosa o tempo todo. Suas perguntas vieram todas de uma vez: "Por que gosta de lojas; por que gosta de roupas; me fale sobre um momento em que teve dificuldade para lidar com uma pessoa e o que fez?".

Ela levantou uma sobrancelha quando contei sobre a indústria do entretenimento em Nevada, mas não quis saber detalhes. Apertou minha mão e disse que me dariam um retorno.

Encontrei com ela do lado de fora, na entrada, na calçada, segurando um cigarro numa mão e um isqueiro em outra. Tinha uma barra de cereais presa entre os dentes da frente, como um roedor. Era magra, aquela menina. Mas não era tão bonita à luz do dia.

Ela estendeu o maço na minha direção e ergueu as sobrancelhas. Acho que não esperava que eu dissesse sim, mas aceitei. Manteve a barra de cereal entre os dentes enquanto acendia meu cigarro com o isqueiro.

— Obrigada — falei.

Ela tragou e levantou o olhar.

—Aqui entre nós... — sondou. — O que quis dizer com "entretenimento"?

— Entre nós?

— Sim.

— Faz muito tempo.

— Era prostituta?

— Sim.

— Sério? — Colocou a mão na barriga. Não como se estivesse enjoada, como se estivesse com fome. Parecia ansiosa. — Você gostava?

— Eu não diria isso.

Ela me ligou três dias depois para dizer que não consegui o emprego.

— Há males que vêm para bem — me consolou Abe. — Consegue coisa melhor do que uma loja.

— Achei que podia ser bom. Só algo para eu começar. — Eu me sentia envergonhada em saber que ele sabia muito pouco do que eu queria.

Ele sorriu para mim como se sorriria para uma criança com um sonho ridículo: ser dona de um país inteiro ou fazer um castelo de cachorro-quente. Eu conhecia esse tipo de sorriso. Uma vez eu sorri assim para Abe. Ele tinha um plano de construir um campo de beisebol na lua. "Os rebatedores sairiam voando, imagina só!"

Eu tentava ser útil. Comprava coisas que achava que Abe gostaria: luzes de neon para as paredes, um abajur redondo que parecia saído de uma nave espacial. Stella me dava conselhos sobre estilo, designs modernos, cores. Abe disse que o abajur era legal, mas que eu não tinha de passar a vida arrumando sua casa. Ele não queria que isso me impedisse de procurar trabalho.

Comprei mais estantes de livros, arrumei tudo e terminei de desempacotar as caixas do Abe. Encontrei sua coleção de manuais de pôquer, com títulos como *Texas neles, parceiro!* e *Cinco jogos de cartas em cinco dias*. O pai havia passado três décadas, metade de sua vida, se aperfeiçoando nesse jogo. Também havia livros sobre dominós e, claro, ficção científica, agora em ordem: Alfred Bester, Ray Bradbury, Arthur C. Clarke. Ele passou os dedos pelas lombadas.

— Gosto da ordem — admitiu. — Estou me acostumando.

Ele me recomendou um livro chamado *Fogos frios* quando pedi uma sugestão, e resolvi tentar. Começava com um planeta mergulhado na escuridão durante anos, cheguei até aí, e um herói cujo nome era cheio de X e Q. Eu não conseguia pronunciar nem na minha cabeça. Pensei em Abe voltando para casa do trabalho — sozinho, antes de chegarmos — e lendo sobre batalhas no espaço profundo que duravam séculos, capazes de escurecer mundos para sempre.

152 *Leslie Jamison*

Eu gostava mais de programas de TV. Não era preciso imaginar tudo sozinha.

Stella tinha muitos conselhos sobre empregos. Se eu inventasse alguns nomes, de pessoas e lugares, provavelmente conseguiria uma vaga de garçonete. Mas eu tinha visto essas meninas. Tinham a idade dela, não a minha. Não era como eu queria transformar meus sonhos em realidade, expliquei a ela. Não queria mentir.

Lavar pratos era algo que eu já havia feito, em termos de experiência, e os restaurantes sempre tinham pratos que precisavam ser lavados. Mas eu sabia que as pessoas se sentiriam mal de contratar uma velha para isso. Seria como punir sua mãe no quartinho dos fundos, fazendo-a limpar sua bagunça. Havia algo no meu rosto que parecia cansado demais para tudo isso. Era uma mensagem implícita: "Escute o que lhe digo. Já vivi muito. Já vi muitas coisas".

Abe havia falado sério. "Consegue algo melhor". Mas dava para ver que ele queria que eu encontrasse logo. Sua decepção preenchia o ambiente como gás. "Como você está?", perguntava. Dava para ver que ele tinha um pouco de medo de minha resposta.

Eu me preocupava que ele se arrependesse dessa ideia toda, de eu morar com ele, em primeiro lugar. Não tínhamos encontrado uma forma de ficarmos confortáveis um com o outro. Seu quarto ficava logo acima do meu, e em algumas noites eu o ouvia se arrastando por horas. Soava como se ele estivesse arrastando um saco pesado pelo piso de madeira.

Uma noite eu o vi assistindo à televisão na sala de estar.

— O que está passando? — perguntei. — Alguma coisa boa?

Ele se virou e me passou o controle.

— Pode mudar de canal se quiser.

Eu me sentei.

— Vim ver com você.

Ele tamborilou os dedos no tecido.

— Deve ficar entediada o dia todo — falou. — Eu queria poder...

— Vou encontrar algo, querido. Não se preocupe. Estou procurando.

— E está indo bem com... Com o resto todo?

— Ainda estou sóbria. Desde que cheguei aqui.

— Que bom! — disse. — Foi o que imaginei.

Ficamos em silêncio por alguns minutos, sentados.

— Há milhões de grupos para esse tipo de coisa — sugeriu. — Você podia tentar. Talvez ajude.

— Não sei. — Fiz uma pausa. — Não acho...

— Eu podia ir com você. — Ele olhava fixamente para seus dedos, encarando. Não olhava para mim.

— Fala sério?

— Falo. Eu iria.

Num fim de semana, ouvi Abe falando ao celular. Eu estava no banheiro do andar de baixo. Não estava espionando nem nada, só fazendo xixi.

— É melhor assim — concluiu ele. — Pelo menos sei que ela está bem.

Não me deixou triste saber que ele pensava em mim como uma obrigação. Eu já sabia disso. Ficava triste de não conhecer seus amigos, sequer os nomes, daqueles que ouviam suas confissões.

Encontramos uma reunião aberta num estúdio de balé no segundo andar de um clube de comédia. A calçada estava bem iluminada e repleta de fumantes, homens engraçados e viciados, o andar de cima era uma sala vazia multiplicada por espelhos. Havia longas barras de exercício nas paredes e uma mesa dobrável com limonada e biscoitos, coberta de panfletos com títulos como: *44 perguntas; O A.A. é para você?; Perguntas e respostas sobre apadrinhamento*. Havia um pôster colado na parede que dizia: "Vivendo com escolhas". Todo mundo foi legal. Legal demais, me pareceu. Uma mulher me deu seu número de telefone e disse:

— Não durmo quando os outros dormem. Ligue quando quiser.

Nós conversamos sobre o clima, o estranho calor do outono, a diferença entre aqui e Nevada. Senti orgulho e tristeza ao ouvir Abe:

— Estou aqui pela minha mãe.

A reunião começou com o grupo todo declamando junto: "Deus, me conceda serenidade" etc. Eu já ouvira essa oração antes, mas eu não sabia as palavras bem o suficiente para acompanhá-los. Olhei para Abe. Seus lábios estavam se movendo, mas não havia nenhum som saindo. Uma mulher idosa caminhou até a frente da sala e apoiou a bengala contra o púlpito.

— Meu nome é Sarah — apresentou-se. — Estou sóbria há cinquenta anos, seis meses e três dias.

Todos bateram palmas. As pessoas ovacionarem, assobiaram. Ela estava em casa.

— Você pode se perguntar o que estou fazendo aqui depois de cinquenta anos. *Cinquenta anos*. E seis meses. E três dias. Porque nunca fica mais fácil, é por isso. Essa é a má notícia: eu ainda venho. Mas a boa notícia é: eu ainda venho.

Os aplausos recomeçaram.

— Poupem seus aplausos — recomendou. — Sou velha. Minha história é longa.

Começou quando seu marido foi embora e a deixou com uma bebezinha. Ela sempre gostou de beber, era uma garota festeira quando jovem. Acabou com um garoto festeiro que costumava fazer coisas como se mandar da cidade na primeira oportunidade. Mas foi só quando percebeu o que seria sua nova vida — sem marido, sem família, sem futuro, só o trabalho diário com a bebê — que a situação degringolou de verdade.

— A bebê chorava a noite toda — contou. — E eu nem escutava. — Ela bebia vinho sozinha na cozinha, que roubava quando não tinha dinheiro para comprar.

Ao meu lado, Abe fazia anotações num bloquinho. "Com medo da realidade", ele havia escrito. "O sonho do desaparecimento." Ninguém mais estava escrevendo.

O fundo do poço de Sarah envolveu sua bebê. Senti que seria isso, todos nós sentimos, com uma sensação de medo crescente. Uma noite Sarah não notou que sua filha havia engatinhado para fora do apartamento. A polícia encontrou uma etiqueta no pijama que ela usava e ligou para Sarah ir buscá-la. Foi quando Sarah percebeu que teria de ir bêbada até a delegacia. Ela tentou de tudo — duas xícaras de café, uma ducha fria, correr pelas ruas até perder o fôlego —, mas não fez muita diferença. Estava muito chapada. Apareceu na delegacia vestindo roupas limpas e falou o mais firme que conseguiu.

— O policial me olhou nos olhos e me *viu*. Ele viu o que eu era.

Abe parou de escrever. A última frase em seu bloco era "fundo do poço", sublinhada três vezes. Ele me viu olhando e cobriu com o braço.

Sarah nos contou sobre a longa estrada da recuperação. Bebia suco de tomate todas as noites e registrava seu trabalho de passos num diário esfarrapado que mostrou para a plateia.

— Esse é meu segundo bebê. — Ela foi às reuniões, fez serviços comunitários, encontrou um poder superior em que podia confiar. — As pessoas falavam sobre Deus. Mas eu o sentia como se fosse o fantasma de minha mãe. Não me deixava em paz nem por um maldito segundo.

Risadas. A mulher ao meu lado bateu palmas tão altas e prolongadas que achei que suas mãos ficariam em carne viva.

— Passei um ano sem minha família — contou Sarah. — Para que eu pudesse passar o resto da minha vida com ela.

Algumas pessoas se inclinavam para frente em suas cadeiras, escutando e assentindo, ávidos para compartilhar quando ela terminasse. Seus olhos estavam cheios de dor e vitória. Ali estavam, fazendo café, ligando uns para os outros, mudando vidas — e eu não havia feito muito desde que fiquei sóbria, apenas aprendi a programação da TV e olhei o relógio.

Abe se remexia ao meu lado. E, ao me virar, vi que vestia seu casaco ainda sentado em sua cadeira.

— Preciso ir — sussurrou. — Você devia ficar.

Agarrei seu braço mais forte do que eu pretendia.

— Está indo?

Ele não disse nada, apenas se levantou e caminhou pela fileira, pedindo desculpas às pessoas que o deixavam passar, se virando em seus assentos ou puxando os joelhos.

— Desculpe — pedia ele. — Desculpe. Me desculpe.

Fiquei até o fim, mas não permaneci para conversar com ninguém. Não queria ter que explicar minha história ou explicar por que Abe tinha ido embora. Eu mesma não entendia. Eu sabia que havia um mundo em que eu vivia — toda noite querendo, apenas *querendo*, meu corpo todo ansiando por isso —, e ele nunca viveria naquele mundo. Ele não precisava. Não desejaria. Ele havia saído para a liberdade de uma noite vazia. Eu podia segui-lo, e segui, mas não conseguiria encontrá-lo, e eu sabia disso também.

Peguei o computador da Stella para procurar classificados de emprego. Um anúncio se intitulava "vaga para iniciante em vendas" numa pequena agência, mas, no final das contas, o trabalho era para vender facas de porta em porta. Outro classificado dizia "Quer salvar os golfinhos? Então salve!" e alegava pagar doze dólares a hora. Era preciso coletar assinaturas na rua. Tentei por alguns dias, mas odiava me equilibrar de um pé dolorido para outro, vendo todo mundo desviar o olhar rapidamente ao me ver, torcendo para que eu não falasse com eles. Você só recebia o valor integral se cumprisse a cota de assinaturas.

Um dia Abe chegou cedo e me encontrou de pé na frente da TV. Eu estava a caminho do micro-ondas com uma pizza congelada, mas me interessei pelo programa. Homens estavam usando sons de baleia para enganar bezerros perdidos e fazê-los voltarem para casa. Minhas mãos estavam frias sob o papelão.

— Encontrei alguns classificados esta manhã — contei. — Vou ligar depois do almoço.

— Geralmente é bom ligar antes das cinco.

Eram quase quatro e meia. Eu não havia notado.

Ele olhou para a tela.

— Gosta desse troço? — questionou, como se fosse uma porcaria.

Assenti, magoada. Ele deveria saber isso a meu respeito, deveria ter se lembrado de todos os programas que viu quando era pequeno.

— Esse programa me distraiu — expliquei. — Perdi noção do tempo. — Mostrei a caixa de pizza. — Quase congelei os dedos.

Ele pegou a caixa da minha mão e a colocou no balcão.

— Não está curiosa para saber por que voltei cedo?

Não havia nada nele que não despertasse minha curiosidade.

— Arrumei um emprego para você no meu banco — contou.

Fiquei quieta por um momento.

O ARMÁRIO DE BEBIDAS 157

— Porque eu não consegui encontrar nada sozinha — respondi, finalmente.

— Não é isso. É só uma coisa temporária, mas é um bom começo.

— E acha que vou ser boa nisso?

— Não é para especialistas. Acho que vai se sair bem.

Abe havia se tornado esse tipo de homem, muito educado. Costumava ferir meus sentimentos quando era criança, e agora eu quase sentia saudade disso. Pelo menos, quando ele estava disposto a me magoar, não parecia um estranho.

Uma vez, ele devia ter uns sete ou oito anos, ficou bravo porque eu o obriguei a me ajudar nos afazeres diários. Eu queria que parecesse um lar, mesmo que fosse só por duas semanas.

— Não quero ter tarefas. Não moro aqui — resmungava. Ele não levava o lixo para fora. Nem mesmo comia uma tigela de cereal de manhã. Só se sentava lá com seu bichinho de pelúcia favorito, um dragão verde e roxo chamado Smoke. Tinha um rabo enrolado e olhos de plástico duro que tilintavam contra os dedos. Ainda consigo ouvir sua vozinha: "Ele não é como outros bichos. Ele faz fogo na barriga".

Era seu primeiro dia, e esses geralmente eram os mais difíceis, nossos começos e fins. Ele tinha trazido um pijama de flanela com estampa de esquilos, quente demais para o verão, e um ratinho de chocolate que derreteu na embalagem. Seus dedos empurraram as orelhinhas para dentro da cabeça.

— Bem, estragou tudo — concluiu, desanimado, e o jogou no lixo. — Não precisa ir trabalhar?

Eu o deixei lá sentado enquanto eu limpava casas do outro lado da cidade. Nunca ia para o Reno enquanto ele me visitava, então encontrava trabalho como diarista. Esfregava o piso de azulejo de outra mulher enquanto meu filho ficava sentado na minha casa pensando: "Esta não é minha casa. Esta não é minha casa". Mas, quando voltei, eu o encontrei na cozinha com uma bandeja de cookies por assar. Segurava seu dragão.

— Smoke está fazendo os cookies — disse ele. — Só vai demorar alguns séculos.

Ele foi gentil naquele dia. Estava disposto a tentar.

* * *

Comemoramos meu novo trabalho com um jantar. Tivemos de comer depois da meia-noite, porque Stella trabalhou no turno da noite. Fiz caçarola de vagens que Stella provavelmente conhecia tão bem quanto eu. Era uma das receitas de Lucy. O segredo eram os flocos de milho.

Cochilei às oito e acordei às onze para colocar a caçarola no forno. Não havia ninguém em casa. Pus a mesa e esperei. Depois de um tempo, me levantei e enrolei um pano de prato nas mãos, tirando a travessa de vidro do forno. Abe apareceu atrás de mim de repente.

— Cuidado com isso. Esses panos não são grossos.

Falou que sairia para encontrar Stella no estacionamento. Ele a acompanhava até em casa na maioria das noites. Eu não sabia quando isso acontecia porque nunca estava acordada. Imaginei que tipo de assuntos conversavam.

Quando voltaram, Stella preparou uma salada.

— Algo simples — justificou, mas parecia um prato de um restaurante: alface verde e roxa, nozes-pecãs doces, peras fatiadas tão finas que dava para ver através delas. Desde que ela começara a trabalhar, havia aprendido algumas coisas sobre como criar um lar. Ela se serviu de vinho e bebeu rápido, goles invisíveis enquanto misturava azeite e vinagre. Ela se virou para mim e me pegou olhando.

— Desculpe. Fiz sem pensar.

— Não — falei. — Você deve fazer o que tem vontade.

— Mas ainda assim... — Ela me serviu uma taça de água com gás para o brinde, que era em minha homenagem. Sua salada era suculenta e oleosa. Pesquei as pecãs. Rasgamos pedaços de pão e mergulhamos na mistura escura do molho. Stella falava sobre seu trabalho, café gourmet e roupa de cama de grife. — Ah, nada como os prazeres do conforto material. É tudo tão fabuloso...

A noite foi agradável — meu novo trabalho, meu velho filho, minha sobrinha, nossa casa —, e cada parte acrescentava sabores intensos no calor daquela mesa, como folhas de chá maceradas em água fervente. Eu estava progredindo. Nossos rostos estavam corados e receptivos. Perguntei a Abe sobre o banco.

— Então o que se *faz* o dia todo? As pessoas lá, digo.

— Ele odeia falar sobre o trabalho — retrucou Stella. — Achei que você soubesse.

O ARMÁRIO DE BEBIDAS 159

— Ah... — deixei escapar. Eu não sabia.

— Agora é o trabalho da Tilly também — disse Abe em um tom incisivo. Stella ergueu as sobrancelhas.

— Não sei exatamente o que você vai fazer — explicou ele. — Mas sei que vai trabalhar no departamento de ativos importantes. Os clientes com grandes contas.

Stella trouxe três pedaços de bolo de café em pequenos sacos plásticos de sanduíche, sobras trazidas da pousada.

— São só uns pedaços. Demos a maior parte às camareiras.

Abe recusou educadamente e se levantou para se servir um copo d'água. Comentou que tinha uma teleconferência.

— São duas da manhã! — argumentei.

— Londres — explicou, e me agradeceu pelo jantar.

Comentei com Abe sobre meu desejo de acordar perto do mar, e ele disse que poderia providenciar. Quem sabe acampássemos em Angel Island? Era lá que o povo chinês tinha feito sua parada antes de chegar a Chinatown, com seus tanques de lagosta e dragões de papel vermelho. Certa vez em Stockton eu vi uma banheira cheia de rãs e pensei: "Eu nunca vou entender essa gente".

Fomos para a ilha no meu último fim de semana antes do trabalho. Era repleta de palmeiras, e havia um grande prédio branco que parecia um sanatório, com poesia escrita nas paredes em caracteres chineses. As letras pareciam uma pilha de varetas espalhadas, pinceladas para todas as direções, criando pequenas cabanas para abrigar outros traços. Havia traduções em pedaços de plástico colados ao lado: "As ondas são felizes, rindo: haha", dizia uma. E outra: "Os bárbaros têm dois oestes, este e aquele para o qual viemos".

Havia uma foto de uma noiva chinesa apoiada num muro. Seu rosto era todo de tons de cinza, os cabelos presos num coque firme que puxava a pele da testa. Esperava por um barco ou então pelo homem com quem deveria se casar. Eu a virei para a parede. Queria proporcionar isso a ela, após todos esses anos: um pouco de privacidade.

Abe e eu nos revezamos para carregar a mochila enquanto explorávamos o lugar. Eu gostava de saber que nossas coisas chacoalhavam juntas lá dentro: filtro solar e garrafas d'água, um pacote de pretzels. Em algum lugar lá no fundo, nossas mudas de roupa se aninhavam bem dobradas.

Antes de anoitecer, nós montamos acampamento na praia. A água parecia inconstante e terrível, refletindo o céu cinza. Ainda não era hora do pôr do sol, mas eu sabia que as nuvens estavam pesadas demais para que pudéssemos contemplá-lo. A água era como um velho à espreita com seu corpo todo estendido até onde podíamos ver.

— Vamos nadar? — sugeriu Abe. — Não vou espiar.

Mesmo que fosse piada, não gostava que ele pensasse em mim assim, meu velho corpo enrugando na água fria. Eu me imaginei mergulhando na escuridão com uma garrafa de Potter's, podia quase sentir o líquido percorrendo meu corpo, destravando o fundo da minha garganta. Eu me lembrei de ficar chapada com Arthur, como ele batia seu punho contra o chão como se fosse uma porta. "Está aí?" dizia. "Consegue me ouvir?"

Nós nos deitamos na grama arenosa. Ondas deslizavam sobre ondas e recuavam com um sussurro. Abe apontou para as estrelas.

— Consigo ver um cachorrinho ali. Um spaniel com... — Ele riu.

— Com o quê?

— Bem acima da segunda árvore. Não consegue ver o corpo de um cachorro, quatro patas e... um pênis?

— Meu Deus! — Eu ri. — Tem razão.

Eu não conseguia ver nada. Meus dedos estavam duros e inchados. As pontas vermelhas de frio. Minha respiração saía em baforadas. Exalando o calor de minha garganta e de minhas entranhas.

— Stella tinha razão? — perguntei.

— Sobre o quê?

— A noite passada. Ela disse que você odiava falar sobre seu trabalho.

— É algo que eu disse a ela. E era verdade.

— E?

— Agora que vai estar trabalhando lá... É diferente. Podemos falar sobre isso, se quiser.

Abe me contou dos prédios. O banco tinha vinte andares de um arranha-céu e vinte e cinco andares de outro. Parecia meio vergonhoso que não tivesse um prédio inteiro. Eu não entendia muito do mundo dele, e estava pronta para aceitar esse fato. Minha prioridade era não ter medo de fazer perguntas.

Abe enumerou as pessoas às quais eu devia ficar atenta. Acontece que o departamento dele era cheia de malucos. Eu provavelmente não trabalharia com eles, explicou Abe, mas nunca se sabe. Tinha o Joe DiFranco com uma gaveta cheia de pornô.

— A maioria das pessoas vê pela internet hoje em dia. Mas ele não. — Eu não gostava de ouvir Abe falando esse tipo de coisa, como se também visse pela internet. Ele me contou sobre Demetrius Preguiça, cujo nome ainda era alvo de piadinhas.

Ele achava que dava para aprender muito sobre pessoas ao observá-las trabalhando até tarde.

— O que você poderia aprender sobre você, por exemplo? — perguntei. — Digo, se você não fosse você.

Ele riu. Falou que uma das coisas seria que comia barras de chocolate para se manter acordado. Ele podia comer quatro ou cinco seguidas.

Perguntou se eu me lembrava do dia que eu o peguei comendo açúcar no escuro. Ele talvez tivesse uns dez anos.

Claro que eu me lembrava, falei. Eu o encontrei enfiando a colher no saco de açúcar empedrado. Ele explicou que lá dentro havia montanhas e vales, seu próprio planeta, e comia o mundo todo. E sussurrou:

— Estou escavando.

Avisei que, se comesse demais, aranhas entrariam em sua boca enquanto ele dormia, porque era doce. Ele sorriu e deu outra colherada. Eu provei um pouco depois que ele saiu, só para dormir com a mesma dor de dente.

— Fiquei com a boca bem aberta quando dormi naquela noite — contou. — Queria capturar um monte de aranhas e lhes dar o nosso nome.

— E capturou?

— Não.

Houve um longo silêncio.

— Abe?

— Sim.

— Ainda tem aquela coisa de noite? Em que não consegue se mexer?

Eu tinha lembranças vívidas desses episódios, os terrores noturnos. Atingiam-no de repente, como uma dor de estômago, e eu acordava ouvindo-o me chamar, reclamando que seus membros não obedeciam mais a seus comandos.

— São como animais mortos presos a minhas extremidades. Tenho depois dos sonhos agora. Só quando são pesadelos.

Ele entrou na barraca e me deixou sozinha à beira do mar. As águas da baía refletiam a lua. Senti a noite envolver meus braços frios. Os dias de minha vida eram como uma série de caixas de presentes. Quem poderia saber o que me aguardava? Noites incomuns como essa.

Quando entrei na barraca, Abe murmurou, dormindo, e rolou na direção do segundo saco de dormir como se pretendesse abraçar outro corpo.

— Sou eu, querido — sussurrei, e ele voltou para seu lado. Senti a terra dura e fria sob meu corpo até pegar no sono.

Acordei com o ranger de um zíper. Acordar sem ressaca era algo intenso. Tinha plena consciência de tudo. O ar da manhã estava denso e salgado. O oceano sussurrava como se tentasse recuperar o fôlego, sufocado pela areia molhada em sua garganta. Abe escancarou a porta e revelou o céu emoldurado, espiando para dentro da barraca.

— Consegue ver? O mar?

— Vejo seu rosto.

— Ah, desculpe.

Então ele saiu, e a água estava logo ali: uma faixa azul ondulante sob o céu caiado. A superfície estava repleta de ondas e barquinhos.

— Puta merda! — espantou-se Abe. — Puta merda!

— Que foi?

— É um golfinho.

Eu me levantei e coloquei o pescoço para fora da fenda. Olhei para a água.

— Não — disse ele. — Na praia. Ele apontou para uma forma cinza na areia. Parecia uma mancha. — Acho que está morto — falou. — Acho que é um bebê.

Nós caminhamos para ver. O corpo estava dobrado na forma de uma vírgula na praia fria, a pele cinza borrachenta com a barbatana coberta de sangue. Algo o atacara durante a noite. Havia um naco arrancado ao redor do olho.

— Meu Deus — lamentou Abe. — Vamos embora.

Eu não queria ir embora. Seria como deixá-lo sozinho para morrer, mesmo que já estivesse morto. Abe tinha uma garrafa plástica de suco de laranja e um pacote amassado de donuts cobertos de açúcar, seis roscas grossas enfileiradas.

— Café da manhã de máquina de venda — disse. — Mas agora perdi meu apetite.

Meu estômago se fechou como um punho. Peguei um donut mesmo assim. Tinha sido uma boa ideia.

Nós nos sentamos ao lado de nossa barraca e bebemos o suco. Ele pegou a mochila e tirou um caderno. Era como os que ele tinha quando era pequeno. Eu mandava material escolar especial estampado com motos e personagens de desenho, os mais coloridos que eu encontrava, mas no verão ele sempre trazia cadernos simples em preto e branco marmoreado. Ele era todo profissional desde pequeno.

Agora ele queria que eu fizesse um plano de cinco anos. Era uma forma de pensar pequeno e grande ao mesmo tempo, explicou. Tinha objetivos para o próximo dia, a próxima semana, o próximo ano e por aí vai.

— Vamos começar grande — sugeriu. — Vamos sonhar.

Fechei os olhos.

— Tá bom.

— Se pudesse fazer o que quisesse da vida, o que seria?

— Gostaria de ter minha casa, acho. — O que nem era verdade. Minha parte favorita dessa nova vida era morar com Abe.

— Mas o que quer *fazer* da sua vida? Essa é a pergunta.

— Não quero fazer nada dela. Só quero seguir nela.

— Hum... — murmurou. — Entendo.

Conversamos sobre possíveis carreiras. Ele sugeriu faxina profissional. Asseverou que eu já tinha experiência, pelo que eu havia feito em Nevada, e as pessoas ficariam impressionadas com um registro temporário no banco. Talvez algum dia eu até pudesse ter minha própria firma.

— Vamos trabalhar a partir daí — recomendou. — De um resultado ideal.

Como eu chegaria lá? Abe havia planejado. Se eu começasse com um cliente, apenas um, e fizesse um bom trabalho, ele me recomendaria. Antes que eu me desse conta, *voilà*. Podia começar assim.

— Um fluxograma simples. Faz sentido?

A verdade era que aqueles planos só me mostravam como a vida poderia ter sido, uma vida alternativa, se não fosse eu a vivê-la.

— Agora tenho uma noção de onde começar — respondi, mesmo assim.

— Um brinde a isso — comemorou, levantando a caixa vazia de suco de laranja. Ele me entregou o papel com os planos escritos, bem dobrado. Disse para eu guardá-lo num lugar seguro.

Fiz café para a Stella no meu primeiro dia de trabalho. Queria ter feito algo para o Abe, só dessa vez, mas ele saiu cedo, como sempre fazia. Estava ansiosa para usar a garrafa térmica de metal que ele havia me dado.

— Vai preferir levar seu café para o escritório. Confie em mim — aconselhou.

Stella me deu um par de tênis brancos robustos para minha viagem diária ao trabalho e um saquinho para guardar meus sapatos de salto durante a caminhada. Comprei um novo conjunto de blusas e terninhos. *Âmbar, gelo, verde-abacate, verde-limão*. Esses eram os nomes das cores nos catálogos.

Errei no café e tinha gosto de borra. Stella me disse que estava espesso e saboroso como pudim, foi gentileza dela mentir.

Caminhei até as torres do banco com meus novos tênis brancos. Havia um pátio cheio de bancos de pedra onde parei para calçar os sapatos de salto. Eu sabia que trabalharia no prédio mais baixo. Abe havia me fornecido um nome de contato: Sylvia Rodriguez e um andar (trinta e oito), nada mais.

Sylvia era uma mulher baixinha, peituda, da Colômbia. Seu sotaque a fazia parecer sempre empolgada. Ela me encontrou no saguão e me acompanhou até lá em cima, passando seu cartão por um labirinto de catracas e portas trancadas pelo caminho. Paramos numa grande área repleta de baias que reluziam torpes sob luzes fluorescentes.

— Bem-vinda à América do Norte. Esse é o seu setor.

— Tá. Parece bom.

— Agora vou te mostrar o processo. — Ela me passou um pedaço de papel cheio de caixas a serem preenchidas: "Nome do cliente"; "Nome da conta"; "Pessoas relevantes"; "Nível de risco". A maior dizia: "Análise?".

Meu trabalho era basicamente executar um programa de computador para me certificar de que todos os caras ricos que tinham dinheiro no banco não eram criminosos. Eu digitava seus nomes numa base de dados e preenchia um formulário se aparecesse alguma ocorrência.

— É bem simples — explicou Sylvia. — Mas às vezes você se depara com um mistério.

Um homem num terno cinza-chumbo e camisa roxa de seda se apresentou. Era Stan. Trabalhava na baia ao lado da minha.

— Sou uma bicha soprano — comunicou, sem delongas. Havia sido um dos artistas do cassino Excalibur, com seus números musicais e lutas de cavaleiros, mas ficou velho ou cansado demais e acabou desempregado por tempo demais, com a dívida do cartão de crédito crescendo. Agora ele tentava sair do buraco.

— Muitos de nós têm dívidas — acrescentou, apontando com o braço para toda a sala. Eu imaginei a cena como um número musical num filme antigo: todos se virando para olhar para mim ao mesmo tempo, assentindo tristes no mesmo ritmo. — Qual é sua história?

— Só estou tentando colocar a vida em ordem. Só isso.

— Bom pra você — incentivou. Tinha uma voz alta, mas havia algo de silencioso nele também. Ele sabia quando parar de fazer perguntas.

Analisei nomes a manhã toda, mas nenhum revelou problemas. Derrubei um pote de clipes no chão e me senti uma idiota, ajoelhada no carpete áspero para pegá-los, olhando sobre o ombro para ver se alguém estava vendo. Eu gostava de ter minhas próprias gavetas de arquivo, um espaço para o trabalho que eu havia feito, e o cartão de acesso que Sylvia deixou na minha mesa.

— Sua autorização — anunciou ela, como se fôssemos espiãs.

Ao meio-dia e meia, o lugar havia se esvaziado. Era o almoço, todos passavam por mim com expressões determinadas. Aonde iam? Liguei para o telefone do escritório de Abe. Da minha mesa, eu só tinha de ligar para um ramal. Puxei uma pequena pilha de cardápios da minha gaveta superior, alguns restaurantes locais pelos quais passara.

Ele atendeu após um toque.

— Qual é o problema?

— Nada. Só queria saber se você quer almoçar.

— Ah, eu não costumo sair pro almoço.

— Por que achou que eu estivesse com algum problema?

— Eu só... Esperava que estivesse tudo bem.

— Está.

— Bom.

— Como você está?

— Estou bem, Tilly. Mas tenho que desligar.

Ele não me chamava de *mãe*, nunca, mas eu sentia uma pontada toda vez que o ouvia dizer outra coisa. O que era tolice. Eu chamava minha mãe de Lucy desde que saí de casa, mas sempre desejei — para meu próprio bem e para o dela — que parecesse mais natural do que parecia.

Saí e comprei um sanduíche embalado em plástico, levei até minha mesa e passei a tarde toda trabalhando.

Abe apareceu antes de eu sair.

— Como foi?

— Acho que vai funcionar.

— Que bom. Fico feliz.

Achei que ele talvez ficasse um tempinho, se sentasse e conversasse, mas ele inclinou o copo para frente, um tipo de reverência desajeitada, e caminhou de volta aos elevadores. Trabalhava dez andares acima. Tentei imaginar sua vista. Ali embaixo, na América do Norte, nem tínhamos janelas.

No total, havia cinco temporários trabalhando com a Sylvia. Stan era o mais antigo lá.

— As dívidas não vão desaparecer sozinhas — argumentou. — Além disso, eu continuo fazendo mais. — Eu sentia que ele tinha uma vida empolgante fora do escritório. Ele me mostrou fotos da parada de Castro. Numa delas, ele usava um grande chapéu de papel que tinha garrafas de cerveja vazias presas na aba. Elas apontavam para fora e o faziam parecer a Estátua da Liberdade. — Gozando nossa liberdade — disse ele. — Não é essa a ideia?

Havia outros dois homens no nosso setor: Omar, que enviava dinheiro para a esposa e a filha na Nicarágua; e Ted, um ator que participara de vários programas de televisão. Ele foi rápido em compartilhar.

— Participei de duas temporadas de *Law and Order: Pacific*. — Talvez você se lembre de mim como o filho perdido do terrorista da *piñata*.

Eu nunca havia visto o programa nem ouvido falar.

— Acho que não vi esse episódio — justifiquei.

— Episódios — acrescentou. — Foram vários.

Eu o deixei continuar.

— Foi um papel recorrente — disse ele, batucando os dedos na mesa. — Afinal, qual é sua história?

— Eu só queria um trabalho decente, só isso.

— Bem, então ainda não encontrou. — Ele riu. — Espero que você saiba.

A outra única mulher se chamava April. Ela tinha cabelos curtos, como uma fadinha, e por trás dava para confundi-la com um garoto bem jovem. Ela se movia pelo carpete sem parecer tocá-lo, pairando entre as baias em direção ao banheiro comum. Com frequência usava calçados que pareciam sapatilhas, como os da Stella. Um dia perguntei a ela:

— Você é dançarina?

Ela riu.

— Ha-ha! Espere só até minha terapeuta ouvir essa!

Ela vinha de uma cidadezinha minúscula no centro da Califórnia, o que me fez sentir como se tivéssemos algo em comum. Eu estava vivendo longe das grandes cidades havia tempo demais.

— Malditos prédios neste lugar! — disse, uma vez. — Não dá nem para ver o céu.

Era o tipo de mulher que praguejava o tempo todo. Não dava para imaginar ao olhar para ela, suas saias de veludo e echarpes de tecidos finos, mas outras pessoas notavam, e dava para ver que incomodava algumas.

Eu tentava melhorar um pouco meu jeito de falar. Queria soar respeitável. Dava para ver o quanto Sylvia trabalhava duro só pela forma que ela falava. Na verdade, eu ficava um tanto tímida perto dela. Ela era a chefe, afinal, apesar de Abe ter rido uma vez quando eu a chamei assim.

— Ela não é chefe de nada — retrucou ele. — Ela tem chefes e mais chefes acima dela. Provavelmente até pouco tempo atrás era uma temporária.

— Você disse que temporários podiam progredir.

— Não tanto. É a diferença entre…

— Entendi. Não precisa explicar.

— Não falei por mal. Só estava dizendo que você não deveria ter medo de falar com ela.

Eu não tinha medo, não exatamente; era só que, quando eu pensava em falar com ela, não conseguia pensar em uma única coisa a dizer. O que eu sentia com muita gente além dela.

Uma vez ela nos presenteou com pacotes de biscoitinhos de coco massudos.

— São guloseimas do meu país — explicou. — Espero que gostem.

— Obrigada.

Houve uma pausa.

— Certo. Bom trabalho de manhã — disse.

Na nossa reunião, Stan cochichou para mim:

— Querida, está cheia de migalhas.

Vi que ele tinha razão. Farelos de biscoito salpicavam as pregas da minha camisa como caspa. Limpei rapidamente. Levantei o olhar e notei April me encarando.

Aprendi o que fazer com nomes ligados a crimes ou criminosos em nossa base de dados.

— Quando o nome é médio… — explicou Sylvia. — É nosso ganha-pão.

Essa era a linguagem do nosso programa de computador. "Médio" era o rótulo que aparecia quando o nome do cliente batia com o de um criminoso. Geralmente significava que algum rico de Connecticut tinha o mesmo nome de um sonegador de impostos na Irlanda ou um traficante do Bronx.

— O que significa "médio"? — perguntei ao Stan. — Por que essa palavra?

Ele revirou os olhos. Eu sabia que ele não estava revirando para mim. Ele morria de tédio em sua baia, e seu rosto parecia dizer "Você também deve estar entediada".

O ARMÁRIO DE BEBIDAS 169

— Significa "risco médio" — explicou. — Poderiam representar um problema sério, mas na maioria das vezes não.

— Há vezes em que o resultado é "alto"?

— Osama bin Laden aparece como alto. E talvez Saddam Hussein, antigamente. Mas é só isso.

Eu não sabia se ele estava brincando.

— Mas eu não tentaria procurar por eles. O escritório não gosta dessas gracinhas.

Sorri. Era uma expressão que minha mãe usava quando eu e Dora aprontávamos: jogar sacos de papel com cocô de cachorro na entrada da casa dos outros e tocar campainha. Dora só fez isso por um ano até começar a me dedurar. *Gracinhas*. Era estranho que a mesma palavra aparecesse em diferentes partes de sua vida. Parecia com ir dormir em sua cama e acordar na de outra pessoa.

Todo dia eu fazia uma pequena pilha de relatórios grampeados, uma para cada nome com resultado "médio", e os entregava para Sylvia. Eu nunca havia tido um trabalho que envolvesse tanta papelada. Quando empacotei meus papéis em Nevada, mal tinha o suficiente para encher uma caixa. Eu gostava do calor aconchegante das páginas saídas da impressora, o cheiro do marca-texto quando sublinhava nomes e datas relevantes. Eu tinha o cuidado de deixar cada página secar antes de colocar outra em cima.

Sylvia era devotada a cada parte do trabalho — o vocabulário, os gráficos em códigos de cores, o sorriso incentivador. Um dia entrei em sua sala e a encontrei parada entre dois homens. Seus rostos estavam vermelhos, as vozes elevadas, as gravatas frouxas.

— De onde *acha* que vem a eletricidade? — esbravejou um deles.

Sylvia trocou olhares comigo e fez um gesto como se cortasse a própria garganta.

— Volte depois — balbuciou.

Fechei a porta sem fazer barulho.

Stella estava interessada no meu trabalho. "Seu emprego", como sempre dizia. Eu sempre me referia como "meu trabalho". Ela nunca perguntava sobre as coisas que eu queria falar. Minhas impressões mais intensas eram do estranho cheiro de hospital do lugar, a pequena satisfação de guardar meus tênis brancos e minha marmita em duas gavetas separadas. Eu tinha quatro gavetas no total. Essas eram as coisas que eu apreciava, mas elas nunca pareciam ser as respostas certas para as perguntas de Stella.

— É gratificante? — perguntava ela.

— O que quer dizer?

— Você se sente estimulada? Desafiada?

— Não é como pintar um quadro ou encontrar a cura para uma doença — respondi. — Mas não é ruim. As pessoas me tratam com respeito.

Eu pensava nele da seguinte forma: começava à mesma hora todo dia e tinha hora para acabar. Eu sabia que teria uma certa quantidade de dinheiro na minha conta-corrente do Banco Wells Fargo. Essas eram satisfações. Eu havia pregado duas fotografias na fina divisória sobre minha mesa: uma do Abe quando era pequeno, segurando Smoke em suas minúsculas mãozinhas sardentas; e um cartão-postal de um cacto espinhento contra um fundo de grandes nuvens fofas. A foto era do Arizona, não de Nevada, mas me dava uma sensação agradável.

Eu tentei explicar a Stella: sentia falta do Oeste.

— Você *está* no Oeste — argumentava ela. — Está no máximo de Oeste possível.

Eu sabia que ela estava certa, mas não parecia assim para mim.

— Mas o que você *faz* o dia todo? — quis saber Stella. — Digo, minuto a minuto.

Abe estava escutando.

— Um pouco disso e um pouco daquilo. Vendo se os relatórios estão todos preenchidos.

— Mas basicamente você só pesquisa no mesmo programa sem parar?

— Ora, Stella... — censurou Abe. — Aonde quer chegar?

Ela lhe lançou um olhar — de surpresa e também mágoa — que me deu uma pontada de prazer. Era uma vitória que eu não podia explicar.

Abe fazia perguntas melhores. Ele, de fato, conhecia o lugar.

— Vocês têm aqueles pacotes grátis de aveia na cozinha? São ótimos lanches. — Uma vez ele me perguntou sobre a pior hora, quando eu ficava realmente entediada. Sua teoria era de que todo mundo tinha uma. A dele era das cinco às seis, quando os outros começavam a ir para casa. — Mas você está gostando um pouco? — perguntou ele.

Assenti.

— Mas, para ser completamente franca, sinto falta do sol.

Perguntei a ele por que não tínhamos janela. Ele explicou que tinha algo a ver com a filial de Miami. Alguém saltou do décimo nono, então adotaram essa política.

Eu guardava os cardápios dos restaurantes na minha segunda gaveta, mas nunca os usava. Eles pareciam pertencer a outra vida: uma vida de almoços de negócios e acontecimentos, uma vida dos filmes, ou trinta anos no passado, antes de eu me tornar eu mesma. Almoçar no centro era caro, até uma simples sopa em uma delicatéssen, então comecei a levar minha própria comida. Eu não via sentido em gastar tanto dinheiro para comer sozinha. Eu embalava meu almoço em sacos de papel pardo como uma estudante do colégio: iogurte e maçã; sanduíches com cortes gordos de presunto, como Lucy fazia, e muita maionese.

Havia uma sem-teto que se sentava comigo nos bancos. Era difícil explicar por que parecia que ela se sentava comigo, pois ela nunca ficava de fato muito perto. Nunca nos falamos. Era algo na forma como ela se portava, toda formal e distinta, lançando olhares respeitosos em minha direção. Usava um terno cinza velho, masculino, com uma mancha preta que cobria todo o bolso do peito, como se seu coração tivesse vazado sangue preto. As mangas estavam puídas e dava para ver os cotovelos. Ela era uma mulher negra, mas seu cabelo era branco, na maior parte coberto por um amplo chapéu de palha. Ela não pedia dinheiro nem nada, apenas se sentava assim que eu me sentava ali, e saía quando eu me levantava, cumprimentando levemente antes de ir embora.

Após alguns dias, eu perguntei se havia algo de especial naquele banco. Ela tocou o chapéu com um dedo.

— Apenas a companhia.

No dia seguinte, eu levei um moletom extra enfiado na minha bolsa, enrolado na sacola com meu almoço. Antes de me levantar para sair, bati no ombro dela.

— Eu posso costurar os cotovelos de seu paletó. Traria de volta amanhã.

— Ficaria muito agradecida. Mas sentiria um pouco de frio sem ele.

— Podíamos trocar. — Retirei o moletom da bolsa. "Meu coração foi aprisionado em Lovelock", dizia. Mais do que me lembrar de Fiona, eu me lembrava do dia de sua partida.

A mulher balançou a cabeça.

— Não posso.

— Sou até boa nessas coisas — argumentei. — Em remendar e tal.

Ela acabou me dando o paletó. Pegou o moletom, agarrando-o firmemente como se fosse o bebê de um estranho. Antes de partir, ela me disse que seu nome era Toledo. Ela mesmo o escolhera, contou. Sua boca reluzia com obturações douradas quando falava.

Usei remendos de veludo vermelho porque eu não tinha outro tecido. Agora ela pareceria uma professora universitária. O paletó fedia como alface podre. Não tinha cheiro de mulher. Lavei na pia com umas esguichadas de detergente de cozinha. Era assim que eu lavava a roupa quando não tinha muito dinheiro.

No dia seguinte, ela levou o paletó ao rosto.

— Cheira bem — falou. — Eu também teria lavado. — Ela tirou um pedaço de papel do bolso e desdobrou, um cardápio de viagem de um restaurante chinês chamado Peking Palace. O outro lado mostrava o desenho em carvão do rosto de um velho. Peguei o papel e encarei os traços: fortes e pretos, fluidos como água. — Vi esse cara na rua ontem — explicou ela. — Só sentado lá olhando para as mãos.

Ela fechou meus dedos sobre o papel e eu entendi: ela queria me dar algo em troca.

Comecei a levar comida para ela. Nunca embalava um almoço separado, porque achava que podia deixá-la envergonhada. Em vez disso, eu trazia um pouco a mais do que preparava para mim mesma: outro sanduíche de atum, alguns muffins do trabalho da Stella. Uma vez eu perguntei por que ela havia se batizado de Toledo, mas ela balançou a cabeça e ficou em silêncio. Não perguntei de novo.

Eu gostava dos seus desenhos: rostos humanos alongados com suas rugas entalhadas como galhos. Nunca era algo imaginado, só cenas que presenciava. Ela me disse que costumava desenhá-los para conseguir dinheiro.

— Como aquele cara em Los Angeles, o cara com todos os poemas — explicou. Mas ela parou porque sentiu que estava se doando demais.

— Quando nos doamos para outra pessoa, não sobra nada para guardar.

— Não acho que seja necessariamente verdade — argumentei. — Tenho esperança de que não seja assim. — O som da minha própria voz me surpreendeu. A palavra "esperança" era como uma farpa espetando minha garganta, que agora eu tentava cuspir.

April com frequência parava na minha baia a caminho de seu cafezinho. Acabou se tornando uma rotina. Ela era mais legal do que parecia, me contava histórias de sua vida de menina de cidade pequena. "Costumava contar os batimentos cardíacos do meu coelho. Minha mãe me fazia beber vinagre toda vez que eu falava um palavrão." Ela parecia surpresa por eu estar interessada.

— Você, de fato, se importa com essa porra toda, não é? — Ela me fez perceber o quanto aquelas palavras eram realmente feias — *porra, merda, cagão, cuzão* —, apesar de eu não poder imaginá-la usando quaisquer palavras além dessas. O vinagre de sua mãe não estava mais por perto. Eu gostava como essas palavras contorciam seu rosto em expressões definidas. Ninguém era assim tão transparente. As pessoas estão sempre escondidas atrás de seus rostos. Eu sabia que nunca conseguia me esconder.

Stella sugeriu que usássemos nossos fins de semana para explorar São Francisco. Uma vez ela conseguiu ingressos para uma exposição de arte de esculturas de vaselina. Uma parede havia sido derrubada, explicou ela, para dar lugar às esculturas. Ela parecia satisfeita com esse fato.

— Devo avisar que não entendo muito de arte — disse a ela.

Mas nós fomos. A exposição tinha até um filme. Passava numa sala escura com cheiro de camurça. Toda a ação acontecia num navio baleeiro. Havia uma tempestade. Dois amantes se cortavam com facas. Partes de corpos flutuavam para longe de outras partes de corpos. Não havia palavras.

— É sobre o quê? — sussurrei.

— Sobre? — Stella balançou a cabeça. — Não é esse tipo de filme. — Ela podia ser assim, impaciente.

O andar de cima estava repleto de enormes aros brancos, fazendo parecer que alguém havia jogado água sanitária em tortas de gelatina. Lucy costumava fazer gelatinas de frutas para reuniões de pais, não importava a que hora do dia acontecessem. "É sempre bom levar alguma coisa", dizia ela. "Mostra que você se importa."

A escultura de que eu mais gostei era uma coluna de concreto tombada recoberta de cascas de camarão espetadas e chapiscada com um material que lembrava glacê. Stella cochichou no meu ouvido.

— Parece um donut.

— É mais um biscoito — falei. — Aquele compridinho.

Era difícil dizer se o material era duro ou macio, pegajoso ou seco. Parecia gelatina endurecida. Lambuzaria nossos dedos? A placa dizia "Não toque". Talvez tivessem quebrado paredes para acomodar essa. Parecia grande o suficiente.

Aquela obra teve uma espécie de poder sobre mim. Eu queria sentir a forma com meus dedos. Estava cansada de só olhar. Tive que cerrar os punhos. Não parava de pensar em tocá-la. Havia momentos que eu precisava, mais do que tudo, trazê-la para *dentro* de mim, para mais perto.

— O que foi? — sussurrou Stella. — Está chateada?

Eu mal conseguia respirar. Desci correndo as escadas em direção à luz solar. Stella me encontrou numa praça do outro lado da rua.

— O que aconteceu lá dentro? Está bem?

Fiquei quieta por um momento. Inspirei em grandes lufadas que pareceram gelar minhas costelas.

Estávamos a poucos quarteirões do escritório. Pensei em Abe, ali perto, digitando planilhas. Ele trabalhava na maioria dos sábados. Stella se sentou na grama e bateu na terra ao lado dela. Esperou que eu falasse, puxando tufos de grama e esfregando-os de volta no chão. Eu podia ver que ela estava se esforçando para não falar. O som dela tentando ficar em silêncio parecia uma pergunta em si. Observamos uma mulher mais abaixo na ladeira, rodopiando com os braços levantados.

O ARMÁRIO DE BEBIDAS 175

— Uma vez vi um pássaro preso numa casa — finalmente disse. — Uma casa *bem* pequena. Minha casa.

Ela assentiu. Continuei.

— Eu não queria matá-lo. Só queria tocá-lo. Fiquei lá parada e apertei minhas mãos até a sensação ser insuportável. Minha mão doía e parecia que iria explodir.

— Você o pegou?

— Voou pela janela — menti.

Ladeira abaixo, a mulher rodopiando começou a caminhar na nossa direção. Parecia um pouco com a Toledo, mas caminhava esquisito, como se mancasse, e a Toledo andava sem problemas. A silhueta se aproximava, cada vez maior, e num instante consegui vê-la: *era* ela. Ela estava chapada de alguma coisa. Eu não sabia o quê. Ela balançava a cabeça de um lado para o outro. Os tênis brancos cobertos de luzinhas vermelhas que piscavam a cada passo.

Não pareceu me reconhecer. Tirou um pedaço de jornal do bolso e desdobrou. Estava coberto com bolotas endurecidas de chiclete: branco, verde, amarelo, e eu pude ver uma manchete sobre a guerra. Podia ser de dias atrás ou mesmo anos. Ela não parava de tirar itens do bolso e colocá-los na grama à nossa frente: uma caixa de leite esmagada, um caco de vidro marrom, uma perna cortada de boneca, uma seringa enfiada dentro de um saco plástico.

— Estou colecionando tudo em que já pisei — explicou.

— Desculpe — disse Stella. — Mas não tenho dinheiro.

— Não *pedi* seu maldito dinheiro — esbravejou Toledo. Ela chutou o chão com o tênis.

Stella olhou para mim. Estava com medo, mas tentava esconder.

— Toledo? — chamei. — Você se lembra de mim?

— Você a conhece? — sussurrou Stella.

Os olhos de Toledo dardejavam. Ela alternava o peso de um pé para o outro num tipo de dança.

Stella agarrou meu braço.

— Você a conhece?

Eu sabia que Toledo ficava em um abrigo, mas eles não deixavam entrar se a pessoa estivesse bêbada ou chapada.

— Essa merda está em toda parte — resmungou ela, pegando seus objetos e jogando na grama novamente: a perna de boneca, o pôster com chiclete. — Nesse exato momento não dá nem pra saber o que estão fazendo com os jovens em outras cidades.

— O que está havendo? — perguntei. — Por que está assim?

Ela inspirou profundamente e, então, cuspiu no topo de minha cabeça. Senti no meu cabelo. Levantei o olhar. Seus olhos eram como fendas mostrando um ninho de formiguinhas pretas brilhantes. Eu nunca tinha visto esse olhar no rosto dela, nem no de ninguém.

— Meu nome é Toledo — disse, como se nunca tivéssemos nos conhecido. — Foi onde mataram meu pai.

Eu podia sentir o cuspe escorrendo em meu rosto, mas não o limpei.

— Você precisa descansar — sugeri.

— Você não sabe de *nada*.

— É melhor irmos embora — sussurrou Stella.

Eu a deixei me conduzir. Atravessamos a praça. Stella ofegava.

— Jesus! Ela *cuspiu* em você. — Ela tirou um lenço da bolsa, fez um cone com uma ponta e começou a limpar meu cabelo.

— Deixa que eu faço. — Peguei o lencinho. — Obrigada.

Coloquei dois dedos contra o pescoço de Stella para sentir sua pulsação. Seu coração estava a toda. "Eu não queria matá-lo, só queria tocá-lo." Ela recuou. Não queria o cuspe na pele dela também.

Dora esperou uns meses antes de aparecer. Eu tinha certeza de que ela viria. Ela sabia que eu estragava tudo — mais cedo ou mais tarde, era tudo o que ela já me vira fazer — e queria ver a própria filha. O que eu havia feito com ela?

Stella perguntou se eu estava disposta a vê-la. Na verdade, será que ela estava disposta a me ver?

Dora estava bastante ocupada, foi a resposta, mas estava disposta a me encontrar se eu também estivesse. Eu estava disposta a encontrá-la se ela estivesse. Essa espiral fazia minha cabeça doer. Um encontro foi marcado.

Dora explicou a Stella que aceitara um caso de pedido de asilo de seis mulheres chinesas em San Jose. Era por isso que estaria na região. As mulheres haviam sido traficadas como prostitutas, vivendo com o cafetão.

Eu sabia que os motivos da vinda de Dora não tinham nada a ver com essas mulheres ou como salvá-las.

— Essas mulheres estavam morando num *sótão* — contou Stella. — As seis juntas. — Elas precisavam da ajuda da mãe dela. Havia um tom de orgulho em sua voz que eu nunca ouvira antes.

Eu me lembrei da noiva na fotografia em Angel Island. Seus olhos pareciam prestes a avançar em nossa direção para nos agarrar. Ela tinha medo também.

Dora ficaria só alguns dias. Stella e eu concordamos em encontrá-la num restaurante chinês em Stockton. O dono havia se prontificado a abrigar as mulheres durante os trâmites, então se tornou a base não oficial de operações da Dora.

Eu a vi sentada como um templo — totalmente imóvel, muito elegante — num salão cheio de executivos chineses bêbados. Seu corpo tinha contornos tão refinados, exatamente como eu me lembrava, como se ela tivesse sido perfeitamente entalhada. Ela se levantou ao nos ver.

— Matilda... — saudou. — Tilly.

Eu me vi aos olhos dela: ridícula, com a meia-calça desfiada e as mãos suadas, tão nervosa de estar diante dela. Continuei calada. O que ela queria que eu dissesse?

Ela me abraçou, tensa.

— Bem. Aqui estamos nós — falou. Assenti. Nós nos sentamos. Dora se virou para mim. — Não quero que seja difícil para nós. Não quero mesmo.

Assenti novamente.

— Por favor, *diga* algo. Qualquer coisa.

— Mãe — censurou Stella. — Dá um tempo.

Houve uma pausa. Dora olhou para mim. Stella olhou para mim.

— Já está difícil — confessei. — É difícil para mim.

Dora suspirou.

— O restaurante quer nos oferecer seu vinho de lichia como cortesia — anunciou.

As paredes eram cobertas de tecido vermelho. Em minha visão periférica, me davam a impressão de estarem sangrando.

—Ah, para mim, não — apressou-se Stella.

Dora sorriu. Seu terrível sorriso, como se nada do que você dissesse fosse capaz de perturbá-la.

— Eles servirão o que vocês quiserem. Chá-verde, pato à moda Pequim. Patinhas de rã, se curtirem.

— Só chá — pediu Stella.

Eu sorri educadamente.

— O mesmo para mim.

Uma garota veio à mesa e ficou parada com as mãos para trás. Usava calça preta e uma camisa de seda vermelha, os cabelos presos num coque tão apertado que deveria machucar o rosto. Havia algo de errado em sua orelha; a ponta era lisa, sem dobras. Ela não tinha uma aparência velha nem jovem. Parecia pequena. Dora não era muito maior, mas parecia maior. A garota se encolheu sob a voz potente de minha irmã como se fosse algo pesado.

Seria ela uma das seis mulheres? Visualizei o cafetão fazendo-a ajoelhar, colocando suas mãos para trás e rasgando sua blusa de seda com uma faca, deixando-a em farrapos. O que ele havia feito com a orelha dela? Ela se inclinou perto de Dora sem mover as mãos e disse algo rapidamente em chinês.

Dora perguntou para nós.

— *Dumplings*?

Eu balancei a cabeça.

— Estamos bem. Comemos em casa — respondeu Stella.

Dora se virou para a mulher.

— *Shi* — disse ela, e, depois, algo que soou como *"shay shay"*. E se virou para nós. — Ela vai trazer alguns.

— Mas dissemos que… — Stella começou a responder.

— Ela quer trazer — interrompeu Dora. — Então deixei.

— Você fala chinês? — perguntei.

— Sei a palavra para *dumplings*. E a palavra "sim".

— Ela é uma das…

— Uma das minhas clientes? Não. — Dora tamborilou os dedos na mesa, ansiosa. — Eu nunca, *jamais* deixaria uma cliente me servir assim.

— Ah, não sabia — respondi.

Agora precisei rever tudo que havia visualizado, rebobinando a imagem como um filme: as mãos amarradas, a faca na orelha, a seda cortada. Parecia que eu mesma havia ferido a garota, só de pensar nesses atos terríveis sendo praticados contra ela.

Ficamos lá sentadas, quietas. Finalmente Stella quebrou o silêncio. Ela queria saber do que nos lembrávamos da nossa juventude. Tinha brincadeiras? Códigos secretos? Alguma coisa?

— Bem — começou Dora —, tínhamos a vila das árvores.

Ela explicou como planejamos uma civilização secreta. A parte mais importante de nosso plano era as casas na árvore, todo mundo teria uma, e a segunda coisa mais importante era justiça: tudo igual para todos. Teríamos baldes presos a roldanas para carregar água e frutas caídas. Fizemos esboços. A parte da justiça era mais nebulosa, nunca fora desenhada ou planejada. Era mais uma dimensão conceitual, explicou Dora, parecendo a advogada que se tornou. Eu me lembrava de tobogãs que usariam a força da gravidade e escadas de corda. Falávamos em tom agitado, eu e Dora, com medo de mudar de assunto. Mas pelo menos estávamos juntas nesse medo. Do que falaríamos em seguida?

Era mais difícil falar sobre nossas vidas agora. Dora não comentou da minha, o que para mim era ótimo, ou o que aconteceu nos anos em que nossas vidas seguiram rumos diferentes. Eu não teria contado muito, mesmo se ela tivesse perguntado. Ela não compreenderia. Dora contou sobre sua recente visita ao Peru. Outra viagem de negócios.

— Você tem tempo para explorar o lugar? — perguntei. — Depois do trabalho?

— Como assim?

— Você só trabalhou? Ou teve tempo para si mesma?

— Eu me dedico muito ao meu trabalho.

— Qual é? — resmungou Stella. — Entendeu o que ela quis dizer. Fez algum passeio? Visitou os pontos turísticos?

— Ah... Passeios. Fui a Machu Picchu.

— Como foi? — perguntei.

— Foi ótimo. Muita neblina. Muitas lhamas.

— Parece legal. Eu nunca saí do país.

Dora deu uma risadinha.

— Você sempre foi boa nisso.

— No quê? — quis saber Stella.

— Em fazer com que eu me sinta mal por minhas conquistas. Fazia isso quando era jovem também.

— Mãe... Meu Deus...!

— Tudo bem — retruquei. — Ela provavelmente tem razão.

A menina chinesa voltou e serviu um chá com cheiro de musgo. Na minha cabeça, parecia errado sequer pensar nela dessa forma: *menina*. Dora fora muito cuidadosa ao se referir a elas como mulheres.

— Uma dessas mulheres — disse Dora. — Vocês não acreditariam no que ela fez hoje.

— O que foi? — perguntei. Queria mostrar a Stella, queria mostrar às duas, que eu poderia fazer isso. Eu podia ser justa. Podia tentar.

— Ela deveria pegar uns frangos no abatedouro — contou Dora. — Uma reserva para atender à clientela da hora do almoço. Eles estavam vivos em caixotes de madeira, mas quando entrou no ônibus o motorista disse que não permitia animais vivos, então ela torceu o pescoço deles lá mesmo.

— Achei que tinha dito que as meninas não estavam trabalhando no restaurante — espantou-se Stella. — Quer dizer, as mulheres. Você não disse que elas estavam apenas hospedadas aqui?

— Ela estava fazendo um favor, só isso. Precisa entender do que elas estão fugindo. É complicado.

— Que horror! — comentei.

— Tiraram tudo delas, *tudo* mesmo.

— Elas ainda estão aqui, não estão? — perguntei.

— É impossível imaginar... — Dora fez uma pausa. — Acho que é difícil para qualquer uma de nós imaginar como é ser vendida.

Nós nos sentamos em silêncio, servindo copinhos minúsculos de chá, até que a menina trouxe os *dumplings*. Dora comeu um inteiro, enfiou direto na boa. Mordi a metade de um e um molho marrom escorreu pelo meu queixo. Dora me passou um pacote de lenços de papel que tirou de sua bolsa.

— Posso imaginar — retruquei.

— O que quer dizer? — questionou Dora.

— Eu fui prostituta — falei. — Por vinte anos. Sei que é diferente, quer dizer, é tão.... Mas só quero dizer que não é o fim do...

— Eu não sabia — amenizou Dora.

— Não está surpresa.

—Ah, Tilly... Estou, sim.

Dava para ver a vergonha em seus olhos, só uma centelha. Mesmo que eu nunca visse novamente, eu saberia que a vergonha estava lá, como larvas sob sua pele. Isso a levaria a se perguntar "Como? Quando? Por quê?", pensamentos brotando como vermes em uma velha ferida.

— Sinto muito. Sinto muito mesmo em ouvir isso.

— Bem, é isso. Agora você sabe. — Peguei minha bolsa do chão e empurrei a cadeira para trás. Raspou desajeitada no piso e quase tombou, como quando estou bêbada, mas eu não estava bêbada. Queria que esse fato valesse de alguma coisa.

— Não vá embora — pediu Dora. — Não de novo.

— Ela tem razão — argumentou Stella. — Devia ficar.

Eu me sentei. Mantive a bolsa no colo. Olhei Dora bem nos olhos.

— Você pensou em mim, pelo menos?

Ela pareceu surpresa.

— Quando?

— Depois que fui expulsa, para começar, e todos os anos depois.

— Se *pensei* em você? Claro que sim.

— Você tem esse jeito de... Faz tudo o que eu digo soar idiota.

— Você estava lá e depois não estava mais. Só isso. Queria ter outra forma de explicar isso.

Levantei-me novamente. Dessa vez a cadeira se moveu facilmente. Stella mordeu o lábio.

— Eu te vejo em casa — falei. Ela ficou calada.

A porta do restaurante estava trancada, e eu tive de esperar uma garotinha, de uns oito ou nove anos, pegar a chave. Era tímida. Mal me olhou nos olhos. Achei que Stella viria atrás de mim, mas não. A garotinha fez uma reverência quando saí.

Por duas horas, eu esperei. Esperei sem beber nada, no sofá, com a televisão no mudo, depois em alto volume, e no mudo novamente. Quando Stella voltaria? Eu imaginei como me explicaria para a Dora. "Ela é sensível", talvez. "A vida dela está em pedaços."

Tinha um programa sobre águas-vivas, flutuando com seus tentáculos brilhantes. Mas eu estava cansada do sentimento que surgia depois que assistia a essas coisas bonitas. Fiquei vidrada, com o corpo paralisado, admirando. Desliguei a televisão. Fui à geladeira. Encontrei uma garrafa de chardonnay, de rosquear, barato. Abri. Não bebia vinho fazia anos, mas eu gostava da suavidade em minha garganta. Acalmava a tensão dos momentos. Durante anos, não era forte o suficiente para mim. Eu sempre precisava de algo que me arrastasse mais fundo — algo que não deixasse nada para trás, que me fizesse ligar o "foda-se" para tudo, deixando o mundo escoar pelo meu corpo como água.

O primeiro gole foi morno. Não era gim, não descia como uma labareda queimando a garganta como os destilados. Era suave. Eu servi uma taça. Talvez pudesse ser só essa, como abrir o botão superior do jeans para ficar mais confortável. Eu podia sentir meu corpo todo se elevando para encontrar seu sabor. Estava me carregando, tão doce e acolhedor. Servi um pouco mais.

Pensava todo dia nesse sentimento. Mas eu não me lembrava quão bom era, quão pouco exigia em troca. Ele me levaria para a conhecida escuridão, o sono profundo, o descanso.

Stella esperava por mim na manhã seguinte. Havia feito ovos, a gema em tons amarelos radiantes como o sol.

— Esfriaram. Você está atrasada para o trabalho.

Ela estava lavando a frigideira na pia, e eu podia ouvir o som da palha de aço contra o metal. O rangido penetrava em meus olhos até atingir os nervos expostos. O som tocava partes minhas que nunca tinham sido tocadas. Eu estava com uma dor de cabeça terrível.

— Desculpe o atraso — respondi. — Você não precisava ter feito isso.

— Eu quis. — Ela se virou para a pia. — Queria que a noite passada tivesse acabado diferente.

Estava na voz dela, claro como o dia: ela achava que a culpa era minha.

— Acha que foi minha culpa?

Ela me lançou um olhar incisivo.

— Você não deu uma chance para ela processar o que você disse.

Comi um pouco de ovo, mas fez meu estômago revirar. Minha boca estava seca, como se estivesse cheia de bolas de papel. Meu couro cabeludo doía em cada fio de cabelo.

— Foi tudo bem noite passada? — perguntou. — Depois que você voltou?

Eu conhecia aquele olhar. Sabia o que significava. Odiava que ela estivesse certa.

— Sempre foi assim — expliquei. — Com sua mãe. Mesmo quando éramos jovens. Era como se ela me conhecesse, não apenas quem eu era, mas quem eu seria em dez anos, trinta. Ela sempre soube que eu era uma piranha.

Stella balançou a cabeça.

— Não é uma palavra que ela usaria.

— Ela usou uma vez. Comigo.

— Ela não é perfeita. Sabe, eu... Deus sabe o quanto falo isso. Mas em relação a você, onde esteve ou o que fez da vida, não acho que ela julgue.

— Eu não acho. Eu sei.

— Você não sabe. Apenas supõe.

— Está se ouvindo? — Eu balancei a cabeça. — De repente você é a maior fã dela?

— Ela não é tão má.

— Você falava dela como se ela fosse bem malvada.

— Ela é minha mãe. Precisa entender isso. Minha *mãe*.

Eu me levantei e joguei os ovos no lixo.

— Como você disse, estou atrasada. Preciso ir trabalhar.

O trabalho piorava a cada dia. Todo mundo chegava ao escritório e se sentava e se levantava, sentava e levantava, parecia que não era problema para nenhum deles. Mas eu ficava agitada. Devia parecer uma idiota, sempre remexendo meus papéis, descruzando e cruzando as pernas. Eu me via encarando o espaço à minha volta. A falta de espaço, na verdade. A parede da baia, minha foto idiota no deserto. Quando ouvia a palavra deserto, eu pensava no cartão-postal em vez do lugar em si. Arranquei de lá e joguei fora. Todo dia eu digitava relatórios que ninguém nunca lia. Meus dedos pareciam ter dores de estômago individuais. Minhas juntas rangiam. Eu estava evitando a Toledo desde que a vira no parque. Ela ainda se sentava do lado de fora do escritório durante o almoço, olhando em minha direção, mas eu não havia feito nada para aplacar a vergonha que vi em seus olhos.

Todos tinham uma vida real fora dali. Ted tinha seus programas de TV. Stan tinha suas paradas agitando bandeiras e saindo com os namorados. Omar tinha uma esposa sorridente bem mais alta do que ele, pelo menos nas fotos. Sua filha tinha um vestido de renda branco como leite. Segundo ele, a menina adorava os enxames de insetos que saíam do lago Nicarágua. "*Diablos pequeños*", como ele os chamava. Odiados por todos, menos por ela. Ele tinha muita saudade dela.

— É uma falta enorme — foi o que ele disse, referindo-se a coisas específicas: dois aniversários da filha, cozinhas cheias de gente comendo *plátanos* fritos e feijão, a primeira comunhão, quando ela disse ao padre que a hóstia tinha gosto de tijolo. — É uma falta enorme.

Perguntei se ele tinha planos para o Dia de Ação de Graças, que seria na semana seguinte. Ele balançou a cabeça.

Eu também não tinha planos, mas mesmo assim o convidei para ir à Harrison Street. Então, num piscar de olhos, eu não apenas tinha planos como tinha feito planos para outra pessoa. Eu sabia que a data não poderia significar muito para ele. Tudo o que nosso país havia feito foi foder com o país dele. Pelo menos era a impressão que eu tinha. Mas achei que podia ser uma boa chance de demonstrar alguma bondade.

— Vou aceitar — respondeu, o que significava que já tinha aceitado.

Não perguntara a Abe e Stella, mas eu quis fazer algo assim — sem eles saberem ou ajudarem —, um plano meu para todos nós. "Você não deu uma chance para ela", essas foram suas palavras. Mas as vezes que Stella e eu brigamos foram boas, de certa forma. Como se ela me levasse a sério. É isso que acontece quando vidas se entrelaçam e ficam mais próximas.

Stan se debruçou sobre a divisória da minha baia.

— Vai fazer uma ceia para os desgarrados?

Ao que parecia, ele queria ir também.

Sylvia tinha planos, mas April não, e Ted me surpreendeu aceitando meu convite, com um murmúrio.

— Conte comigo por enquanto. Aviso se outra coisa surgir.

Num momento eu não tinha nada; no minuto seguinte: um plano, a ideia de gente rindo numa sala, todas juntas, por causa de algo que eu havia feito. Eu me sentei no canto do banheiro de deficientes e chorei como uma garotinha. Acabara de ouvir pessoas usando a palavra *família* e, dessa vez, estavam falando da minha. Crianças choram quando ficam felizes também. É como se precisasse deixar o sentimento partir você em pedacinhos antes de juntá-los novamente.

Foi a primeira vez que fiz peru. Fiquei a tarde toda olhando pela janela do forno. O óleo pururucou a pele. A ave parecia dobrar suas asas para se aninhar entre as grades. Enfiei o termômetro na coxa suculenta para verificar o ponto de cozimento.

Quando o tiramos do forno, Stella achou que parecia torrado demais. Achei que parecia perfeito. Eu queria fazer como o da Lucy. Ano após ano, ela assava demais porque tinha medo de ficar cru. A carne era tão seca que sugava a saliva da sua boca. Mas eu tinha saudade dessa sensação.

Acontece que acertei no peru comum e deixei o peru vegano queimar.

— Feriado é para comer todas as criaturas de Deus — argumentou Stella, mas April era vegetariana, então me preocupei em fazer algo para ela. Daí me distraí do "perutofu" na correria para chamuscar os marshmallows sobre as batatas-doces, até Stella sentir o cheiro — como se alguém tivesse queimado uma tigela de sopa de missô, segundo ela —, e eu o tirei do forno. Era um monte de tiras pretas parecendo um pano velho.

— Merda! Essa não era a intenção de Deus.

— Só tire a pele ou a casca de soja. Seja lá como chamam — sugeriu Stella.

Peguei uma faca e cortei em fatias. O que sobrou parecia pálido e desolado, como uma criatura que acabara de nascer. Eu o envolvi em papel-alumínio para mantê-lo aquecido.

A mesa parecia algo saído de um conto de fadas, toda nossa comida fumegante: fatias de peru esparramadas como as páginas de um livro; vegetais assados com as pontinhas tostadas e crocantes, floretes de brócolis chamuscados e cenouras com marcas de grelha; um suculento recheio com quadradinhos de pão que emergiam do molho como se buscassem ar.

Abe rodeava Stella, segurando uma luva térmica extra enquanto ela tirava as batatas-doces do forno.

— Cuidado com isso! — alertou. — Está quente! — Ele tocou em seu ombro com cuidado, como fizera comigo.

Omar foi o primeiro a chegar, com uma garrafa de rum escuro.

— É o favorito em meu país natal — anunciou. — Vocês têm Coca--Cola?

Não tínhamos.

— Ah! — Omar pegou um copo da mesa. Serviu um dedo de rum e bebeu. — Puro então. Esse é outro costume local.

Nas tardes de sexta-feira, Omar enviava um e-mail para minha conta profissional que dizia: "Muitos bons desejos para seu fim de semana". Ele me ensinou como responder em espanhol: *"Para ti también"*. Parecia que estávamos escrevendo letras de músicas.

Ele entregou a garrafa para Abe. Abe a devolveu.

— Para mim, não — recusou.

— Devia tomar um pouco — sugeri. — Não vai… você sabe. Se quiser.

— Estou bem assim — retrucou Abe. Ele parecia impaciente.

April chegou vestindo uma saia de brim e botas de caubói com uma echarpe no pescoço, rosa-claro e leve, e uma garrafa de vinho em cada mão.

— Uma é para a mesa — avisou ela. — A outra é para mim.

Eu conseguia sentir o gosto do vinho só de olhar para ele, como aqueles programas de televisão com imagem acelerada que mostram uma semente se tornando um carvalho, os estágios rápidos como um estalar de dedos: a ferroada inicial contra minha língua, o jorro quente ao esvaziar a primeira taça, a saliva espessa em minha garganta após a segunda, a sensação escura e densa de meu corpo todo oscilando.

Peguei as duas garrafas de suas mãos e a conduzi até o sofá, onde Omar conversava com Abe num espanhol desenfreado. Identifiquei algumas pala-

O armário de bebidas 187

vras como *loco,* depois *supergrande.* As pernas de Abe estavam cruzadas, e seu braço, jogado no encosto do sofá, *nosso* sofá, aquele que me fazia pensar em crianças do Haiti, e sua barba fazia parecer que sua pele vestia um moletom. Seus dedos eram pálidos. Quando gesticulava, dava para ver os fios de suas articulações trabalhando sob a pele.

— April, esse é meu filho, Abe.

— Oi, Abe — cumprimentou ela. — Bela casa.

— Trabalha com a Tilly? — quis saber Abe.

— Dividimos uma caverna no centro da cidade — respondeu ela. — Se é isso o que quer dizer.

— É mesmo? — Ele sorriu.

— Sim — disse ela. — Fazendo o trabalho braçal para homens sem alma.

— Abe trabalha lá também — acrescentei. Eu já havia contado a ela, tinha certeza.

— Minha mãe disse que é ótimo trabalhar com você — falou Abe.

Nós esperamos que ela respondesse. Mas não respondeu.

— Eu não sabia que você falava espanhol — comentei com Abe. — Que você entendia.

— Só quando Omar fala comigo como se eu fosse uma criança. Só entendi: *"El presidente tiene una cabeza que es grande…".* Depois disso, praticamente nada.

— O presidente é um escroto? — disse April. — É esse o sentido?

— *Ella comprende mucho* — emendou Omar.

Eu voltei para a cozinha e coloquei as garrafas de April na bancada. Peguei o saca-rolhas e entrei no banheiro com uma das nossas. Abri, virei, senti o vinho, seu rio vermelho profundo — engoli forte e virei de novo. Enfiei a garrafa debaixo da pia, ao lado do papel higiênico.

Stan trouxe um pacote com seis cervejas artesanais.

— Receita de um ex — explicou. — Desce mais gostoso que ele, se é que entendem.

Stella riu.

— Acho que vamos nos dar bem — disse ela.

Ted chegou com uma travessa de brownies.

— Todo mundo leva bebida para esses jantares. Mas eu não sou todo mundo — brincou.

— Parecem deliciosos — elogiei. Abracei Stella pela cintura. Falei longe de seu rosto para ela não sentir meu hálito. — Essa é a Stella — apresentei-a. — Você lembra que falei dela?

— Você é um arraso! — disse ele, beijando a mão dela. — E há muito dela em você.

— Como é que é? — Ela franziu a testa.

— É a frase de um filme. Esqueci qual — acrescentou ele.

— Ah...

— É sim. Juro.

Ela pegou a travessa de brownies.

— Vou colocar na cozinha com o restante das sobremesas — falou.

Nós tiramos o papel-alumínio dos pratos que havíamos preparado e testamos com os dedos. Colocamos no micro-ondas. O recheio de pão borbulhava. Os marshmallows baforavam como bolas de golfe doces e afundavam como balões estourados de açúcar escuro. Caminhamos ao redor da mesa com nossos pratos, cada um por si, e nos acomodamos para comer sem ninguém esperar por ninguém. Fui ao banheiro, me agachei, voltei para a festa. Abe prendeu o guardanapo em sua camisa de colarinho. Falamos sobre como deve ter sido descobrir o Novo Mundo — as frutas estranhas, a testosterona, a febre tifoide. Stan perguntou a Abe o que ele se lembrava mais de nossos verões em Nevada.

— Principalmente, o calor — respondeu, e todos riram.

Abe me olhou com um ar inquisitivo, para se certificar de que tudo bem eles estarem rindo. Fui ao banheiro e comi rapidamente quando voltei para disfarçar o meu hálito. O recheio do peru parecia um cogumelo esponjoso, os marshmallows tostados faziam doer minhas cáries e mastigar o peru deixou minha mandíbula dolorida, porque eu tinha mesmo cozinhado demais e estava mesmo seco demais. Todo mundo estava bem hidratado. Estavam bebendo o vinho da April, depois o nosso, depois o da April de novo. Stan bebia sua própria cerveja. Ele me ofereceu uma garrafa. Recusei.

Deixamos uma carnificina em nossos pratos: carcaças, barragens de batatas destruídas pelo rio de molho. Fiquei de pé, bati palmas.

— Pratos na pia. Ninguém toca no detergente além de mim — anunciei.

"Ninguém toca no detergente" era uma frase de Lucy. Eu esperei uma chance de dizê-la minha vida toda, ainda me lembrava das provocações de Dora: "Toco no que eu quiser", durante uma de suas birras, apesar de ela sempre adorar deixar nossa mãe limpar tudo.

Gostei de sentir o toque da água quente em meus braços e do ecoar de vozes na sala ao lado. Era fácil entrar numa espécie de transe. O hálito de vinho criava uma atmosfera inebriada ao redor de meu rosto. Esfreguei as mãos para fazer bolhas sob a água da pia.

Escondi outra garrafa debaixo da pia do banheiro — já havia acabado a primeira —, então me juntei aos outros. Tinha que me concentrar nos batentes da porta da cozinha para garantir que não bateria os ombros. Eu pendia para a esquerda quando estava bêbada. Tinha a ver com equilíbrio, talvez com minha mão dominante.

Todo mundo tinha se separado em grupinhos. Abe e Omar debruçados num canto da mesa. As mangas de Omar estavam enroladas, e ele ergueu seu punho fechado para bater uma vez, duas vezes, três vezes no ar — como se estivesse esbravejando contra a noite escura além de nossa claraboia. Abe sorriu. Eu o ouvi dizer *Quê lais tíma*, e Omar colocou a cabeça entre as mãos, seu corpo todo tremendo de tanto rir. Ele ergueu a cabeça e falou *"Qué lás-tima!"*. Essa era uma frase que ele já havia me ensinado. Os dois conversavam sobre coisas que davam errado.

Ted flertava com Stella no sofá, e ela dava corda. Ele apontou para a própria boca e depois para os pés. Eu o ouvi dizer: "É uma puta verdade", e ela riu tão alto que eu sabia que estava forçando. Vi Abe se virar para olhar para ela. Stan e April estavam sentados do outro lado da mesa. Stan estava com as mãos sobre a barriga, e April dava pequenas garfadas de peru e recheio que estavam no prato dele. Ela era *esse* tipo de vegetariana. Observei sem ninguém me ver.

Ted se levantou de seu assento e começou a imitar um touro mecânico no qual montou uma vez.

— Patrick Swayze estava lá — contou. — Torcendo por mim feito louco. — Stella estava sentada com as pernas cruzadas e um sorrisinho no rosto.

April levou o rum do Omar para o sofá e colocou na frente de Ted.

— Parece que você está precisando disso.

— Eu preciso — apressou-se Stella, estendendo a mão.

Fizeram uma rodada de *shots,* então Ted anunciou que nos mostraria um truque de mágica.

Foi pegar a travessa de brownies e a colocou na mesa de centro. Eu me sentei lentamente, com o cuidado de não perder o equilíbrio ou transparecer o quanto eu me esforçava para mantê-lo.

— Para esse truque em particular... — falou Ted. — Vou precisar de uma ajudante.

— Ai, Deus! — reclamou Stella. — Alguém quer fumar?

— O que foi? Quer ser minha assistente?

— Stella bancando a assistente? — brincou Abe. — Mal posso esperar para ver.

—Ai, porra! — resmungou Stella. — Me sirvam outra dose.

— Também vou precisar de uma espécie de xale — pediu Ted. — Ou qualquer outro tipo de tecido.

Eu me inclinei para cochichar no ouvido de Abe.

— Conheci uma mulher que fazia xales — sussurrei. Cobri a boca com a mão, mas ele sentiu. Pude ver a decepção em seu rosto. Seus olhos se arregalaram.

— Você está bêbada! — censurou ele.

— Não se preocupe — amenizei, balançando a cabeça. — Não devia se preocupar.

Ele tocou meu pulso, mas eu não levantei o olhar. Fiquei sacudindo a cabeça. Mantive o rosto abaixado. Eu podia sentir meus olhos ficando úmidos e eu não queria que ele visse. Eu não queria vê-lo.

— Ei! — disse. Sua voz estava ríspida. — Olhe para mim.

Eu olhei para ele.

— Isso é um problema.

— Por favor, não crie uma cena. Não estrague esse momento — pedi.

— Não sou eu… — Ele mordeu o lábio. — Não estou estragando nada.

Ele se levantou e caminhou para a cozinha. Eu me sentei bem quietinha. Não sabia o que fazer.

Ted pigarreou e abriu o primeiro botão da camisa.

— Se ninguém tem um xale, acho que posso usar minha própria camisa.

— Fica com a camisa — pediu Stella. — Vou pegar um pano de prato.

— Minha adorável assistente — retrucou ele, apontando na direção dela.

— Posso comer um pedaço desse brownie? — perguntou Omar.

— Amém, meu caro — brincou Stan. — Onde está a faca?

— Os brownies são parte do meu truque! — revelou Ted. — Não mexa neles.

Stella voltou com um pano de prato vermelho e o sacudiu na frente do rosto de Ted.

— Agora só precisamos de um touro — brincou Stella.

— Segure bem na frente da travessa — orientou Ted.

Ela segurou como uma cortina. As mãos dele se mexiam por trás.

— Primeiro tínhamos brownies — falou Ted. — Agora temos...

Stella levantou o pano.

— Brownies em chamas!

Uma minúscula chama azul ondulava sobre a crosta dos brownies. As pontas do fogo eram do tom de mexericas. Apagaram tão rápido quanto surgiram.

— Certo, agora estão queimados — reclamou Stella.

Ela jogou o pano na mesa. A ponta caiu sobre a travessa e imediatamente pegou fogo, irrompendo numa chama laranja.

— Meu Deus! — gritou Abe. Ele remexeu em sua pasta e tirou uma garrafa d'água, correu pela sala e despejou sobre o pano. As chamas se extinguiram. — Desculpe pelos brownies — disse para Ted. Estava tudo encharcado. Ele olhou para Stella, que caiu na gargalhada.

— Sinto muito mesmo — desculpou-se Stella. — Estou um pouco bêbada.

Ted levantou o rum.

— Eu não usei tudo. — E serviu outra dose para todo mundo.

Eles brindaram por seus empregos temporários:

— À nossa saída! — exclamaram. E brindaram por estarem bêbados.

Fui até a pia da cozinha

— Vamos brincar de alguma coisa — falou April. Ela sugeriu enigmas. Todos aplaudiram ou berraram. Eram formas de dizer sim. Stan arregaçou as mangas e Abe tirou os sapatos, e foi quando percebi que seria sério. O vinho fazia eu me sentir transparente — como se todos os meus pensamentos exsudassem pela minha pele como suor, criando trilhas finas de esperança e preocupação. Eu estava encharcada de necessidade e fraqueza, pingando em todo lugar, estragando tudo.

Escrevemos os nomes de gente famosa em tiras de papel e as colocamos dentro do boné de beisebol do Abe. Então sorteamos nossos papéis. Eu implorei para não ser a primeira. Tinha medo de parecer idiota. Stella foi péssima imitando Ronald Reagan, fingindo andar a cavalo e depois sentada rígida como uma tábua numa mesa invisível, sorrindo tão forçado que deve ter machucado os maxilares. Fiquei zonza só de ver. Minha cabeça parecia pesada. As laterais do meu campo de visão se moviam como se o cômodo todo fosse uma criança irrequieta.

Ted imitou a Madonna, e April descobriu em dois segundos. Abe pediu uma ajudante para interpretar Jack, o Estripador, e matou Stella por trás enquanto ela lançava um olhar sexy para o Stan. Eu ri, todos riram.

April se levantou em seguida. Ela deslizou a saia de lado para que o zíper fizesse uma linha descendo o umbigo. Bagunçou o cabelo e se sentou na mesa de centro. Espalhou guardanapos pelo chão e se inclinou à frente, com a bunda para cima, para pegá-los. Cruzou as pernas e descruzou, fez dez vezes, no ritmo acelerado de antigas comédias mudas. Ted arriscou Charlie Chaplin, mas estava errado. Abe sugeriu o palhaço Bozo, e todo mundo riu.

— Ele conta como uma pessoa? — perguntou Stella. Ninguém soube responder.

April deu um gole de rum e virou o copo na própria saia, limpando a mancha com suas mãos delicadas. Era uma linda saia.

— Que porra, gente! Não é óbvio?

Ninguém disse nada. April riu.

— Eu estava imitando a Tilly no escritório.

Ted riu alto, então se conteve. Todo mundo olhou para mim.

— É verdade — assumi. — Sou bem desastrada.

Tudo havia se partido. Todos me encaravam. Eu queria me levantar, mas tinha medo de não conseguir. Minha vontade era ir embora; que os outros fossem embora. Não queria que todo mundo visse a minha dor, só queria que tudo desparecesse — o armário do banheiro, o jorro azedo e quente, da única forma que eu conhecia.

— Quem sugeriu isso? — perguntou Abe. — Quero saber quem escreveu.

— Não estava num papel — disse April. — Eu só achei que seria legal.

Eu me levantei com cuidado, usando uma das mãos para me equilibrar na mesinha de centro. Não podia cambalear agora. Não podia. Peguei April pelo braço.

— Por que quis fazer isso? — Eu podia ouvir minha língua enrolando: *"Porquequish fajer issu?"*.

— Opa! — espantou-se, puxando o braço.

— Eu sou assim? — Ouvi minha voz voltando aos meus ouvidos um segundo depois. Tudo balançava: *"Eu ssso ashim?"*.

Os olhos de April estavam grandes e assustados. Isso me deixou mais brava, vê-la assustada assim. Era o mesmo olhar de Stella para a Toledo no parque.

— Meu Deus! Você está bêbada.

Stella se levantou. Parecia horrorizada.

Senti Abe atrás de mim. Desabei contra seu corpo; e ele sustentou meu peso sem cambalear, me segurou por um segundo, para que eu ficasse de pé de novo.

— Vamos — sussurrou ele. — Eu te levo lá para baixo.

Stella ficou na sala. O que estaria dizendo? "Ela esteve sob muito estresse. Tem se esforçado nisso. Ela não tem sido ela mesma, não de fato, desde que tinha vinte anos de idade". Abe me colocou sentada na cama, meu corpo pendia para os lados, e colocou um copo d'água na mesinha de cabeceira.

— Imagino que consiga se deitar sozinha — disse Abe, em um tom ríspido. Percebi que seu rosto estava vermelho.

— Não consegui — retruquei. — Não era isso que eu queria.

Minhas palavras eram desconexas. Elas queriam sair da minha garganta para os olhos dele, para mudar a forma como ele me olhava.

— Desculpe por…

Ele levantou a mão, a palma avermelhada.

— Seja o que for, não se dê ao trabalho.

Isso acabou sendo um alívio. Eu não sabia se tinha mesmo algo a dizer.

Acordei cedo. Meu coração martelava dentro do meu crânio. Meu estômago parecia duro e seco como ossos. Não sabia se ainda estava bêbada ou só me lembrando de estar bêbada. Ressacas faziam minha cabeça parecer com o interior de um carro numa tarde quente. Não sabia se tinha vomitado na noite anterior. Não dava para sentir o cheiro.

Coloquei as mãos sob a torneira da pia e bebi tanta água que pude sentir o peso em meu estômago. A água ajudou, mas sedimentou em minha barriga como um lago lamacento. O apartamento estava silencioso. Abe estava no trabalho, mesmo sendo feriado. E Stella ainda dormia.

Tirei algumas notas de cem de um caixa eletrônico, minha conta ainda estava recheada com o depósito da metade do mês, e fui para um quarto de motel. Tinha cortinas da cor de pimentão, lençóis da cor de mostarda e uma mesinha de centro coberta de queimaduras de cigarro, como acnes pretas. O aluguel era por hora, um quarto para putas ou homens pobres traindo suas esposas. Reservei por três noites. Era só uma caminhada de cinco minutos do apartamento. Pensei em Abe ou Stella passando pela rua sem saber que eu estava lá.

Comprei três litros de gim e uma caixa de suco de laranja. Abasteci o frigobar com burritos congelados. Ele tinha uma mancha marrom na lateral, como se o chão tivesse vomitado para cima. Eu tranquei a porta e passei a correntinha.

O fim de semana foi de tempestades. Eu me deitei e deixei a cama mostarda ceder sob meu corpo. Tomei o gim puro depois que o suco acabou e tentei mudar o padrão, o *tec-tec-tec* da chuva, batucando com os dedos. A chuva continuou caindo no mesmo ritmo. *Tec-tec-tec*: unhas batendo na janela do motel, as mãos bem-cuidadas da minha mãe. Dei longos goles que queimavam minha garganta, era como se estivessem descascando a pele, até que bebi tanto que não sentia mais nada. Deixei que preenchesse cada parte de meu corpo. Deixei meus dedos perderem as forças. Deixei a chuva cair.

* * *

Voltei ao banco na segunda, mas não entrei. Esperei em meu assento de costume. O ar ficou frio. Vi trabalhadores deixando o prédio. Houve um movimento às cinco, outro às seis — o pior momento de Abe, *quando todo mundo vai embora* — e só alguns gatos pingados depois. Achei ter visto Abe, caminhando rapidamente com a cabeça baixa, mas então percebi que era outra pessoa, outro homem grande se movendo como um espião. Sylvia passou pela porta giratória com um par de sapatilhas nas mãos, usando tênis de corrida, e entrou na estação de trem.

Escureceu antes de Toledo chegar. Ela se sentou sem dizer nada. Todo dia ela assistia ao céu azul se tornar preto. Essa era a vida dela. Onde ela dormiria? Estaria frio lá?

— Não vejo você há algum tempo.

— Não te tratei com respeito — justificou-se. Então ela se lembrava.
— Você sempre me tratou com respeito, e eu não te tratei com respeito.

— Como você está?

Ela levantou uma mão. Havia uma ponta de carvão entre seus dedos.

— Gosto de desenhar quando está escuro. Não dá para ver o que está desenhando. Ela olhou para o céu. — Não tenho papel suficiente.

Parecia que ela desenhava na sua única folha por horas. Era uma bagunça de rabiscos. Ela se aproximou do banco. Os remendos nos cotovelos do paletó ainda estavam firmes e coloridos. Gostei de sentir sua proximidade, sentada lá, sem dizer nada.

— Era sua filha aquele dia no parque? — perguntou. —A outra moça?

— De certa forma.

— Ela parecia assustada.

— Estava. Um pouco.

Peguei o papel. No topo, ela escreveu: "Bem sofrido".

Eu me perguntava se ela falava da vida ou do desenho. Eu me levantei para comprar dois hambúrgueres para nós. Ela comeu o dela em pedaços: primeiro o pão, depois a carne, a alface murcha por último, cheia de ketchup. Pediu outro.

— Tem onde passar a noite? — perguntei.

— Tenho um lugar.

— O abrigo?

— Não. — Ela sacudiu a cabeça. — Não mais.

— Mas tem um lugar?

— É. Tenho.

— Quero ir com você — falei e depois fiz uma pausa. — Sei que parece loucura.

Ela deu de ombros.

— Já ouvi coisas mais loucas.

Ela me levou para uma antiga loja de conveniência, com a vitrine tapada. O toldo estava rasgado, mas uma placa de plástico ainda exibia as palavras "Deli Bebidas Lanches Cigarros". Entramos pela lateral. Ela empurrou uma das placas de compensado, virando como um ponteiro de relógio às duas horas, e nós entramos pela abertura da vitrine.

— Cuidado! — alertou ela. — Ainda tem um pouco de vidro.

Na parte de dentro, o teto estava depenado, seus pedaços arrancados para serem vendidos em ferros-velhos. Dava para ver através das vigas de madeira podre, imprensada como camadas de um bolo entre faixas de isolamento rasgado que pareciam algodão-doce.

— A polícia não vem aqui. Nem os traficantes — comentou.

As prateleiras estavam na maior parte vazias. Havia algumas latas de comida de cachorro e um saco de balas no chão, enfiado sob um dos freezers vazios. Eu ainda me lembrava da primeira vez que Nick penetrou meu corpo. Eu mantive o foco em duas caixas de cereal: Granola Happy Trails e Sweet Harvest Flakes, enquanto ele estava ocupado gozando.

Toledo pegou um saco de dormir, alguns trapos velhos e uma lata suja que ela havia enfiado debaixo do balcão. Havia uma caixa registradora, mas estava quebrada. Metade dos botões tinha sido arrancada, e o papel estava desenrolado como uma mola solta.

— Você guarda suas coisas aqui? — perguntei. — É seguro?

— Nenhum lugar é seguro. — Ela jogou o saco de dormir, enrolado com uma cordinha, para o alto. — Só não gosto de carregar peso extra. — Ela desfez os nós e esticou o saco no corredor central, então abriu o zíper e estendeu bem para tornar a superfície ampla o suficiente para nós duas. — Limpei o chão semana passada. Então não se preocupe com isso — falou.

Eu me deitei no saco, com a barriga para cima, e ela se deitou ao meu lado. Estávamos bem retas e paralelas, como duas crianças observando constelações no céu. Eu havia feito isso uma vez com Dora: "Não vê as estrelas formando uma faca? Estão lá, três em fileira, penduradas no cinturão. Não está vendo?". Ela ficava frustrada quando eu não conseguia enxergar as formas. "Tem uma tartaruga?", perguntei. "Não, não tem", respondeu impacientemente.

— Eu estava chapada, mas não estava mentindo — sussurrou Toledo.

— Sobre o quê?

— Meu pai. Ele morreu mesmo em Toledo.

Suas palavras soavam roucas e estranhas, como se ela tivesse uma voz totalmente diferente que só existia perto do chão. "Você sempre me tratou com respeito", essas tinham sido suas palavras, eram sinceras.

Naquela noite, eu dormi dentro de um mundo que ela construiu a partir do nada. Sonhei com o corpo dela sonhando ao lado do meu. Ela acordou quando ainda estava escuro e disse que precisávamos ir. E partimos. Saímos pela janela pouco antes do amanhecer.

Stella

ABE TINHA MÃOS grandes que não sabia como usar e uma barba que o fazia parecer um lenhador. Seus olhos eram ligeiros e assustados como criaturinhas marrons aprisionadas vivas sob o vidro de suas pupilas. "Assim como todos nós", pensei. "Aprisionados." Naquelas primeiras semanas, ele perambulou pelos próprios cômodos com uma surpresa tímida, nervosa e incerta, com um olhar espantado como se fôssemos estranhos. Ele se desculpou pelo apartamento, por não ser muito aconchegante. "Pessoal", foi o termo que usou. Não era muito *pessoal*.

Na verdade, era vazio. Sua voz tinha um tom fugidio, como se quisesse escapar da grande sombra de seu corpo. No primeiro dia, Tilly não conseguiu parar de tocar as bancadas de mármore.

— Você tem uma casa linda — disse ela. — Eu sabia que teria.

Trouxemos lámen para o jantar, mas ele chegou tarde. Esfriou. Olhamos o relógio. Não comemos por duas horas, então finalmente comemos. Tivemos que requentar a comida. Espirrou molho marrom dentro do micro-ondas, e Tilly passou dez minutos limpando. Ela quase chorou de tanto molho picante. Seu olhar era dolorido e agitado, dardejando em direção à porta, checando no pulso a passagem das horas, os minutos, o tique-taque dos segundos.

— Talvez ele não venha — falei. — Pode ser que passe a noite em outro lugar.

— Ele é tímido com as mulheres — comentou Tilly. — Nunca me contou de ninguém. — Ela hesitou. — Ele disse que vinha para casa.

Sei que em algum momento ele voltou para a casa, só não sei que a horas. Não o vi muito por algumas semanas. Ele saía cedo e voltava tarde. Via apenas as tigelas de cereal na pia. Ele caminhava para o trabalho ao amanhecer.

— Cereal no meio da madrugada! — dizia Tilly. — Inacreditável. — A primeira coisa que ela fazia toda manhã era lavar a tigela dele e colocar no escorredor. Mas era claro que ela se orgulhava dele. — Ficou como o pai. Não para nunca — dizia. Ela sabia que não era o dinheiro que o motivava. Era algo mais. — Ele passou muita vergonha ao crescer — explicava ela. — Isso pode formar uma pessoa, se for forte o suficiente.

Arrumei trabalho numa pousada chamada Seven Sisters. Encontrei o classificado no jornal local. O nome da vaga era "Gerente de Hospedaria (Assistente)". Meu turno terminava à meia-noite, mas a pousada ficava bem tranquila depois do queijos e vinhos ao entardecer. Basicamente eu atendia ao telefone, reservava quartos e ajudava as pessoas a descobrir o que queriam: uma vista da ponte, uma vista da baía, uma cama com dossel ou uma jacuzzi.

— Precisamos de uma *king-size* — disse-me uma mulher em tom firme. — Não pode ser menor.

Louis sempre ficava em quartos com camas *king-size*. Só conseguia tocá-lo se rolasse até o outro lado. Eu conhecia a *California king* dos meus pais — até brinquei nela — sem perceber quanto espaço deixava entre os corpos toda noite. Eles sempre souberam o que queriam. A cama deles era uma concessão e um manifesto. Levou anos para eu encontrar essa distância, para estender minha mão na escuridão, buscando a elevação rígida das costas de um homem, e encontrar apenas lençóis amarrotados, já frios.

Eu chorava com essa sensação, do corpo dele fora de alcance, então me sentia envergonhada por chorar. Ele tocava minhas costas e dizia:

— Por favor, não faça isso. — Eu via o medo em seus olhos e pensava que ele temia se sentir próximo a uma mulher. Em retrospecto, isso pareceu tolo. Ele tinha medo de que uma mulher se sentisse próxima a ele.

— Não senti saudade. Mas estou feliz de estar com você agora.

Ele nunca me prometeu nada. Fui eu quem criei toda a decepção. Havia horas em que eu via seu rosto corado de arrependimento.

Uma noite, já tarde na pousada, recebi uma ligação de Nova York, bem depois da meia-noite para eles.

— Preciso falar com a assistente — disse um homem, em tom ríspido.

— Quer dizer a gerente?

— A assistente.

— Tom? — perguntei.

Era ele. Ele queria saber como era o trabalho.

— Então finalmente arrumou um? — comentou, como se eu estivesse desempregada há anos. Falei que era bem diversificado, uma palavra que eu não teria usado com mais ninguém. Contei que estava criando uma nova campanha publicitária para os donos. Talvez tenha exagerado um pouquinho.

A provocação de Tom tornava mais fácil falar sobre o que era difícil — os estranhos morros dessa outra cidade, a forma como a neblina tomava conta de tudo. Discutimos sobre nossas cidades. Nova York tinha música de rua melhor, disse ele. Respondi que sim, tinha, mas também era mais suja. Era um toma lá, dá cá. Nova York tinha melhores metrôs, porém mais pombos.

— Você não disse nada de bom sobre sua cidade — resmungou Tom. — Só coisas ruins sobre a minha.

— Não temos apenas menos pombos, eles são melhores — argumentei. — Juro por Deus. São destemidos. Muitos são aleijados. São sobreviventes.

— Quando você coloca dessa forma, parece fantástico.

Conversávamos noite após noite. Nunca havíamos falado com tamanha facilidade. Talvez fosse por causa da distância, o fato de precisar de alguém que estava distante.

— Seu trabalho deve ser bastante atribulado — ironizou ele. — Se você tem todo esse tempo para mim...

Na noite seguinte, com cinco minutos de conversa, fiz questão de fingir que tinha outra ligação. Fiz a mesma coisa na noite seguinte, depois na outra.

— Certo — disse ele, rindo. — Entendi a ideia. Você é muito ocupada.

Foi só depois que pensei: "E ele?". Todo dia depois do trabalho ele estava sozinho em casa, ligando para perguntar por que eu não estava mais ocupada.

Depois de cada turno eu dirigia para casa por Tenderloin e guardava o carro num estacionamento particular na Fourth com a Bryant, a dois quarteirões do apartamento. A vizinhança tinha muito roubo de carro. Janelas eram quebradas para roubarem moedas. Geralmente eu tinha de abrir o portão do estacionamento com uma chave, mas uma noite não estava trancado. Vi um pequeno grupo reunido ao redor de uma fogueira que estava dentro de um tambor. Um cara apoiava-se na lateral de um jipe escuro, ou talvez fosse uma mulher, virando uma garrafa de algo na boca, não consegui identificar o que era, talvez vinho ou uma garrafa grande de destilado, mas vi a luz do fogo refletindo no vidro.

Fiquei nervosa. Circulei o quarteirão uma vez, pensando: "Será que estaciono? Estou louca?". E, finalmente, entrei com o carro. Havia quatro deles — agora eu podia ver cada um com clareza. Um estava se inclinando em direção à janela do carro, e eu me perguntava se isso significava que havia alguém dentro, um quinto elemento, cochilando ou mexendo no som do carro. Dava para ouvir uma música abafada, algo eletrônico e irregular como um sismógrafo, movendo um desses homens como uma marionete. Ele ergueu os braços e se contorceu como um xamã sob a luz da rua.

Não precisava ser complicado. Eu estacionaria, abriria a porta e fecharia. Caminharia pela rua. Não despejaria o meu medo neles — como costumamos fazer, como eu já havia feito —, lançando olhares sobre ombros encolhidos. Eu simplesmente sairia andando.

Três deles se viraram para encarar meu carro e brindaram com garrafas. O xamã continuou dançando, ainda reluzindo sob seu holofote amarelo. Aquele inclinado no jipe não era uma mulher, dava para ver. Puxei o freio de mão e desafivelei meu cinto de segurança. Não queria ter medo.

Não se aproximaram, mas dois deles caminharam em direção ao portão que ainda estava aberto, dois grandes painéis deslizantes, e os fecharam. Senti um nó na garganta e no estômago. Respirei fundo e doeu. Meus olhos enuviados de lágrimas. Talvez imaginar o pior cenário significasse que o pior não se tornaria verdade.

Olhei pelo espelho retrovisor. O dançarino não estava mais dançando. Os outros caras estavam de pé ao lado do portão que fecharam. Peguei meu telefone. Precisava de uma voz ali dentro comigo. Precisava de uma voz que me dissesse o que fazer.

— Stella? — A voz de Tom estava rouca de sono.

— Estou numa situação complicada — disse. — Estou com um pouco de medo. — Eu estava quase chorando. Sabia que, no segundo que abrisse minha boca, tudo viria à tona, a pontada salgada e dolorida, minha garganta apertada de medo. Só desejando estar em outro lugar, *qualquer* lugar.

— O que está havendo? — perguntou. Agora estava bem desperto.

— Estou num estacionamento, e tem uns caras. Não estão fazendo nada, digo, mas fecharam...

— Que caras? O que estão fazendo?

— Eles só... É um estacionamento fechado...

— Você está... Acha que podem te machucar?

— Acho que querem me assustar. Talvez seja só isso. — Eu não disse as palavras "mendigos" ou "negros", apesar de eu poder ver que eram ambos. Não era essa a questão. A questão era homens e mulheres juntos no escuro, o que poderia acontecer.

— Preciso ir — falei.

— Me liga de volta, tá? Para eu saber que você está bem.

Desliguei. Liguei para o Abe. Ele atendeu no quarto toque.

— Desculpe — falei. Minha voz estava trêmula. — Sei que é tarde. É a Stella.

— Sua voz está estranha.

— Estou no estacionamento da Bryant. Tem uns caras. Preciso que venha.

— Eu... Jesus! Tá. Estou indo. Você está... Digo, está ferida? Alguém te fez mal?

— Só venha. Por favor?

Desliguei o telefone, mas mantive perto da orelha. Liguei para minha própria secretária eletrônica para que parecesse que eu falava com alguém. Não tirava os olhos do retrovisor. Os caras tinham se afastado um pouco do portão, mas ainda estava fechado. Não estavam longe. Um deles subiu num pequeno sedã azul e começou a pular no capô.

"Aqui é Alice ligando para sua caverna em Connecticut... Aqui é sua mãe e acho que você está na estrada... Aqui é a Tilly, acho que já rolou o bipe, acho que chegará em casa às três..."

Desliguei. Olhei pelo espelho novamente. Agora o homem estava sentado com as pernas cruzadas no teto do carro. Ele arremessou a garrafa na janela de um carro próximo. Houve o estalo alto e frágil de vidro quebrando, depois a pulsação frenética de música novamente. Verifiquei os dois lados da calçada. Fechei os olhos. Eu contaria até vinte e abriria novamente. Tinha de haver uma forma de fazer o momento passar mais rápido. Passar por eles, de qualquer forma que eu conseguisse, só isso.

Ouvi batidas. Coloquei o punho na boca para bloquear o som da minha garganta. Eu era como um animal assustado, meu peito ofegando, frenético. Não estava fazendo escolhas conscientes, apenas escutando o meu medo.

Era Abe. Vi seus grandes olhos reluzentes, a mão empurrando os óculos nariz acima. Abri a porta do passageiro e ele deslizou para dentro. Eu me inclinei e agarrei todas as partes dele que pude — sua mão fria, sua coxa firme —, puxei seus ombros e agarrei firme. Agora eu estava realmente chorando, minha garganta se contorcia em uma espécie de soluço.

— Obrigada.

— Ei, desculpe ter te assustado.

— Não me assustou.

— O clima parece tenso por aqui. Temos uma situação de reunião na fogueira.

Eu ri e esfreguei o rosto. A pele estava lisa e molhada pelas lágrimas, ao longo de minhas bochechas coradas e minha boca.

— Não vi você chegar — falei. — Estava atenta.

— Eu vim pela saída de Bryant. Parece que o outro portão está fechado.

— Eu sei. Eles fecharam.

Verifiquei o retrovisor e lá estava, de onde ele havia vindo: o outro portão escancarado. Estava aberto o tempo todo.

— Estão chapados — amenizou Abe. — São mendigos. Não sabem o que estão fazendo.

— Estavam tentando aloprar com minha cabeça. É o que podem fazer, deixar as pessoas com medo. É tudo o que resta a eles. É um puta *absurdo*.

— Ei! — apaziguou Abe. — Tudo bem ter medo.

Desci do carro. Podia ouvir a música mais alto agora, a mecânica de seu zumbido, viajando pelo asfalto como um rio subterrâneo e ressoando em meus sapatos. Era como um retorno de um microfone subterrâneo. Havia pulsações de estalos. Vi o dançarino deitado num círculo de luz. Tinha os braços e as pernas abertos como um anjo de neve. O homem sentado no carro nos viu sair.

— Ei! — gritou. — Moça, ei!

Abe colocou os braços em volta de meus ombros.

— Boa noite, meu chapa! — cumprimentou. Sua voz não tinha nenhum tom de questionamento. — A moça não foi com a minha cara? Esse é o problema?

— Não tem problema — apaziguou. — Só estamos indo para casa.

— Sua mulher achou que tinha problema. — O homem se virou para mim. — Não achou? — Ele ergueu os dedos. E estalou bem no meu rosto. — Está com medo — *estalo* — com medo — *estalo* — com medo... — Ele sorriu. — Até querer. Num estalar de dedo.

Ele estava bem perto agora. Fedia a cigarro e alho queimado.

— Querer o quê? O que eu quero?

Abe me apertou mais firme.

— Só estamos indo para casa. Não queremos problema.

— Sem problema, certo — retrucou o homem. — Você tem sua mulher e tudo mais.

— O que eu quero? — repeti. — Por que não me diz?

— Não sabe?

— Não sei.

Abe sussurrou no meu ouvido.

— Precisamos ir.

— Eu não sei mesmo — insisti. — Pode me dizer.

— Você *me* quer — respondeu. — Quer que eu olhe pra *você*.

* * *

Na manhã seguinte, encontrei três mensagens do Tom. "Acho que você se esqueceu". Depois: "Vá se foder por ter esquecido". Depois: "Me ligue de volta ou então vou ter que pegar um avião".

Eu liguei de volta.

— Você me deixou preocupado — reclamou ele. — Sabe disso?

O apartamento de Abe era no meio de uma área ao sul da Market Street que os yuppies começavam a retomar — terreno por terreno, loft por loft — dos mendigos e dos viciados, dos mecânicos agachados em oficinas sombrias. A região tinha um nome que remetia a Manhattan, SoMa, só que ali o sol se punha sobre a água, atrás do estádio.

Mulheres e homens bonitos caminhavam pelas ruas sujas em camisas polos e saias étnicas. Sorriam ao passar pelos sem-teto, mas não davam dinheiro, ou então davam dinheiro, mas não sorriam. A calçada era repleta de entradas protegidas por grades, onde as pessoas colocavam seus capachos de boas-vindas. Ao que parecia, cada uma era lar de um pequeno par de tênis de corrida.

Todos os prédios tinham várias trancas — trancas externas, trancas no saguão, trancas no pátio — e, sem dúvida, mais trancas lá dentro, longe da vista. Os lofts eram buracos de vidro aninhados em colinas de estuque. Os artistas viviam nessa parte da cidade, grandes pensadores e sonhadores abastados. Grandes janelas mostravam trilhos elaborados de iluminação industrial, camas brancas com dossel em ambientes abertos com pisos de madeira de lei, uma tela encostada na parede cravejada com cabeças de boneca.

Eu estava aprendendo sobre a cidade e nosso cantinho dentro dela. Tilly e eu saíamos para tomar café da manhã durante essas primeiras semanas, como uma forma de explorar. Mas parece que ela se cansou disso, cansou de conversar, cansou de *minha* conversa, então comecei a explorar sozinha.

Eu sempre voltava ao Tenderloin, no extremo norte, onde as prostitutas escolhiam esquinas e passavam a noite toda. Observar aquelas mulheres era um prazer mórbido, como desacelerar o carro para ver um acidente. Suas pernas eram muito finas e tortas como galhos. Elas se apoiavam em portas trancadas vestidas com suas meias-calças pretas e sapatos baratos: vermelho ketchup, azul-petróleo desbotado, laranja-vivo de queijo processado. Eu me perguntava se Tilly já as tinha visto. Ela sempre estava no apartamento ao anoitecer, enfiada em seu porão. Na maioria dos dias, ela não saía de casa.

Abe começou a me encontrar no estacionamento todas as noites. Eu gostava de ver sua calma ao passar pelas ruas escuras, onde qualquer ruído repentino me fazia tensionar as mandíbulas. Eu nunca me virava. Relutava contra o impulso de me virar. "Tudo bem ter medo". Suas palavras penetraram em minha mente como dedos. Queriam moldar um sentimento dentro de mim, de felicidade ou gratidão, para depois se apossar dele.

Eu gostava de como ele caminhava: os ombros para trás, as mãos nos bolsos. Gostava do tamanho de seu corpo. As mulheres não devem desejar essas coisas: homens nos salvando, nos apequenando, protegendo — mas eu queria. Queria ser apequenada. Seus braços eram firmes e exalavam calor na neblina.

Se eu ficava nervosa em relação às ruas, Abe ficava nervoso com todo resto. "Tem toalhas suficientes em casa?", perguntava. "Como está o chuveiro?" Em sua sala, as caixas ainda se amontoavam em pilhas tortas. "Não é um lar de verdade ainda", dizia. "Eu sei."

Em casa ele era uma pessoa, inseguro e ávido para agradar, mas quando enfrentava o mundo sua voz parecia encharcada por um líquido frio e estimulante que percorria suas veias deixando um rastro luminoso.

— Eu sempre soube como me portar em público — confessou. — No particular, nunca sei o que fazer.

Certa noite, me perguntou:

— Você é feliz? Aqui, digo, com a gente.

Hesitei.

— Nunca entendi por que você veio, pra começo de conversa.

— Gosto daqui — respondi, cautelosa. — Achei que pudesse ajudar Tilly. Esperava que sim.

Eu podia devolver a pergunta: "O que te fez querer a gente aqui?". Podia ter sido pela Tilly, e provavelmente era, mas ela estava certa sobre haver uma certa solidão nele. E eu não queria encará-la diretamente. Eu tinha medo de sua amabilidade. Achei que era repentina demais.

Ele sempre se oferecia para cozinhar para mim quando voltávamos de nossas caminhadas, milk-shakes ou queijo quente, mas ele nunca fazia essas coisas para si mesmo. Falava sobre comida de uma forma vaga, como se soubesse que fazia parte da vida dos outros, mas que ainda fosse algo estranho para ele, uma ideia de que sempre se esquecia e depois lembrava novamente.

Primeiro eu recusava. De várias formas. "Não, não, obrigada, hoje não". Queria manter aquela mulher — a que ele viu naquela primeira noite, com o rosto lavado de lágrimas e muco, assustada em meu carro — separada do resto de mim. Ele vira as minhas facetas de que eu menos gostava.

Tom e eu ainda nos falávamos, mas com menos frequência. Atacá-vamos a cidade um do outro como bonequinhos brincando de luta. Mas, toda vez que eu pensava em Nova York, só pensava no Louis. Era quase impossível visualizá-lo como pai, o que era parte do motivo para eu passar tanto tempo visualizando isso. Ele levaria sua filhinha para os bosques de Vermont e mostraria a ela o tapete de folhas no outono, o céu límpido e frio, o fogo na lareira; ele a impediria de tocar nas labaredas bruxuleantes. Ele a manteria segura.

Pensei em como ele a criaria na cidade. Havia muitas coisas a mos-trar: "Observe as sombras na ponte do Brooklyn. Olhe como inspiraram os poetas". Mais do que qualquer amante, ela seria a possibilidade dele mesmo replicado em carne. Ele poderia ensiná-la a amar o que ele amava. "Tem uma delicatéssen em Ludlow", diria ele. "O salmão defumado de lá transfor-ma sua língua em água do mar." Ele a observaria mastigando os pedacinhos cor-de-rosa de salmão com seus dentinhos de leite. "Então?", diria ele. "Tem gosto de mar, não tem?" Ela podia não saber o que dizer. Podia nem conse-guir terminar seu bagel. Talvez crescesse com um nó apertado na garganta: "O que ele queria ouvir?". No fim das contas, ela só teria as palavras do pai dilacerando sua juventude, afiadas como vidro, reluzentes e triunfantes. Ou talvez apenas eu me lembraria dele assim, sua crueldade me manipulando como um fantoche. Talvez essa filha conhecesse um homem diferente, um homem melhor.

* * *

Após uma semana ouvindo *não*, uma noite Abe pegou uma frigideira e começou a derreter manteiga.

— Estou fazendo um queijo quente. Faço um pra você, se quiser.

Aceitei. O sanduíche tinha tanto queijo que escorria. Estava ótimo. Comi o meu em mordidas grandes que engorduraram meus lábios. Ficamos sentados em silêncio.

— Às vezes, é legal ficar quietinho. Não precisar dizer nada.

— Meu Deus! — surpreendeu-se ele. — Penso o mesmo.

O telefone dele vibrou.

— Você tem que... — Ele apontou. — Eu tenho.

Ele alisou a camisa e endireitou a gravata antes de atender.

— Don? Que porra está rolando em Pittsburgh?

A voz dele estava de um jeito que eu nunca ouvira antes, alta e metálica, como um grande saco de moedas tilintando numa mesa. Ele fez uma careta. "O que está rolando em Pittsburgh?" Agora ele sabia. Fez uma espiral com os dedos nas têmporas, indicando *loucura*. Ele estava falando dele ou do outro cara? Não importava. Eu gostava de vê-lo evocado para esse mundo estranho e imaginar como ele era importante lá, a forma como abandonava sua hesitação habitual e falava em um tom claro e poderoso, sem pedir desculpas a ninguém.

Tilly estava obcecada em transformar o apartamento vazio de Abe num lar. Ela arrumava e rearrumava, me perguntava o que eu achava da nova arrumação. Um vaso de cerâmica azul migrou pelas prateleiras de livros, pela mesa de cabeceira, e foi colocado por um breve período numa mesinha perto da porta.

— Esta mesa é para a correspondência — explicou Abe. — Achei que era para isso.

Tilly moveu o vaso de volta para a primeira prateleira.

Era doloroso ver como a vida dela era limitada. Eu sabia que ela não tinha mais nada. Eu trabalhava nos turnos da noite, mas comecei a pegar os da tarde também, para me afastar dos constantes sons de seus esforços — o arrastar de cadeiras pelo piso, o farfalhar de tecidos, a poeira dos livros que ela desencavava das caixas. Eu sabia que parte disso era para se manter ocupada, uma forma de dizer: "Hoje não vou beber. Vou tirar o pó". Sua vida era uma sequência de subterfúgios. Mas eu não conseguia olhar para ela sem sentir que enxergava sua essência.

A pousada era uma velha casa vitoriana em Hyde. Conseguir o emprego lá foi fácil.

— Nós gostamos da sua aparência — disse a dona.

Seu nome era Gail, uma robusta matrona. O "nós" queria dizer ela e sua companheira, uma mulher delicada chamada Bea, que parecia capaz de se aninhar embaixo do braço da namorada. Elas não perguntaram que faculdade eu havia feito ou o que havia estudado. Só perguntaram se eu sabia cozinhar e não pareceram se importar quando eu disse que não.

Eu tinha prazer em pôr a mesa e limpar as migalhas. Sentia a casa toda como um conjunto de terminações nervosas. Ficava desconfortável com a visão de um objeto fora do lugar — uma caneca suja na lareira ou um saquinho de chá velho endurecendo na xícara — e sentia satisfação em restituir a ordem. Era como a sensação de finalmente conseguir afivelar o fecho de um colar. Eu gostava de usar minhas mãos. Molhava os pratos com água quente e lavava com detergente de limão; esfregava respingos de geleia das ranhuras da madeira. Inspecionava as mesas do café da manhã depois de prepará-la para a manhã seguinte: cada xícara impecavelmente aninhada em seu pires sobre o vidro que exalava o cheiro intenso de saponáceo do produto de limpeza.

Tilly não gostava de me ver sair para trabalhar. "Já vai?", perguntava, mesmo que eu saísse todo dia no mesmo horário. Após um mês, ela arrumou um trabalho. Isso me deu certo alívio. Agora as coisas estavam progredindo; eu podia ajudar.

Eu me ofereci para lhe dar aulas de digitação. Havia aprendido métodos, truques e atalhos, num curso eletivo especial no quinto ano. Ainda me lembrava da srta. Murcatino, uma mulher que não fazia nada na nossa escola além de ensinar digitação. Até sua frase de apresentação soava como uma das frases que tínhamos para praticar: "Quem é a professora que vai ensinar nosso curso de datilografia neste semestre?". Laura Spencer e eu tirávamos sarro de suas unhas reluzentes e seus cachos loiros definidos.

Um dia ela nos pegou cochichando e cutucou meu ombro com uma unha pintada de vermelho. Eu ri mais alto.

— Pode estar rindo agora, mas vai se arrepender deste momento mais tarde. Você se lembrará dele — retrucou ela.

Usávamos máquinas de escrever em suas aulas, para ouvir com mais clareza o som de nossos dedos apertando as teclas, e copiávamos frases que se concentravam em partes específicas do teclado. "A fada faz farra. Jill pilhou o jiló". Nossos dedos doíam. Um dia, datilografamos com sacos de papel na cabeça para impedir que trapaceássemos, então usamos por mais um dia porque fomos umas malditas lesmas na primeira vez. "Malditas!" A srta. Murcatino não tinha medo de se expressar.

— Só não me chamem de senhora. Já fui e não sou mais — pediu ela.

Tilly nunca pegou o jeito de digitar sem olhar. Ficava catando milho até o fim. Abe disse que seu trabalho era mais preencher planilhas mesmo.

— Não há muito texto para digitar — argumentou. — Acho que ela vai se sair bem.

Sugeri que ele esvaziasse seu armário de bebidas. Pelo estado em que o armário estava, Abe não bebia muito mesmo. Suas garrafas cheias, ainda seladas, tinham acumulado camadas finas de poeira.

— Não acha que vou ofendê-la? Digo, se ela está levando isso a sério… Ela está levando a sério, não está?

— Está levando a sério — afirmei. — Mas isso não significa que não podemos ajudar.

Encaixotamos as garrafas e levamos para o escritório dele. Elas tilintavam no banco de trás do carro.

— Ótimo! — resmungou. — Agora vai parecer que sou eu que tenho o problema.

Tilly nos mostrou seu novo guarda-roupa de trabalho. Eram só cinco peças novas, mas compunham seis trajes, sete se contasse seu terninho de poliéster que parecia algodão-doce. Vimos todas as possíveis combinações. Eu sentia a presença de Abe ao meu lado no sofá, um fio magnético correndo entre nós. Dava para sentir a curva de seu tórax largo bem perto, seu corpo emanando calor como um forno. Ele suava mais do que a maioria dos homens. Com frequência, sua testa brilhava. Tilly apareceu numa blusa verde-clara, aquela que ela chamava de verde-limão.

— Como estou? — perguntou. — Acha que vai funcionar?

Meses depois, ela me contou sobre um pássaro preso em seu trailer, e foi exatamente o que ela parecia em suas roupas ridículas, um animal se debatendo contra o vidro, algo que você poderia observar com pena e desdém ao mesmo tempo: "Como ele não sabia a diferença entre o vidro e o céu?".

Peguei Abe encarando meus seios sob minha malha de gola rulê. Mas não me importei. Ele olhou rapidamente de volta para Tilly em sua blusa verde. Se não era verde-abacate, era verde-limão, verde-anêmico ou algo do tipo, um desses nomes comerciais. O desejo de Abe era como uma umidade confortável pairando no ar, uma forma de contornar a bifurcação de nossa família, deserto de um lado e oceano do outro, a memória de minha avó, a avó *dele*, com a pele sangrando por todo o tapete. Mas isso era algo novo: seus olhos fitavam meu corpo, meu corpo não rejeitava seu olhar.

Eu gostava do brilho estranho de nossas horas secretas depois da meia-noite, nós dois sabendo que estavam se transformando em algo que não teríamos palavras para descrever. O que fazia as palavras fluírem com mais facilidade.

Ele me perguntou se Tilly gostava do apartamento. Eu saberia dizer? Ela me disse? E como ela se sentia sobre a cidade, a ideia de ter um trabalho, o banco em si. Era sempre *o apartamento, o banco*. Ele nunca dizia "meu". Raramente falava sobre seu trabalho. Guardava a pasta atrás do sofá para não precisar olhar para ela. "Não me faça começar com essa cantilena", dizia. Ele usava expressões que só um velho usaria. Vinham de sua infância passada apenas com o pai. Ele permitia que eu perguntasse "Como foi seu dia?" uma vez por noite e me respondia com um polegar para cima, sacudindo uma das mãos para indicar "mais ou menos" ou fingia que puxava os cabelos para mostrar que estava enlouquecendo.

Às vezes saímos de carro pela escuridão da cidade. As ruas estavam vazias o suficiente para subirmos rapidamente os morros. Sentia meu estômago gelar no pico de cada colina antes de descermos ladeira abaixo. Em geral Abe era calado, mas nas ruas ele era ousado e imprevisível.

Ele me ensinou a jogar bingo com os elementos que víamos nas ruas. Fazíamos riscos bagunçados em guardanapos manchados de café. Eram itens difíceis de achar: *motorista bêbado, amante acelerado, faróis altos acesos*. Vários itens se referiam a faróis. *Caolho* era como se chamava um carro que só tinha um. Ele disse que Tilly o havia ensinado isso. Também havia lhe ensinado esse jogo, mas na maioria das vezes eles jogavam de dentro de um ônibus.

Inventamos uma versão com restaurantes vinte e quatro horas, espiando pelas janelas das lanchonetes à procura de pessoas em uma lista que havíamos imaginado: um casal se apaixonando, um casal se divorciando, um adolescente fugindo de casa, um artista solitário. Às vezes discordávamos. Certa vez vimos duas mulheres em vestidos chiques comendo sushi. Seus rostos sugeriam tipos diferentes de pássaros: pombo e beija-flor. Seguravam floretes de brócolis na frente das bocas enquanto falavam. Ele imaginou que eram irmãs; eu pensei em namoradas.

Outra vez encontramos um sedã verde identificado como da Zone Diet e o seguimos casa a casa. Estava fazendo entregas de refeições saudáveis. Imaginamos as pessoas dentro das casas, seus corpos pesados e seus dentes sujos de espinafre, sonhando com um corpo esguio.

Às vezes íamos a uma loja de donuts na esquina da Quinta com a Harrison, onde hipsters coreanos se reuniam até o amanhecer. Eles comparavam seus carros, rebaixados com aerofólios e spoilers, reluzentes e chamativos. Eles acariciavam os capôs à procura de marcas ou riscos.

— Olha só eles — dizia Abe, impressionado. — Afagando seus brinquedos.

Abe nunca terminava seus donuts. Eu sempre terminava os meus. Ele disse que ficava entretido demais em nossas conversas. Eu ficava lisonjeada. Mas também tinha inveja. Eu nunca esquecia a luta com meu corpo, minha boca, aquele cabo de guerra constante: *mais, pare, mais*. Morar com Tilly aflorava essa fixação de forma mais aguda, a visão de seu corpo se movendo pelo ambiente — consumindo e liberando toda aquela energia, cada olhar nervoso para Abe, todo aquele anseio praticamente escorrendo por seus poros. Ela suava intensamente, assim como o filho, e isso também parecia um sinal da energia a corroendo por dentro.

Abe perguntou se eu achava que ela estava tendo sucesso em sua sobriedade. Depois de um momento, ele acrescentou:

— Até agora, digo.

— Ela não está bebendo — respondi. — Acho que o sucesso da sobriedade é apenas... você sabe, ficar sóbria.

— Ela está indo bem?

— Você podia perguntar a ela.

— Ela é como uma estranha na maioria das vezes. É difícil explicar.

— Não é tão difícil, é? Digo, vocês estavam afastados.

— Não estávamos afastados. Eu só morava com meu pai.

Fiquei quieta, não queria me intrometer.

— Quando ela aceitava os cheques, eu sentia como se eu realmente estivesse fazendo algo. Mas então, não sei, percebi como as coisas tinham degringolado. Eu me senti um idiota.

A expressão em seu rosto não era de amargura. Sua voz era suave e trêmula como fruta descascada. Estava carregada de sentimentos evaporados e depois condensados no céu da sua boca.

— Espero que seja diferente aqui — confessou. — Ela está começando do zero, imagino, nada para lembrá-la de tudo que já passou.

Perguntei sobre o passado dele. Visualizei Las Vegas feita inteira de neon. Como foi crescer ao redor da Strip, sob os letreiros reluzentes zumbindo como insetos e engolindo suas preces roucas? Queria saber se a cidade ofuscava as constelações.

— Claro que sim — disse ele. — A cidade é o ponto mais luminoso do planeta.

Eu queria ouvir as lembranças cruas de uma criança: o gelo tilintando nos copos, as manchas de umidade nas mesas recobertas de veludo verde, o som de seus passos nos carpetes felpudos dos hotéis; o coro de homens xingando, reclamando da sorte, lançando os dados com suas mãos enrugadas.

— É uma cidade terrível para se viver — disse ele. — Mas me fez ser quem eu sou.

Esse tipo de vida não pareceria maravilhoso para um garoto se ele não tivesse de ver a dor debaixo de tudo isso? Se ele pudesse pegar a mão do pai, vermelha como carne, mas fria como gelo, sem uma gota de suor, e saber que era possível mexer os pauzinhos secretos que faziam tudo dançar? Abe me disse que seu pai o havia levado a todos os locais de grandes apostas da cidade.

— Ele me disse para olhar para os rostos dos perdedores, não dos vencedores. Disse que eu aprenderia assim — explicou Abe.

Às vezes, eu perguntava sobre o presente. Eu não conseguia me conter.

— O que você *faz*? — Eu sabia que as palavras exatas importavam: fusões e aquisições. Tom tinha uma opinião forte sobre ambas.

— Você compra empresas? Escreve relatórios?

Abe balançou a cabeça.

— Escreve relatórios sobre os caras que compram empresas?

— Eu escrevo relatórios sobre os caras que escrevem relatórios sobre os caras que compram empresas.

— Parece complicado.

— É bem simples, na verdade. É isso que não contamos a ninguém.

— Por que você faz isso?

— Geralmente eu digo que é pelo dinheiro — respondeu ele. — Ou falo sobre meu pai e seus genes, como sou programado para ganhar uma grana alta.

— Mas…

— Mas o quê?

— Você disse "geralmente eu digo". Como se estivesse prestes a dizer outra coisa.

Ele deu de ombros.

— A verdade é que não sei direito.

— Mas é sua vida.

— Não é a minha vida. Não parece minha vida.

— O que parece?

— Neste momento? Talvez isso.

Queria colocar minha mão sobre a dele e dizer: "Você não pode precisar disso". Não fizemos nada. Só compartilhamos dessa sensação de fugir de algo.

— Gosto da cidade de noite — comentou. — É como se eu pudesse me apossar dela.

— E de dia?

— Justamente o contrário. Sinto como se ela tivesse se apossado de mim.

Ele mantinha uma barba mesmo com a política contrária da empresa.

— Não é bem uma política. É só um forte desencorajamento.

Ele apontou as cores da barba. Ferrugem. Pimenta. Prata.

— A barba me ajuda. Do contrário, só estou usando uma fantasia.

Suas fantasias eram ternos risca de giz e camisetas de baixo, um armário cheio de paletós combinando e um cesto cheio de roupas de algodão sujas. Eu entrava de fininho no quarto dele quando ele saía, levava suas camisas ao rosto e cheirava: café e água sanitária. Haviam viajado até o país distante de seu escritório, onde ele era uma pessoa diferente, e eu queria conhecer aquela versão dele. Acariciava suas camisetas de baixo sujas, as manchas amareladas de suor. Eu gostava de me sentir próxima a ele dessa forma. Nem tudo transformado em palavras que tínhamos que expressar.

Eu não apenas cheirava suas roupas. Eu as lavava. Ou, pelo menos, lavava o que dava para lavar, com sabão que tinha cheiro de piscina. Seus ternos geralmente ficavam amarrotados num canto, mas eu os deixava assim. Ele tinha uma mulher que lavava a seco em Stockton. Ele a chamava de Vil Sone. Ela apontava as manchas como se estivesse brava: "Viu só, né? Viu só, né?!".

Tilly me viu lavando roupas e pegou uma cueca dele do cesto.

— Não precisa lavar as coisas dele. Eu posso fazer isso.

— Eu não me importo.

— O que eu faço o dia todo, afinal? — retrucou, incisiva. — Prefiro eu mesma lavá-las.

Dali em diante eu deixei que ela as lavasse.

Eu não estava atendendo a muitas das ligações de Tom, mas escutava suas mensagens logo antes de ir dormir. Muitas vezes eram várias gravações: "Midtown fica tão quieto de noite. Exceto pelo cara tocando seu sax na Fifty--ninth com a Lex, mas ele é péssimo. Tem outro cara que tentou me vender um pote de sal guardado no bolso interno de sua jaqueta de couro. Parecia louco e tinha cheiro de cola. Ele me disse que se chamava Scooter e um minuto depois que seu nome era Bolt. Para onde vocês vão nessa cidade, afinal? Acho que eu deveria começar a sair. Os caras do trabalho adoram esses bares de strip — mais do que você gostaria de saber, provavelmente, mas essa nunca foi a minha. Nem curto beber, só sair, talvez, principalmente porque fico cansado de pensar nos outros saindo. Algumas noites, juro, a cidade toda fica com cheiro de fogueira".

Ele disse que queria me fazer sentir saudade de Nova York, mas suas mensagens só me faziam sentir saudade dele, e era uma saudade estranha. Não o tipo de saudade que vinha de perder uma proximidade de fato, mas a saudade de apenas tê-lo vislumbrado — só brevemente, por instantes — e nunca ter recebido mais. Ele me fazia lembrar o quanto a cidade havia sido solitária. "A chuva parece alguém mijando, mas agora… Agora acho que deve estar parando, está parando; acabou de parar — agora tudo está pingando — aconteceu tão rápido, sem motivo, mijando forte até não estar mais, e agora as coisas estão molhadas e todo mundo está esperando algo, cada puto de nós, e o que você acha que esperamos?"

No primeiro dia de trabalho de Tilly, acordei confusa. Meus lençóis estavam jogados pela cama, grudentos sob minhas pernas em forma tesoura. Meu corpo ficava agitado quando eu dormia sozinha. Eu havia sonhado — algo a ver com uma casa feita de pássaros.

Tilly abriu uma fresta da porta e espiou.

— Acordada?

— É seu — murmurei. — Não é meu.

— Como é?

Tentei lembrar o sonho antes que desaparecesse completamente. Os pássaros não tinham asas e estavam paralisados, como se presos por fios invisíveis, e havia um garoto com a pele empoeirada. Eu construía um trono para ele feito com os corpos ainda quentes e farfalhantes dos pássaros.

— Café da manhã?

— Quê? — Eu levantei o tronco. Tilly parecia mais alta do que de costume. Meu corpo parecia pesado de cansaço. Na noite anterior Abe e eu passeamos de carro pela cidade por horas.

Eu nunca comia de manhã. Mas lá estava ela, perguntando. Arrastei meu corpo sonolento.

Eu a encontrei diante da pia da cozinha, pegando café do pote enquanto usava uma colher para filtrar.

— Entrou um pouco de pó — resmungou. — Não sei como.

Ela usava uma saia cinza com costuras amarelas, suas pernas grossas enfiadas em saltos altos pretos. Seu cabelo era uma massa fofa e volumosa, resultado de sua falta de habilidade em usar o secador. Estava bem triangular.

— Como estou? — perguntou. — Exagerei?

Eu a olhei de cima a baixo. Sua meia-calça estava embolada abaixo do joelho, suas costuras grossas enroladas como queloides ao redor da panturrilha. A costura amarela de seu terno criava algo — uma impressão geral, uma estampa — que me lembrava de vômito.

— Não — respondi. — Está na medida.

Ela franziu a testa, se abaixou e ajustou a meia-calça.

— Engraçado, né? Não importa o quanto você torça a costura: alguém sempre vai estar olhando para ela.

Nós dividimos o *New York Times* que Abe deixou na mesa. Peguei a parte de Estilo. "Isso teria me decepcionado", dizia a mim mesma toda vez — falava de inaugurações de galerias, novos *gastropubs* no centro e as hortas urbanas nas coberturas dos prédios de onde as pessoas compravam seus vegetais.

— Alguma coisa boa aí? — perguntou Tilly.

Balancei a cabeça. Havia uma leveza nela naquela manhã — algo desajeitado e formal, gestos de "aqui, pegue isso", uma espécie de esforço. Eu ficava com vertigens só de ver.

Ela cortou sua torrada em pedaços com garfo e faca. Tinha ideias bem particulares do que era ser civilizado. Eu olhei para minha caneca de café lamacento e o pão escurecido e seco como um pedaço de couro curtido. Ela se esforçou bastante.

Pegou uma pilha de papéis debaixo do prato e ficou remexendo neles, lambendo o dedo indicador e virando as páginas. Ela me disse que eram cardápios de restaurantes perto do banco. Lugares que ela e Abe podiam experimentar, durante a hora do almoço, contou. Eu não imaginava isso acontecendo, mas era uma parte importante dela — acreditar que poderia acontecer. Em suas palavras havia um fiapo inabalável de esperança, algo que todos esses anos deixara intocado.

Na primeira vez que Abe me beijou, eu não fiquei surpresa. Acho que deveria ter ficado.

— Eu me perguntava como seria — disse ele. — Mas foi ainda mais estranho. Melhor.

Corri meu dedo pela parte inferior de sua barba eriçada, empurrei seu queixo para trás e forcei seus olhos a me olharem.

— Bom... Fico feliz — falei.

Então aconteceu, impossível dizer os passos ou fases, quem deslizou língua contra língua, pelos dentes, sugou os lábios o suficiente para deixá-los craquelados, sorveu a pele até deixar marcas. Éramos nós dois, tudo. Quem fez o que primeiro? Os fatos eram fósseis soterrados e invisíveis dentro da rocha de nossos corpos entrelaçados.

Senti a lixa de suas bochechas — "ferrugem, pimenta, prata", pensei — e a pressão de seus lábios, os semigemidos murmurados. Geralmente beijar era como me dissolver. Isso parecia curiosidade. Levou um minuto para eu perceber a diferença. Meus olhos estavam abertos.

Ele tirou a calça, mas não a camisa. Tentei desabotoar só os botões de cima com os dentes, mas acabei usando os dedos. Mordisquei seus mamilos e puxei punhados dos pelos de seu peito só para ouvi-lo prendendo a respiração. Minha camisa ficou, mas minha calça se foi, a calcinha esticada em meus tornozelos, prestes a arrebentar. No resto, ele era tímido, mas naquele momento não perguntou "Tudo bem? Está bom assim?". Ele não me deu escolha. Eu queria tanto que ele gozasse que era quase como gozar. Eu estava fora de mim dizendo "Aí, bem aí".

— Mais forte — pedi, mas pareceu uma pergunta. Minha voz entrecortada para mostrar que havia algo em mim prestes a se quebrar. Ele quebraria se tentasse.

Eu o senti gozar, então comecei a chorar. Vi minha cama de cima, seu abandono patético, o corpo dele arfando com toda a solidão que ele conheceu. Foi isso que sempre procurei: a sensação expansiva, amniótica de uma tristeza maior do que eu. Eu falava tanto sobre dor que quase me esquecia de como era. Não sabia explicar por que eu era assim, tão solitária.

— É incrível te ver chorar — sussurrou ele, com a cabeça afundada em meus cabelos. — É realmente incrível.

Suas palavras sopravam mechas do meu cabelo. Senti sua respiração como se ele estivesse murmurando. Estávamos encolhidos, nossos braços e pernas se tocavam. Mas apenas se tocavam, não se agarravam.

— Queria te ensinar um jogo — sugeriu. Não falou qual. Fiquei feliz pelas palavras, quaisquer palavras, que não fossem as habituais "Você é ótima, foi bom, no que está pensando agora?".

— Seu corpo é perfeito. Sabia disso?

Rolei para fora de seu alcance. Pensei no corpo de Lucy, como sua pele ondulava sempre que eu mexia na água do banho com meus dedos. Abe não a vira morrer.

— Já viu uma mulher envelhecer? — perguntei.

— Queria tê-la conhecido — disparou. Ele sabia de quem eu estava falando. Observei seu rosto enquanto ele falava, cheio de bondade e cuidado, me oferecendo fragmentos de seus arrependimentos.

Nós dormimos num colchão sem lençol, ele estava embolado em nossos pés, e eu gostava da visão de seu corpo — o subir e descer de sua respiração —, mas me senti inquieta com o leve sussurro de seu ronco, com o calor de seu hálito, o toque de suas mãos, roçando minha camisa como se quisesse descamar meu corpo.

Na manhã seguinte, ainda dormindo, ele era um estranho novamente. Parecia um gigante de um livro ilustrado, enorme e derrotado. Sua barba tinha uma aparência confusa, um denso bosque, fria ao toque. Preparei sua tigela de cereal matinal e trouxe para a cama. Foi o primeiro dia que o vi dormir além do amanhecer. Isso me empolgou e me decepcionou. Queria que ele quebrasse todas as regras de sua vida só por mim, mas também desejava que fosse o tipo de homem que não se quebra por ninguém.

Coloquei a tigela ao lado de seu rosto adormecido e montei nele, segurando seus punhos. Eu sabia que ele estava nu debaixo do cobertor. Estava pelado e agora começava a comer, segurando a colher delicadamente entre os dedos, como uma garotinha.

— Você parece séria.

—Abe... Tenho algo pra te dizer.

— O quê?

— Cometemos incesto — anunciei, bem solene.

Ele riu.

—Acho que sim. Ao que parece somos primos e acabamos de fazer amor. — *Fazer amor*. Ele não era muito de *trepar*.

Abe me levou para a cafeteria típica do Oriente Médio onde velhos se sentavam vestidos com camisas de seda brilhantes e levavam tubos de narguilé à boca. Eles me encaravam de cima a baixo. Bebiam chá de especiarias cheio de nozes, amêndoas e castanhas flutuando. Jogavam damas e gamão.

— Esses caras passam a noite toda aqui — explicou Abe. — Adoro isso.

Ele colocou a mão nas minhas costas, sobre o tecido azul de meu vestido de algodão, e eu deixei. Meu cabelo estava bem lavado, minha pele limpa e com cheiro de coco. Na última vez que ele me vira, eu tinha cheiro do interior de meu próprio corpo.

Na nossa mesa de mosaico, ele abriu uma caixinha de veludo com um fecho de metal. Estava cheia de pedras de dominó da cor de arroz.

— Esse era o jogo de que falei — explicou, me passando uma pedra ainda quente do calor de sua mão, como um pedacinho duro de pão. — Foi meu pai quem me ensinou — continuou. — Foi um treino para o pôquer.

O ar estava doce de fumaça. Narguilés borbulhavam ferozes ao nosso redor. Nós nos sentamos sob uma lâmpada de aquecimento. Um homem com um colete listrado e uma longa trança veio pegar nosso pedido. Sua trança era escura e densa na ponta, como uma maria-chiquinha mastigada por uma garotinha na tentativa de se acalmar.

Abe pediu café turco para nós dois sem perguntar o que eu queria, o que era exatamente o que eu queria que ele fizesse.

Ele me ensinou como jogar cada peça, como virar duplas contra o fluxo.

— O segredo é o cinco — explicou. — Foi a primeira coisa que o pai me ensinou.

Ele me ensinou a construir estradas pelo tabuleiro e como criar um beco sem saída quando outras pessoas tentavam me seguir. Também me ensinou a comprar uma peça do monte quando não tinha mais opções.

— Nós o chamamos de "dorme" — falou, e lá estavam: pedrinhas viradas sob a luz da luminária. Ele me disse que sempre algumas das pedras permaneciam viradas, para que nunca conhecêssemos toda a mão do outro.

— Essa é uma regra pessoal minha — falou. — Achei que iria gostar.

Ele me mostrou suas combinações de sorte e alguns de seus tiques reveladores, a forma como ele coçava o queixo quando estava em uma situação difícil.

— Não quero saber seus tiques.

Segundo ele, não era mais assim. Agora havia a barba recobrindo sua pele

— É preciso jogar apenas com os dedos — explicou. — Não com o corpo todo.

O homem de colete voltou para servir nosso café de um pequeno bule que parecia uma concha prateada afunilada. Lembrava uma boca, como a sopa escorreria dos cantos enrugados dos lábios de uma velha senhora.

Eu não aprendia rápido. Sempre fui bem em contar — tinha dedos como as outras crianças —, mas sempre um pouco decepcionada pela aritmética em si. Achava que multiplicar significaria mais do que somar repetidas vezes.

Eu sempre perdia jogadas duplas e comprava do "dorme" quando não precisava. Abe foi paciente. Apenas sorria.

— Vai pegar o jeito.

Fiquei frustrada.

— Por que não é mais impaciente?

— Meu pai foi um cuzão quando me ensinou. Achei que podia fazer melhor.

Queria que ele fosse mais como o pai, o Abe que nunca conheci. Flagrei os olhares insistentes de um senhor de idade jogando xadrez na mesa ao lado. Ele encurralava o rei de seu oponente com humildes peões — movendo suas mãos de papel como um mágico — e, então, no xeque-mate, sorriu direto para mim e me convidou para compartilhar o momento.

Minha testa pinicava sob as espirais vermelhas da lâmpada de aquecimento. Meus órgãos pareciam suados por dentro, pulmões e estômago próximos demais. Eu queria que Abe se apressasse e ganhasse.

— Seja mau — provoquei. — Vamos.

— Você desperta meu lado mau. Acredite em mim.

Ele pegou minha mão e apertou, como se tivesse feito uma piada. Mas não havia sido piada, e nós dois sabíamos. Eu sempre encarei o mundo com olhos inquisidores, transformando tudo em ironia ou julgamento; essa não era a linguagem dele, mas ele havia aprendido porque era como eu falava. Ele ainda segurava minha mão, mas apenas porque não pensava em como a soltaria.

Fui para a cama fedendo a café e narguilé doce, meu hálito e minha pele e sabia que acordaria com o cheiro de mim mesma. Estava menstruada e podia sentir que estava vazando nos lençóis dele. Odiava deixar manchas com a forma de continentes nas camas dos homens. Sabia que não era minha culpa, esse sangramento, mas era algo que meu corpo havia feito. Peguei uma toalha de rosto do banheiro. Eu me agachei para esfregar os lençóis.

— Stella, não precisa fazer isso. — Ele achou que eu fazia isso por ele.

— Não quero isso aqui.

Ele esticou a mão em minha direção

— Ainda quero sentir seu gosto, mesmo agora.

Empurrei sua mão para longe.

— Não é...

— Não te vejo só como um corpo — apressou-se. — Você não é apenas algo que deixou meus lençóis sujos.

Tentei explicar. Contei dos anos em que definhei até secar, impedindo meu corpo gotejante de sangrar para todo lado, e como ainda parecia um fracasso voltar a sangrar — como se eu tivesse desistido.

Pensei que, como outros — minha terapeuta, minha mãe —, ele diria que essa maneira de pensar não fazia muito sentido.

Mas, em vez disso, suas palavras foram:

— Parece uma forma de se agarrar a uma doença.

Achei que era isso que eu sempre tinha desejado, um homem analisando minha vida, tão fascinado que desejava compreender, mas agora eu não queria mais a minha história à vista. Sua atenção fazia eu me sentir expandida, como se antigas feridas maculassem tudo, ensanguentando sua língua entre minhas pernas e manchando seu sorriso enquanto ele se inclinava para limpar tudo.

— Não, não, faço questão.

Eu me virei de costas para ele. Não o queria perto de mim.

— Não leve a mal — murmurei.

O problema não era ele. Essa era a única forma de eu conseguir dormir.

Tilly tinha curiosidade sobre a pousada: como era, o que eu fazia lá. "Parece legal", dizia ela, e parecia uma censura. "Apenas seguindo em frente", era como ela descrevia seu próprio trabalho. Havia dias em que mal nos víamos. Eu sentia um certo alívio, mas também me sentia enganada, como se ela tivesse fugido do meu alcance. Eu estava ali por ela, e agora nossas vidas haviam se tornado linhas paralelas. Estávamos passando pelos dias, mas eu não sabia dizer se isso contava como progresso. Eu estava trepando com o cara que ela pôs no mundo. Não era exatamente uma traição, mas parecia.

Tilly queria ir me visitar no trabalho. Expliquei que não poderia lhe dar atenção. Ela disse que não precisava de atenção. Só precisava se distrair, especialmente ao anoitecer. Síndrome do crepúsculo. Essas horas invocavam nossos seres mais verdadeiros — como fios puxados de uma malha, nos desfazendo —, e o ser dela estava sempre com sede, sempre ansiando pela velha anestesia familiar.

Escolhemos um dia, e eu reservei uma das suítes de hóspedes para que ela pudesse usar enquanto eu trabalhava — tomar um banho, aproveitar a cama, ver um filme. Eu lhe entreguei a chave assim que ela chegou.

Ela preferia me ver trabalhando na cozinha. Eu passava as noites preparando o café para a manhã seguinte. Fazia bolinhos fofos cravejados de cranberries umedecidas pelo calor do forno, parecendo feridas abertas; barrinhas de limão salpicadas de açúcar, tortas de frutas cujas entranhas suculentas de xarope engoliam os esqueletos de massa treliçada. Ela experimentou com um garfo, inserido de modo gentil e invisível nos cantos, sob as crostas. Limpou os destroços de pratos sujos e as bancadas: pedaços de fruta cozida pendurados como fibras soltas, migalhas espalhadas por todo lado. Parecia que as tortas haviam sido massacradas, não assadas.

Eu me lembrei dela aninhada naquela cama de hotel. "Tem algo errado aqui." Ela não havia vivenciado seu corpo como um conjunto de operações que pudesse controlar, mas ela estava... tentando. Pude ver algo que nunca havia visto nela, uma graça física que não era visível em qualquer outro lugar.

Tentei convencê-la a ficar na suíte do andar de cima. Apertei a chave em sua mão.

— O quarto é sua ostra — falei. — Por favor?

Ela sorriu, suspirando, mas concordou. Até pareceu satisfeita.

A pousada estava quase vazia. Havia um homem de idade num terno imaculado que se sentava na varanda a noite toda no frio, esperando para encontrar uma filha que nunca aparecia.

Tilly ainda não havia descido ao final do meu turno. Eu a encontrei dormindo na grande cama com dossel, as pernas abertas sobre os lençóis como se estivesse tentando caminhar em algum lugar de seus sonhos. Bati no ombro dela e disse:

— Preciso fechar o quarto.

Ela se sentou e esfregou os olhos.

— Desculpe. Molhei os travesseiros.

Ela havia lavado o cabelo. Os lençóis estavam amarrotados, quase arrancados do colchão. Havia tido pesadelos novamente.

— Levo só um segundo. Você pode esperar lá embaixo — sugeri.

Troquei a fronha molhada por uma nova e estiquei os lençóis até os cantos estarem impecáveis. Deixei o quarto como se ela nunca tivesse estado lá.

Eu a encontrei esperando no carro. Estava sentada bem ereta, com as mãos sobre o colo.

— Você teve que limpar o quarto por minha causa, não teve?

— Não tem importância. Eu queria que você tivesse umas horinhas de paz.

— Bem, vai ser preciso mais do que isso.

— Você gostou, pelo menos?

— Você devia ter me dito que teria que limpar. Agora me sinto um fardo.

— Eu não limpei de fato. É meu trabalho.

Isso não era exatamente verdade; havia camareiras. Mas não pareceu que ela se importasse. Olhava para o nada à sua frente. Não se virou para mim.

— Não é nada demais — argumentei.

— Para mim, é — respondeu ela.

No ensino médio, lemos um livro sobre uma garota que oferece seu leite materno para um velho, para impedir que ele morresse de fome. Durante as aulas, os garotos trocaram desenhos de bonecos-palito com bocas enormes presas em tetas de meia-lua. As meninas sorriam e cruzavam os braços sobre os peitos. Colin Travers gritou: "Velho chupando!". E eu soube que pelo resto da minha vida nunca mais me esqueceria do nome dele. A menina do livro fez isso porque o velho estava com muita fome. Ele iria morrer, não importava o que ela fizesse. Mas ela fez mesmo assim.

E quanto à esposa de Louis, uma mulher que eu só havia visto em fotos? Quando ela amamentava o bebê deles, ela se sentava rígida ou curvada como letra cursiva? Visualizei a criança em seu seio, e também o próprio Louis, inclinado sobre o peito dela com seus lábios rachados. "Você é muito curiosa sobre o mundo", ele me disse uma vez, com sinceridade.

No entanto, eu estava cansada de mim mesma, cansada de minhas fascinações. Havia momentos em que o simples fato de viver dentro de um corpo era tão duro e impiedoso que tirava meu fôlego. A garota que alimentou o velho com seu leite também estava ficando faminta. Havia sido retalhada até restar apenas uma ponta afiada de desejo se projetando da história. Era o que nos fazia cruzar os braços sobre os seios. Havia uma diferença entre imaginar a dor e se lambuzar nela.

Tilly uma vez me contou sobre a experiência de dar à luz. Falou que gritou mais alto do que sabia que era possível.

— Foi a primeira vez que ouvi minha própria voz. Eu queria que continuasse doendo para sempre.

No Dia de Ação de Graças, estranhos vieram à nossa casa e eu pude vê-la como eles devem tê-la visto: caixas ainda empilhadas, áreas vazias onde deveria haver mobília, a mesa arranjada com uma perfeição desesperada, como se estivesse esperando a realeza.

Olhei para Tilly, e a vi de fato, e lá estava, uma mulher com pés pequenos demais para suas grandes pernas, a costura de sua meia-calça ainda dividindo suas panturrilhas, a amplitude de seus quadris e a saia fazendo um cone com suas coxas. Seu cabelo grisalho escorria como fluido da cabeça. A linha fantasmagórica de base em seu pescoço transformava todo seu rosto em uma máscara.

Eu me senti uma idiota. Estava morando com ela esse tempo todo, acreditando que ela poderia melhorar, acreditando que poderia ser tão fácil: três dias num hotelzinho de quinta, suando tudo para fora e então nunca mais. Percebi o olhar em seu rosto e pensei: "Meu Deus, como eu achei que poderia mudar isso?".

Ela sumiu por cinco dias. Não sei aonde ela foi, só que ela voltou. Abe e eu passamos essas noites numa névoa de preocupação e frustração, retrucando um com o outro, escolhendo cômodos separados para longas horas de espera. Ele dormiu mais do que eu jamais o vira dormir. Perguntei a ele como conseguia. Não estava ansioso? Explicou que havia aprendido com Tilly, como dormir para acabar com a sensação de medo ou dor. "As noites são a pior hora", havia lhe contado ela. "Se conseguir superá-las, talvez do outro lado seja melhor."

O outro lado não foi melhor. Tilly voltou para casa com o rosto pálido como cera. Dava para ver que havia veneno correndo por suas veias.

— Sinto muito por quinta — justificou-se. — Foi uma noite terrível.

— Não se desculpe por isso — contestei. — Desculpe-se por ter sumido. Simplesmente desapareceu! O que deveríamos pensar?

Ela se sentou no sofá e desamarrou os tênis.

— Sinto muito por isso também.

— Quer comer alguma coisa? Posso preparar algo.

— Não — murmurou. — Mas obrigada.

—Aonde foi? — perguntei. — Me conte isso, ao menos.

— Estava em segurança.

Ela se curvou para me beijar na testa. Seus lábios estavam secos como papel.

— Eu me esforcei ao máximo. Sei que não parece.

Sua vida mergulhou em silêncio de uma forma que me deixou brava. O que aconteceria agora? Eu precisava saber. Ela fazia longas caminhadas, mas eu não sabia para onde ia. Passava longos períodos trancada no quarto. Sabia que estava bebendo, mas ela não bebia na minha frente.

Continuei indo ao trabalho. Abe continuou indo ao trabalho. Não sabíamos mais o que fazer.

Ela continuava lavando a tigela suja de cereal de Abe toda manhã. Ele continuava deixando. Ela lavava seus pratos e os sujava novamente. Parava diante da pia e suspirava.

— Não termina, não é? A bagunça que a gente faz.

Uma noite ouvi, por acaso, Abe ao telefone.

— Mas o trabalho temporário estava indo bem! — falou numa voz mais alta do que o normal. Então, mais baixinho: — Acho que você tem razão.

Ele me disse que tinha uma viagem de trabalho de duas semanas que não conseguiu transferir para ninguém. Não sabia se devia acreditar nele. A casa pareceu solitária e lotada ao mesmo tempo. Era difícil de se respirar. Eu não o culpava por querer uma trégua.

Abe estava indo para Detroit. Seu trabalho era do tipo que acontecia em lugares enormes, esquecidos — cidades a que você nunca vai a não ser que esteja comprando ou vendendo algo lá, a não ser que tenha crescido ou amado alguém de lá. Eu me perguntava se ele fez isso por mim, se achava que era isso que eu queria — que ele se levantasse da cama onde sempre se deitava, à minha espera. E talvez eu quisesse, sim, e ele soubera ou percebera antes de mim que eu precisava do vasto inverno de Detroit entre nós.

Ele deixou as chaves de seu carro, um sedã verde que zumbia como um inseto, e Tilly começou a dirigir até o litoral. "Para me animar", costumava dizer, mas sua voz se esvaziava assim que pronunciava essas palavras. Voltava com quinquilharias das cidades litorâneas: faróis feitos de conchas, sininhos de vento com golfinhos de resina, um suporte para plantas de macramé, com contas que pareciam nozes reluzentes. Tilly nunca me convidava para ir com ela. Pelo menos saía um pouco de casa. Contou que agora dirigia rápido e sem medo.

— Gosto da turbulência da velocidade. Dessa forma, podemos realmente sentir a estrada.

Eu a fiz prometer que não dirigiria se bebesse, mas isso me fez sentir como se eu sugerisse que, fora isso, tudo bem beber. Ela começou a planejar um jardim para o pátio comunitário.

— Vou deixar framboesas crescerem selvagens como pentelhos — anunciou ela, mas nunca comprou sementes. Assistia mais à televisão do que antes. — Não vejo sempre — teimava. — Só quando fico solitária.

A TV estava sempre ligada. Às vezes, eu me juntava a ela. Queria que parecesse que ao menos lhe oferecia um pouco da minha companhia, como se eu estivesse ajudando, mas sobretudo eu me sentia parte de uma história sobre desistência.

Ela ainda gostava de programas sobre natureza e o funcionamento de nosso planeta. Um dia era um programa sobre criaturas de mares profundos lidando com situações impossíveis, fontes térmicas tão quentes que não conseguiríamos medir. Lulas ficavam presas no calor e vermes vinham reivindicar seus corpos, se alimentando de camadas de bactérias que descamavam delas como pele de cobra.

"O inferno de um animal é o céu de outro", comentou o narrador com uma voz suave. Enguias azuis proliferavam ao redor das saídas dos gêiseres, amarrotadas como tecidos, e ganharam um mundo só para elas: Cidade das Enguias.

Tilly bateu no meu braço como uma criança.

— Abe e eu vimos um golfinho morto — contou. — Um filhote.

Sua voz se partiu como um graveto. Ela estava chorando ao meu lado, e eu nem tinha notado.

Ainda havia deslumbramento dentro dela. Dava para ver. Corria por nosso sangue. "Você é muito curiosa sobre o mundo".

Tilly tinha fascínio pelo mar como o filho tinha pelo céu. "Viciado no espaço", segundo ele, e Tilly adorava isso. Era algo que ela acompanhara desde o começo. Agora ela se apossava de outro mundo também, monstros viscosos reluzindo pela tela plana.

— Adoro essas baleias — alegrou-se. — Usando seu canto como combustível.

Mais tarde eu a encontrei agachada na escuridão da sala, quase invisível, totalmente quieta, como uma criatura selvagem esperando que o perigo desaparecesse.

— Tilly? O que está acontecendo?

— Estou bem.

— Não está, não. Está bêbada.

— Estou bem.

Seu hálito cheirava mal quando me aproximei, não apenas de bebida, era azedo. Eu a ajudei a ficar de pé e a mantive firme enquanto subíamos as escadas — lentamente, cada passo precisamente equilibrado — até seu quarto. Eu me sentia confiante, para variar, meus braços pálidos se movendo como líquido pela escuridão liquefeita, o gim serpenteando pela tônica, enquanto eu a ajudava a tirar a roupa. Vi um hematoma em sua perna, roxo e obscuro, uma queda sabe Deus onde. Sabe Deus quando. Assegurei a mim mesma que a aparência devia ser pior do que a dor de fato. Assim eu esperava. Vislumbrei minha imagem no espelho, o corpo inclinado de forma desajeitada, na tentativa de ajudá-la.

Ela submergia e emergia do sono, murmurando sobre seus primeiros dias de fugitiva: uma casa com baratas e luz derretendo, vegetais salteados, alucinações vívidas que dedilhavam sua mente como se fossem cordas de violão, a música no escuro. Ela me contou sobre o homem que a espiara fazendo amor.

— Aquele porra! — esbravejou. — Ele destruiu vidas.

— Você era tão jovem... — argumentei. — Devia ser solitária.

— Eu era.

Que ridícula pareceu aquela frase, "o problema dela", como se ela precisasse das mesmas palavras idiotas que eu usava para descrever a mim mesma e a meus amigos hipsters, seus próprios marqueteiros, que iam para clínicas de reabilitação para tornar as histórias de suas vidas mais interessantes.

Tilly era uma bêbada. Mas também era uma mulher que eu via toda manhã. Gostava de programas de TV sobre o mar. Essas eram coisas triviais. Ela não estava indo bem. Tomava quatro ou cinco banhos por dia. Quais foram as palavras de Lucy? "Meu corpo todo coça." A água a deixava ainda mais enrugada. Como ameixa, as pessoas diziam, mas ela descrevia de outra forma: eram pequenos incêndios por toda sua pele e a água os apagava.

Pensei em minhas noites de bebedeira na casa de Lucy, aquela sensação de consolo, para entender por que Tilly precisava tanto. Eu escondia áreas de minha mente com pequenos pontos obscuros de esquecimento, pulava de um ponto a outro como um jogo de amarelinha, do preto ao preto, com medo de ficar presa em algum momento de memória. Eu praticava o mesmo esporte sem o chamar pelo nome.

Tilly me disse que ela e vovó Lucy ficaram bêbadas juntas, só uma vez, anos antes. Não era a intenção. Lucy havia implorado: "Vamos sair da casa, por favor, só por uma tarde". E usou um colar de pérolas para tomar brunch no hotel mais bonito da cidade, o cor-de-rosa, frequentado por astros de cinema. Pediram mimosas e rabanadas francesas e tentaram de verdade ter um dia de normalidade. Falaram sobre a nova mulher no grupo de bridge da Lucy — de algum lugar da França, sempre apostando alto demais, sempre confiando em seus trunfos. Falavam sobre uma caçarola de forno que levava bananas, mas não dava para sentir o gosto delas, eram usadas para dar uma textura secreta. Pediram mimosas como se fossem da realeza. "O lance de beber é que ainda éramos nós, só que um pouco mais", concluiu.

Tilly derrubou seu terceiro drinque e todo mundo olhou, atores e seus agentes, e todos observaram enquanto o suco de laranja escorreu pelas ranhuras do piso e Lucy falou numa voz abafada: "Limpe isso". E Tilly retrucou: "Como é que é?". Então Lucy respondeu: "Você me ouviu muito bem". E Tilly admitiu que provavelmente falou bem alto: "Fale com a boca se tem algo a me dizer", provavelmente aos berros. E virou o outro copo no colo da mãe. "Fale de uma vez, porra! Diga logo."

— Quando escuto a história do jeito que estou contando, parece que tudo foi minha culpa — admitiu Tilly.

Abe contou que Detroit era linda. Era um segredo guardado no coração do país. Depois da neve, a cidade toda parecia como se estivesse coberta de glacê. Abe acordava e observava chaminés espalhando fumaça no céu frio do alvorecer.

Ele perguntou sobre Tilly. Contei alguns fragmentos. Ela estava usando o carro dele para excursões para Inverness e Half Moon Bay. Teve um dia em que ela planejou um jardim e foi um bom dia, um dos melhores. Ele queria o panorama geral. Queria saber se ela estava bem. Respondi que eu não sabia. Abe não desistiu. Queria saber *que*, não *se* — queria saber *que* ela estava bem, *que* eu estava bem, queria fatos se concretizando em meio à nevoa distante da fumacenta Detroit.

Eu não estava mentindo, não exatamente. Às vezes Tilly parecia bem. Uma noite ligamos o som na sala e prendemos um globo espelhado de plástico que ela havia comprado para seu trailer. Ele girava sem parar, espalhando joias reluzentes pelas paredes. Dançamos tão intensamente ao som das músicas que não sabíamos dizer se eram furiosas ou felizes. Desabamos no sofá. Tilly ficava olhando para a porta como se esperasse que ela abrisse.

Horas depois acordei com o som do meu celular. Era ela.

— Estou ligando do chão da sala.

Eu a encontrei encolhida no piso de madeira. Tinha uma garrafa vazia numa mão e outra quebrada perto do quadril, vazando algo vermelho barato. Eu me ajoelhei ao lado dela.

— Está bem?

— Não — disse ela. — Na verdade, não.

Suas mãos abriam e fechavam como garras, buscando algo.

— Me desculpe.

Eu a levei ao pronto-socorro, apagada, encostada na janela do meu carro.

— Não pense que nunca vi — murmurou. — Deus sabe que sim.

O que ela queria dizer? Eu não sabia.

— O que foi? — gritei. — O que está dizendo?

Eu não fazia ideia do que ela dizia, mas queria mantê-la falando. Ela precisava permanecer acordada. Eu me lembrei: rena, banho de espuma. Tinha se passado quase um ano. Aumentei o rádio para preencher o carro com música. Era uma estação hispânica. Um homem cantava com a voz de um garoto: *"Mi profesora en el amor, y en tus clases de amor..."*.

No hospital, ela agarrou o pulso fino da enfermeira e pediu:

— Sem cateter. Sem cateter.

Tentou me dizer que queria lavagem estomacal. Apertava a barriga e fazia uma careta.

— Agora — gemia. — Meu Deus, já!

A enfermeira balançou a cabeça.

— Seja qual for a dor que está sentindo, isso não adiantará muito.

Ela conduziu Tilly a outra sala. Eu a visualizei atrás das portas de vai-vém: agarrando a mesa coberta de papel enquanto enfiavam tubos pelo nariz e aspiravam o veneno em filetes espumosos.

Imagine se ela não tivesse ligado? Imagine se eu a encontrasse uma hora depois? O que aconteceria? Imagine se o cérebro dela já tivesse apagado pela bebida? Imagine se voltarmos do hospital e ela não se lembrar da palavra para "maçã"? Ou "porta"?

"Imagine, imagine, imagine". Meu coração disparava como um cervo assustado.

* * *

Um jovem médico saiu da sala de atendimento e se aproximou. Estava com a cara fechada. Tinha dreadlocks e uma longa cicatriz na bochecha que fazia sua pele parecer lava endurecida. Informou que o nível de álcool no sangue dela estava em 0,41. Tão alto que poderia matá-la. Explicou sobre a lavagem com carvão ativado. Mencionou um soro de vitaminas.

— Ela está bem? — perguntei. — Com o procedimento e tudo mais?

— Ah, ela conhece os trâmites. Conhece melhor do que eu. — Ele fez uma pausa. — Ela precisa que cuidem dela. Entende isso? Se ela continuar assim, vai se matar.

Eu a encontrei dormindo. Procurei sua mão gelada de suor debaixo das cobertas, mas tive cuidado em segurá-la por baixo. Havia um tubo de soro espetado no dorso de sua mão. Parecia uma longa veia que havia sido arrancada de seu corpo, transparente e reluzente. Estava conectado a um saco pendurado no alto com um fluido amarelo.

— A enfermeira chama de saquinho de vitaminas — murmurou Tilly. Ela estava acordada.

— Como foi?

— O médico me disse que eram fujonas. Minhas veias. — Aparentemente as veias dela fugiam da agulha. — Mas finalmente pegaram uma — contou. — A que precisavam, creio.

Do lado de fora, o alvorecer começava a iluminar o céu. As persianas eram feitas de tecido fino e pareciam um pouco adoentadas também.

— Quer que eu as levante? — perguntei.

— Não. Deixe assim.

Liguei para Abe e caiu na caixa postal. Liguei insistentemente, provavelmente dez vezes, até ele atender. Eu sabia que ele nunca desligava o celular.

— Eu trabalho, sabia? — resmungou, mas seu tom era leve. — Ou esqueceu?

Contei a ele onde estivemos.

— Ela passou a noite. Nós duas.

— Você disse que ela estava melhorando — retrucou, com a voz magoada. Falou que pegaria o primeiro avião que conseguisse.

Ela garantiu para nós dois: não aconteceria de novo. Viu o estado em que ficou. Ela me mostrou onde escondia a bebida — algumas garrafinhas debaixo da cama, ao lado da privada, atrás de seus chinelos no armário —, e levamos tudo para fora em grandes sacos de lixo.

Argumentei com Tilly que havia programas que poderiam ajudar, mas ela me disse que não havia um programa para o que ela teve. Uma vez ela tentou ir a uma reunião, mas só a fez se sentir pior. Abe fora com ela, mas saiu antes, chateado. No final, alguém se aproximou, uma completa estranha.

— Seu filho não vai ficar com vergonha para sempre — asseverou. — Confie em mim.

Havia uma coisa que Tilly queria. Disse que precisava de uma babá de bebida.

— Quero confiar em mim, mas não consigo. — E perguntou se poderia dormir comigo. No meu quarto.

Nós inflamos um colchão de ar e colocamos debaixo da janela. Ela ficou na minha cama. Eu gostava de ver as estrelas e o brilho vermelho-sangue de um antigo painel da Coca-Cola. Havia ruídos que eu ouvia a noite toda: os sons de carrinhos de supermercado de bêbados rangendo pelo chão rachado, os gemidos lamentosos das rodinhas.

O colchão inflável tinha um furo. Eu acordava no chão duro, deitada numa camada de borracha. Uma noite liguei a bomba para inflar, mas zuniu tão alto e por tanto tempo que Tilly acordou assustada — bam! — do nada, seu corpo duro como uma tábua, e resmungou:

— Não fui eu!

Eu sabia que tinha interrompido seus sonhos. Seus olhos estavam bem abertos, mas ela ainda dormia, dava para ver, o branco dos olhos, pálidos como ossos.

O lar que Abe deixou era diferente daquele para o qual voltou. Nós ainda fazíamos amor, mas era mais hesitante agora — tínhamos cuidado um com o corpo do outro, cautelosos para fazer silêncio. "Por que ela não segue um plano?", argumentava. "Eu sempre sigo planos." Eu o deixava me abraçar por minutos, às vezes horas, então me afastava. Esperava ele dormir. E ia dormir com Tilly.

Sentia falta de acordar com Abe, nós dois entorpecidos com a memória muscular do sexo, a latência e o ímpeto de sonhos fugidios. Parecia indulgente nos misturarmos tanto, perder a noção das fronteiras de nossos corpos. Mas havia algo ainda melhor em tremelicar de frio sobre o piso de madeira, acordar com as costas doloridas e saber, *saber* que eu havia compartilhado a noite com uma mulher que, caso contrário, estaria sozinha. Tilly e eu preenchemos aquele quarto com nossa respiração, noite após noite, e não estragamos tudo com conversas. Ela acordava sóbria a cada manhã e abríamos a janela, nos debruçávamos no parapeito em nossas camisolas, talvez fumássemos um cigarro, talvez não, e pensávamos: "Não temos ideia de como será o dia". E acreditávamos nisso.

Uma noite Abe pediu para passar a noite em sua cama.

— Talvez devêssemos contar à Tilly. Sobre nós — sugeriu.

Talvez ela merecesse isso. Ela precisava melhorar, argumentei. Tínhamos que supervisioná-la atentamente, lhe dar tempo para se curar.

Ele estava cansado de segredos. Queria viver como namorados assumidos. Eu estava cansada de negociações. Eu o empurrei e abaixei minha calcinha. Pedi para ele tratar meu corpo como se não se importasse. Senti o cheiro de sabão de sua camisa. Ele abriu minhas pernas com força e enfiou o dedo dentro de mim. A pontada repentina fez todo meu corpo estremecer. Doeu como a primeira vez. Meu primeiro namorado teve problemas em posicionar minhas pernas. A dor, lancinante no final, foi como uma vitória. A conquista de um território. Uma parte dele ficaria ali para sempre.

A lembrança de minha própria voz me deixou envergonhada, cheia de orgulho e feridas, cheia de seu próprio som, compartilhando minha história com Tilly: "Ele era tão velho, tão idiota, tão cruel; ele era tão novinho, mas eu adorava as mentiras que ele me contava no escuro…". Pensei em nomes para o que poderia ter sido, o que os invocava, uma repugnância por mim mesma, pelo sexo ou pela carência, uma espécie de avidez profana. Eles entraram em mim, e eu deixei que algo os arrancasse novamente. Só uma vez houve outra palavra para o que me esvaziou, a cânula, com seu zumbido constante e entorpecedor.

Abe tirou minha calcinha e meus lábios estavam na concavidade de seu ombro — beijando-o uma vez, duas, saboreando o leve gosto salgado —, e eu pude ouvir o farfalhar da embalagem, então senti a borracha, o cheiro. Cravei meus dedos em seu pescoço, suas costas, pensando na fina casca de uma nectarina, como eu poderia romper a crosta dele com minhas unhas e encontrar a carne suculenta de sua polpa. Queria arrancar sangue. Queria sentir o gosto. Ele colocou os braços na minha cintura e lá estava eu, um graveto fino tremendo, meus dentes contra os dentes dele, nossas testas batendo.

— Tira — pedi. — Goza em mim. Sem nada.

Ele tirou e houve um frescor, o ar soprando em minhas entranhas, então ele enfiou de volta, mais forte, e gozou, aquele calor repentino, e gozei também, uma onda quente. Espalhou-se como tinta em papel, cada vez mais escura, mais ampla, então estremeceu em espasmos finais — um, dois, três — como contrações elétricas. Os músculos pulsaram como um segundo coração.

Estava totalmente inerte, respirando. Eu era um fio exposto carregado de eletricidade.

Duraram por toda a primavera, as noites em que eu me deitava ao lado dele e depois dormia ao lado dela, acordando para as longas horas de outro dia. Foram semanas. Tivemos semanas. Parecia impossível que perdurassem, e impossível que não, e no meio-tempo eu continuava acordando e preparando o café, perguntando a Tilly: "Como está se sentindo? Com o que sonhou?", avidamente atenta a cada palavra, receosa de ver aquele vidro duro do torpor bêbado nublando seus olhos e revelando o segredo de sua dor. Foram semanas, cada uma um pouco mais sólida do que a anterior, construídas sobre a possibilidade, sobre as carcaças empilhadas, das semanas que vieram antes.

* * *

Naquela terça, eu só a encontrei porque tinha acabado meu papel higiênico. A porta do banheiro dela estava fechada. Bati. Ouvi o som de água espirrando levemente, então silêncio.

— Pode me trazer uma toalha? — pediu.

Escutei em sua voz.

— Está tudo bem? — perguntei.

— Só deixe na frente da porta.

— O que está havendo? — Houve uma pausa. — Tilly?

Então sua voz novamente, lenta e cautelosa, tentando disfarçar a língua enrolada.

— Não se preocupe.

Abri a porta. Ela estava deitada na banheira, seu corpo branco como gesso sob a água. Seus braços jogados nas laterais, os punhos fechados, seu rosto estava sujo, vermelho ao redor dos lábios, como uma infecção. Havia um saco de papel no chão, e eu pude sentir o fedor de gordura de hambúrguer tostada e fria. Havia uma garrafa sobre as torneiras, equilibrada entre as duas. Ela fechou os braços sobre o peito, debaixo d'água, para cobrir seu corpo. Seu cabelo longo flutuou como uma teia ao redor do pescoço.

— Pode só ir embora? Por favor?

— Precisa me deixar ajudar. — Eu me aproximei. — Não pode…

Ela tentou ficar de pé, mas escorregou. Seu joelho estalou contra a porcelana. Seus seios caídos mostraram o impacto, trêmulos. Suas coxas cederam.

— Meu Deus, Tilly… — Ofereci minha mão.

— Me deixa em paz, porra! — Ela quase gritou.

— Tá bom — assenti. Recuei. — Estou saindo.

Liguei para Abe, que estava no trabalho, e sugeri que saíssemos da cidade por algumas noites. Eu estava farta dela, farta de querer ajudar, farta de nunca ser o suficiente. "Me deixa em paz, porra". Então eu deixaria. Eu nunca ouvia o que as pessoas me diziam. Nem escutei o Tom, especialmente Tom, perguntando em que diabos eu estava pensando. Queria bancar a boa samaritana?

As palavras do médico eram a pura verdade. Ela morreria se continuasse assim.

Não contei a Abe nada sobre ela. Eu sabia que ele estaria disposto a fazer qualquer coisa que eu quisesse. E estava. Deixou o escritório como um adolescente matando aula. Não contei sobre como havia a encontrado. Só pedi que me levasse de carro para Las Vegas. Uma vez ele me disse que eu precisava ver a cidade para acreditar. Eu estava pronta. Passamos pela ponte São Francisco–Oakland por volta do meio-dia e seguimos pela rodovia além dos morros alvos e moinhos, pastos com cheiro de bosta de vaca. As placas com os quilômetros passavam e nos davam uma noção de nossa velocidade. Pensei nas baleias de Tilly. Seus programas de televisão anestesiavam sua vida, claro, mas a obrigavam a encarar a maravilha do mundo: enormes sombras se movendo pelas profundezas na velocidade de seus cantos.

Ficamos no segundo andar do maior arranha-céu da cidade. Abe explicou seu problema com altura, o que não me surpreendeu.

— Tudo bem ter medo.

Eu sabia que ele acreditava nisso. Observamos a cidade abaixo de nossas janelas. Estava quente demais, incomum para a estação, como se algo tivesse dado errado com o mundo ou o céu. Pensei: "Ele está pensando nela". Eu pensava nela. Eu me ajoelhei em nossa varanda e beijei os tornozelos dele, atrás dos joelhos, a saliência da barriga. Queria sorver o gosto dele. "É um bom homem", pensei. "Um bom homem."

Tilly estava bem, em casa. Tinha de estar.

Jantamos num restaurante sofisticado. Pedi *foie gras,* provei pequenas colheradas de redução de figo. Abe queria saber por que tínhamos ido até lá. Será que ele poderia apenas confiar em mim? — perguntei. Eu não poderia contar o estado em que ela estava, seu corpo pelado suando num hotelzinho de quinta ou saindo de uma banheira já fria — bêbada além da conta, além de saber quem era ela ou mesmo eu, as garrafas de gim demarcando o mapa de sua sede, a água tépida abraçando as ruínas de seu corpo. Eu queria que ele confiasse em mim.

Dividimos uma torta de chocolate e laranja-kinkan e não dissemos uma única palavra. Esse silêncio pareceu diferente dos silêncios de antes. Estava simplesmente entre nós, inevitável, desprovido de um senso de contingência ou libertação.

Dormimos numa cama estranha e macia. Senti falta do chão duro. Senti falta do burburinho dos caras solitários nas ruas, sussurrando pelas janelas. Aqui tudo bipava, tocava, ecoava com os gritos de glória e redenção de estranhos.

Naquela noite sonhei que chutava o corpo de minha mãe com o bico de minha bota. Estávamos no deserto. Linhas escuras do crepúsculo riscavam o horizonte como filetes de sangue brotando, vivo e repentino, até preencher a ferida fresca. Passei a mão no cabelo de minha mãe, senti o couro cabeludo sob uma massa sanguinolenta. Apalpei seus ferimentos e eles cederam sob meus dedos como se eu moldasse argila.

— Estou deixando melhor — disse ela. — Aqui eu posso!

Mulheres feridas. Sangue. Meus sonhos me resumiam a simples frases cheias de significado. Orações curtas, pontuação. Um ponto de exclamação!

Abe me acordou no meio da noite e sussurrou.

— Tilly já mencionou ter sido machucada? Acho que teve uma vez que ela apanhou.

— Vai dormir — resmunguei. — Ninguém está batendo em ninguém.

— Não estou falando de agora — justificou. — Estou falando daquela época.

Suas palavras rondavam minha mente como insetos presos numa armadilha: "Tilly já... Naquela época? Acho que houve uma vez". Eu não consegui voltar a dormir. Estiquei meu braço e toquei o ombro dele.

—Abe... — sussurrei. — Está saindo do controle de novo. Ela.

Ele se sentou abruptamente.

— O que houve? O que você viu?

Enterrei a cabeça no travesseiro.

— Não sei.

Eu o senti atrás de mim, seus joelhos encaixados atrás dos meus, seus braços na minha barriga, sua voz quente no meu ouvido.

— Precisa me dizer o que viu.

Continuei em silêncio. "Estou falando daquela época. Talvez tenha havido uma vez." Talvez tenham sido centenas de vezes, de feridas. Eu me preparei para dormir. Conhecia essas feridas. Sabia que não deixariam nossos sonhos em paz.

Acordei e o encontrei já vestido. Seu terno parecia perfeitamente alinhado.

— Temos que ir — comunicou-me. Ele não acreditava em como pudemos viajar. — Ela precisava de nós — martirizou-se.

Eu ainda estava acordando.

— Ela precisa de mais do que apenas nós — sugeri. — Precisa de ajuda de verdade.

— Bem... — ponderou. — Ela não precisa que a gente saia da cidade para trepar.

Ele sempre fora um homem que *fazia amor*. E agora lá estávamos nós: trepando.

— Qual a situação? — perguntou. — O que foi que viu? Apenas me diga.

Eu não estava mais preocupada em protegê-lo, apenas a mim mesma. O que ele diria, poderia dizer, se soubesse do que eu havia fugido?

A viagem pareceu mais longa do que a soma de suas horas. O vento com cheiro de asfalto soprava por nossas janelas abertas e agitava meus cabelos formando rodamoinhos ao redor de minhas orelhas. Voltávamos como criminosos para o lugar que chamávamos de lar.

— Achei que você entendesse — disse. — Melhor do que eu.

— Entendesse o quê?

— O quanto a situação dela está ruim, a que ponto chegou.

— Eu estava... Não sei, Abe. Estava tentando.

— Você se sentia mal, não é mesmo? Por tudo que sua mãe fez, sua família toda. Você queria ser algum tipo de heroína. Mas não foi, na verdade; ou então teria ficado.

Lá estava um Abe mais duro do que eu jamais havia visto, esfregando a minha vida em minha cara — recolhendo uma mulher aos pedaços no meio do deserto, como se fosse um boneco de papel. Encontrei essa nova cidade onde eu poderia contar histórias sobre minha mãe e sobre como eu era diferente dela: Stella, a benevolente, a paciente, a redentora. Acreditei nelas até amassá-las em bolas de papel e escrever uma nova: Stella, a amante, a mulher que faz amor, a ouvinte zelosa que dorme de conchinha. Mas eram apenas isso, histórias, tornadas ridículas pela visão do corpo destruído de Tilly.

Talvez não devêssemos continuar, sugeri. Talvez fosse melhor terminar. Ele disse que talvez eu tivesse razão.

Senti como se as costuras de meu corpo se rompessem, reluzentes. No amor, eu sempre aprendia a mesma coisa: podia doer muito sem ninguém ter feito nada de errado. Eu queria vislumbrar a dor dele, segurá-la em minhas mãos como uma pedra polida pelo uso. Mas ele não se deixou sangrar. Ele desviou seus olhos aquosos e me deixou com a terrível privacidade de seu silêncio.

Quando chegamos em casa, a porta de Tilly estava fechada. Abe bateu forte o suficiente para acordá-la e chamou, mais de uma vez:

— Tilly! — E então: — Mãe! — Uma palavra que eu nunca o ouvi usar. Ele puxou a maçaneta. A porta estava destrancada.

Tilly estava sentada na cama, pintando as unhas. Virou a cabeça para tossir, e eu vi a parte de trás de seu cabelo, emaranhado como um chumaço largado no ralo de um chuveiro. Mas seus olhos estavam límpidos. Ela parecia sóbria. O quarto estava impecável. Sua mesa estava limpa: sem gatinhos de casaco ou com montinhos de neve, nenhuma boneca feita de palitos de sorvete. Havia uma mala no chão.

Abe caminhou até a cama dela e se abaixou para beijá-la na bochecha. Ela colocou a mão na curva suave da mandíbula dele. Ele havia se barbeado num posto de gasolina. Eu sabia o que ela estava sentindo: os poros recém-abertos, um frescor como se a pele dele estivesse respirando. Depois, a palma da mão dela teria um leve aroma de floresta.

Abe se sentou na beirada da cama e pigarreou. Pediu desculpas por não termos contado a ela — sobre nós, sobre tudo.

Não estava brava por nos amarmos, explicou ela, ou por qualquer coisa que fizemos, só pelo segredo. Queria que não tivéssemos escondido dela. Ela se virou para mim. Só queria saber sobre o filho. O que ele havia sido para mim?

Havia algumas verdades que eu podia pensar em dizer. Ele havia sido bondoso e sincero com um corpo que eu havia ferido tantas vezes por motivos que eu não sabia explicar direito — motivos que, depois de um tempo, não eram nada mais do que os resquícios dos motivos que havia antes. Olhei para ele.

Ele mordia os lábios, se lembrando, e agarrou a cama com uma grande mão vermelha.

— Ele cuidou de mim — falei.

Tilly se inclinou, envolveu a cabeça dele nas mãos e a beijou. Ela sussurrou algo em seus cabelos. Pode ter sido "Você aprendeu". Ou talvez "Você entendeu".

Ela disse que estava indo embora.

— Não pode ir — argumentei.

— Posso.

— Aonde vai? — perguntei.

Ela não sabia. Encontraria um lugar.

— Não sei o que fazer — me desesperei. — Me diga o que fazer.

Ela balançou a cabeça.

— Nada mesmo.

Fui para a cama sozinha e acordei com os sons da Harrison Street: o sussurro constante da rodovia, o miado rouco da gata da vizinha, lamentos presos em sua garganta, e dois bêbados discutindo do lado de fora.

Eu não conseguia dormir. Levantei e me vesti. Andei até meu carro. Era madrugada. Era estranho caminhar sem o manto da enorme sombra dele projetada pela luz da rua. Eu não teria previsto, mas lá estava eu: partindo para o sul. Queria ver minha mãe.

Anos atrás, ela e eu fomos a uma exposição de flores de vidro. Eram elegantes e proporcionais, lírios-tigre e narcisos. Seus botões refletiam o sol como os óculos de um professor. Eu me maravilhava com sua geometria natural. Lia os nomes científicos em voz alta. Minha mãe não entendia por que causavam tanto alvoroço. A sala estava fria. Na época, para mim, a maioria das salas era fria.

Foi no meio de minha doença. Sabíamos qual era o problema. Eu não estava comendo, mas minha mãe queria saber "o problema por trás do problema" — uma de suas frases favoritas. Significava: "vá direto ao ponto". O problema por trás do problema era que eu queria ficar doente.

Quando me viu pela primeira vez depois da doença, minha mãe mordeu o lábio, surpresa. Essa era uma das coisas que me dava poder: me ver refletida nos olhos dos outros — meu corpo era uma imagem chocante, uma forma impensável.

— Ai, meu Deus... — murmurou. — Como nós chegamos a esse ponto?

"Nós", disse ela. Mas a verdade era que eu havia ido a algum lugar sozinha. Meu corpo era a forma de anunciar minha presença às pessoas.

Então: *Acanthus spinosus*. Acanto-espinhoso. *Penstemon barbatus*. Língua-de-barba. Almoçamos antes de ir, uma árdua caminhada cruzando o rio Charles sob o sol mortiço. Ela acreditava no poder da atividade, em se ocupar para não se perder nas horas. Eu podia sentir a comida assentando em meu estômago, multiplicando, uma placa de Petri coberta de mofo, um emaranhado cinzento se espalhando como cinzas gelatinosas sopradas pelo vento.

Gypsophila paniculata. Mosquitinho. Eu desejava os sons puros de seus nomes sem concessões ao corpo que os ouvia — um corpo que era muito mais pesado do que aquelas delicadas pétalas e as frágeis sílabas de seus nomes. *Língua-de-barba*. Meu estômago estava viscoso, com tudo o que eu havia ingerido.

Minha mãe me encarou sem me tocar.

— Você parece feita de vidro — espantou-se. — A luz atravessa suas bochechas.

Sua voz continha a declaração de que ela nunca faria o que eu estava fazendo. Isso era parte do porquê de eu ter feito. Ela esquecera o próprio corpo de tal forma que quase o desintegrara. Parecia capaz de se transformar em energia pura naquela sala fria, como se composta inteiramente de sua luz nua e furiosa.

— Não tiro os olhos de você — comentou. — Não consigo parar.

Pela primeira vez, eu era um mistério para ela. Eu havia invocado a força total de seu olhar.

Agora eram quatro da manhã, e eu estava chegando à casa dela. A luz do escritório estava acesa, o que significava que ela estava trabalhando ou então havia adormecido trabalhando. Conforme ficou mais velha, começou a precisar de mais descanso. Ela odiava isso. "Então também tenho que perder as horas além dos anos?"

Ela atendeu à porta rapidamente, uma silhueta fantasmagórica, varetinhas cobertas por uma camisola branca. Seu cabelo estava desarrumado e desolador. Pintar o cabelo era uma de suas poucas vaidades, mas agora parecia a face estriada de um penhasco, rochedos vermelhos sob uma faixa cinza. Ela levou as mãos à cabeça.

— Minhas raízes, eu sei.

Nós nos abraçamos, cautelosas. Eu reconheci o cheiro de seu xampu. Quando mais nova, eu entrava de fininho em seu banheiro depois de suas duchas para sentir a umidade do ar, repleta de cheiros que eu associava à sua pele.

Contei a ela que tudo tinha dado errado. Com Tilly. Tentei melhorar, mas só fodi mais as coisas. Agora estava pior do que nunca.

— Ela faz isso — justificou minha mãe. — Ela faz a gente se culpar.

Balancei a cabeça. Não foi isso. Eu agi errado. Menti para ela. Agora eu queria descansar.

— Aqui — acrescentei. — Quero dormir aqui.

Ela me ofereceu a cama de hóspedes.

— Ou pode dormir comigo — sugeriu.

— Sim. — Era isso que eu queria.

Nem me dei ao trabalho de tirar o jeans ou o suéter. Eu me aninhei na cama dela — ainda a velha cama *king-size*, gigantesca para uma mulher sozinha — e me agarrei a um travesseiro como a um namorado. Fiquei acordada para ouvir o ritmo constante de sua respiração. Adormeci com a mão no ombro dela, sentindo o subir e descer de seu peito, sabendo que continuaria até de manhã.

TILLY

ACEITEI ESSE QUARTO porque o aluguel era barato, mas agora acho que se pode dizer que me tornei do grupo. Esse lugar tem a reputação de ajudar mulheres a se reerguerem. Há muito espaço e geralmente alguém para cuidar de seu filho se você precisar trabalhar. É uma casa revestida com tábuas de madeira vagabunda pintadas de azul que costumavam ser cor-de-rosa. Dá para ver a cor antiga onde a pintura nova descascou. Fica às margens da interestadual, na primeira saída ao sul da penitenciária.

Eu me esqueci do quão frio o deserto fica depois que o sol se põe. Você diz a si mesma que se lembra de tudo sobre o lugar, mas realmente esquece a maioria das coisas. A terra se estende por quilômetros e quilômetros, e não há nada para amortecer o frio ou mandá-lo de volta para onde veio.

Às vezes me sento na varanda da frente por horas, observando o entra e sai das garotas. A maioria delas trabalha em lanchonetes de fast-food ao longo da rodovia. Elas chegam e partem a toda hora. A maioria delas tem filhos. Algumas estão tentando abandonar vícios. Algumas vivem de trambiques.

Winnie é a que mais precisa de mim. Está grávida de seis meses e hoje chegou em um péssimo estado. Contou que bateu no carro de um cara, e ela nem precisa me dizer que não tem seguro. Aposto que, em seus melhores dias, ela mal tem algum dinheiro no banco, e agora tem um bebê a caminho. Ela mesma chorava como um bebê.

— Dei ré direto nele. Daí, saí à toda.

Ela tinha medo de que ele tivesse anotado sua placa. Talvez conseguisse localizá-la. Ela falava tão rápido que eu mal entendia o que ela dizia.

Becca entrou no cômodo, vindo da sala de tv.

— Jesus! — resmungou. — Pare com esse chororô!

Olhei feio para ela. Não precisava que ela interferisse. Fiz Winnie se sentar e beber um copo d'água.

— Estou com uma puta fome — disse ela. — Isso é estranho?

Achei uns restos de chocolate da Páscoa, velho e com pedaços esbranquiçados. Na maioria das vezes, guardamos nossa comida só para nós, mas alguns alimentos ficam lá por tanto tempo que são praticamente para distribuir.

Mastigar não a impediu de chorar, mas mudou um pouco o som.

— A batida foi forte? — perguntei.

— Pareceu forte.

— Mas você está bem? — Apontei para a barriga dela.

— Acho que sim — respondeu. — Nada dói. Algo doeria, certo?

— Você saberia se algo estivesse errado.

Ela olhou para mim, grata. É engraçado do que as pessoas precisam. O que é o suficiente. Estava chorando descontroladamente, mas tudo o que queria era que alguém lhe dissesse "Você vai ficar bem", sem qualquer evidência disso, e ela começaria a se sentir melhor.

Winnie tinha uma história cheia de problemas com P maiúsculo, histórias que dariam filmes. Na noite em que a conheci, ela levantou a saia para mostrar as cicatrizes, grossas e inchadas, como dedos sob a pele, cruzando de um lado para o outro como se seguissem numa direção até ficarem tão confusas e mudassem de rumo. Seu marido costumava bater com um cinto nas costas dela.

— Ele não era um bom homem — contou Winnie. — Mas eu o amava.

Ela sempre começava as frases assim: "Não era um bom homem, mas". E acrescentava finais diferentes: "Mas ganhava dinheiro. Mas sua mãe o criou bem. Mas era um ótimo pai". Acontece que Winnie tinha uma garotinha que ficou com ele quando ela partiu.

— Ela sabia que eu não voltaria, mas quis ficar mesmo assim.

Disse que as cicatrizes coçavam para caramba. Coçavam mais quando ela ficava ansiosa. Ela não conseguia impedir suas mãos de coçá-las. Eu sabia de algo que poderia ajudar, uma vitamina feita com molho amarelo. Eu teria lhe dado gengibre se tivéssemos, mas não tínhamos. Pelo menos isso ajudaria as marcas a desaparecerem. A pasta escorria como óleo de cozinha, e eu esfreguei em suas cicatrizes. Os contornos inchados me guiavam como estradas. Expliquei a ela que a parte gordurosa ajudaria as cicatrizes a se dissolverem totalmente.

— Totalmente? — disse. Parecia assustada em perdê-las. Torceu a cara quando apertei.

— São só os nervos — falei. — Estão voltando à vida.

— Como fica frio pra caralho aqui? — perguntou. — Achei que aqui era um deserto.

Coloquei mais lenha na fogueira. Era de um brinquedo de playground quebrado que alguém fez em pedaços. Na maioria das noites, tínhamos muito lixo para queimar.

Senti os nós dos músculos de seus ombros e massageei para soltá-los. Ela disse que conseguia sentir o bebezinho chutar sempre que dissolvia um dos nós.

— Ele consegue sentir o quanto me sinto bem.

Ela não sabia se era menino, mas tinha uma forte suspeita. Esperava que morar em sua barriga o tivesse ensinado a ser melhor do que o pai. Isso me deixou enjoada. Que lições ele havia aprendido lá?

— Ele batia em você grávida? — tive que perguntar.

Ele. Gregory. Ela me contou o nome dele, mas eu não gostava de usá-lo.

— Não depois que soube.

— Mas sim?

— É, talvez. Uma ou duas vezes.

— Deus...

— Você não imaginava? — espantou-se ela.

— Eu não sabia que era tão ruim.

— Acha que eu deixaria uma menininha para trás sem um bom motivo?

— Sei que você tinha um bom motivo. Mas nunca pensei...

— É difícil explicar — amenizou. — Mas ele não era sempre mau.

Ela disse que ele era hábil com as mãos, um homem que fazia entalhes de madeira tão delicados que você tinha de forçar a vista para ver as partezinhas menores. Era um homem grande com um pau grande. Ela não tinha medo desse tipo de conversa, nem eu. Dava para ver que isso a fazia se sentir à vontade perto de mim. Ele havia crescido nos confins do Tennessee e entrado no primeiro ônibus que conseguiu encontrar, trabalhou por alguns anos pescando lagostas no Maine. Ele gostava da água. Antes disso, nunca havia estado no litoral.

E era bom em contar histórias. Às vezes bom demais. Winnie deu à sua garotinha um coelhinho de pelúcia num Natal e ela o amou até despedaçá-lo. *Despedaçar* literalmente, explicou Winnie. Ela teve de costurar as orelhas de volta com linha em um tom vermelho-sangue, que fazia o bicho parecer uma criatura de um filme de terror. Foi quando seu marido começou a inventar aventuras: *Coelho Horripilante faz o café, Coelho Horripilante vai para a China, Coelho Horripilante mata o Coelhinho da Páscoa e assume o ofício.*

— Não gostei dessa última — confessou ela. — Era de mau gosto.

— Você também criava histórias?

Ela balançou a cabeça.

— Não sou boa nisso. Um dia, ela mostrou o brinquedo para os amigos: "Olhe esse coelhinho do papai". Ele contava muitas histórias que o coelho era dele. Mas fui eu que dei. Eu que escolhi. Eu que costurei quando estava despedaçado.

Tentei visualizar uma garotinha, de sete ou oito anos, que amava tanto as coisas que as despedaçava. Imaginei mãos grudentas de geleias, hálito de salgadinho de queijo.

— Você nunca me disse o nome de sua filha — falei.

Winnie fez uma pausa.

— Rita. — Sua voz estava embargada como se tivesse algo entalado em sua garganta. Dava para ver por que ela nunca dissera antes.

A lenha gemia na lareira conforme a umidade evaporava, chiando como se o calor a ferisse; as brasas ficaram tão incandescentes e quebradiças que pareciam cacos de vidro quando eu as cutucava. Winnie foi buscar sua jaqueta. Isso significava que tinha de trabalhar. Ela sabia o que eu achava de seu trabalho, fazendo strip num clube no sul da cidade.

— Os caras não se importam com a barriga — explicou. — Alguns até gostam.

— Não é por eles — respondi. — É por você e seu bebê.

Ela fechou a cara. Estava brava e tinha todo direito. O que eu sabia sobre a vida dela? Era dela. Era deles, dela e do bebê.

Pelo menos ela tinha um motivo para encarar o mundo e ganhar dinheiro, mesmo que viesse de lugares errados.

— Somos iguais, você e eu — me disse. — Nós duas amávamos muito, mas nunca do jeito certo.

Talvez fosse verdade, mas terminamos em situações diferentes. Ela tinha outra vida para cuidar além da própria e eu não tinha mais ninguém para cuidar além dela, mais uma estranha na lista de estranhos de que cuidei. Ela tinha o bebê vivendo dentro dela, e quando lhe fazia mal ao menos ele podia chutar e perguntar: "Que foi isso?". Podia reclamar: "Ainda estou aqui".

Quando Winnie tivesse seu bebê, quem sabe o quanto de ajuda ela precisaria? Tenho muito amor a dar para seu garotinho. Não há outra pessoa que pudesse ter tanto.

Uma noite eu a vi dançar. Ela se esqueceu de levar seu jantar para o clube e perguntou se eu podia levá-lo.

— Nem morta que vou gastar o dinheiro do aluguel nesses hambúrgueres horrendos — reclamou.

Preparei um sanduíche e um pouco da vitamina de banana que ela adorava. Acha que deixará seu bebê forte e evitará que ele pegue um resfriado. Não acho que bebês possam pegar resfriado dentro do seu corpo, mas nunca falei isso para ela. O que eu sei, afinal? Lucy disse que eu tinha soluços mesmo antes de nascer. Talvez algumas coisas comecem cedo.

Passei de carro pelo Wal-Mart, onde sempre há gambás esmagados. Eles cruzam a rodovia em direção às caçambas de lixo. Ficam tão ensanguentados que cintilam. É como uma mensagem em código do Universo gravada no asfalto com seus corpinhos estripados. É fácil de desvendar: "Foda-se, foda-se, foda-se".

O clube noturno em que ela trabalhava não tinha janelas. O toldo dizia "Garotas ao vivo – Garotas ao vivo – Garotas ao vivo". Quem eram elas? Vinham de cidadezinhas de uma rua só, no coração do país. Cresceram assistindo ao pôr do sol e pensando: "Talvez, um dia". Elas queriam partir para o extremo Oeste. Só o oceano capaz de detê-las. Agora estavam aqui.

O clube estava quase vazio. Música saía dos alto-falantes enfiados atrás de assentos com listras de zebras. O palco tinha um único holofote projetado como uma pupila brilhante na madeira.

Winnie enganchava sua perna na trave. Inclinava-se para trás como se estivesse desmaiando, deslizava em direção ao metal até agarrá-lo com a virilha. Usava uma túnica de renda sobre a barriga. Abria as pernas num V e cobria os seios com as palmas das mãos. Estavam imensos e deviam estar doloridos. Seu corpo se preparava para alimentar outro corpo. Tinha algo acontecendo que era quase belo, mas eu não conseguia nomear: o movimento pesado de sua sombra, a batida de cada pé atingindo o palco com todo o peso dela e outro peso que não era dela. Eu não conseguia desviar o olhar. Eu tentei.

Depois do show, entreguei a ela o suco e o sanduíche, como se ela fosse uma garotinha na escola.

— Não devia estar fazendo isso — argumentei. — Não é certo.

Ela puxou seu roupão para cobrir a barriga.

— Sei que tem boas intenções — falou com a voz suave. — Mas é a mim que o bebê vai amar.

Falei que sentia muito. Eu entendia. Nós duas sabíamos que o que ela disse era verdade.

Hoje em dia, tento só beber depois que escurece. O que significa que, quando o sol se puser mais tarde, no verão, provavelmente criarei uma nova regra ou então me livrarei das regras de vez. As garrafas vazias ficam sob meus casacos, no armário, com homens em casacas vermelhas estampados em seus rótulos. Na luz fraca, parece uma fila em marcha.

Ainda não estava totalmente escuro quando Winnie saiu para o trabalho dirigindo seu Datsun — agora amassado —, mas servi um dedinho mesmo assim e bebi na varanda. Sentei num desses carrinhos de plásticos que as crianças impulsionam com os pés. As rodas desse estão quebradas, então elas o levantam como uma saia e caminham por toda parte. Há uma piscina infantil inflável com tartarugas desenhadas. Tem um buraco que alguém tentou remendar com um pedaço de toalha de plástico. O gim tem um gosto bom e faz o ar parecer com uma jaqueta de couro fria.

Gosto de me aquecer com as lembranças, mas algumas noites fico presa nas lembranças erradas: Stella me vendo vomitar ou os dedinhos de Abe agarrados firmes em seu dragão. Nunca se sabe quais vão ser as mais difíceis, as boas ou as ruins. As ruins ferem por um momento, mas as boas ficam gravadas em minhas pálpebras e não vão mais embora.

Abe me mandou uma caixa de coisas que deixei no apartamento da Harrison Street: minha antiga escova de dentes elétrica, um presente dele, e uma saboneteira em formato de patinho que fiz com a Stella. Há também um par de sapatos que ela me deu. Agora uso a caixa para guardar as garrafas vazias. Mantenho-a coberta com sacos de lixo, para não passarem cheiro para meus terninhos. Não sei por que comprei esses terninhos, mas sei que não quero que cheirem como meu hálito bêbado.

Penso em todas aquelas manhãs gastas me vestindo para o trabalho, e olhe para mim agora, derramando destilados transparentes pelo tapete sujo, e imagino April *rindo*, como riu naquela noite — e em todo o tempo em que fui a única, *a única*, que não me via fazendo papel de palhaça.

Abe enviou o desenho que a Toledo me deu, o velho com cara de carvão. Ele teve o cuidado de aninhá-lo dentro de um livro, um de seus romances sobre alienígenas, para que não rasgasse. Pelo que sei, Toledo agora está morta. Talvez finalmente tenha viajado para o local em que seu pai morreu ou para o imponderável paraíso onde ele está agora. Eu simplesmente não sei. Você faz algo de bom para alguém — compra um almoço, o arruma um pouco, tenta fazer com que ele sinta que nem todo mundo o odeia — e isso faz alguma diferença ou não, mas, seja como for, tudo desaparece. É como se nunca tivesse acontecido. Abe enviou um bilhete junto com todas as minhas coisas: "Você ainda pode voltar".

Ele provavelmente sabe, mas eu nunca poderia voltar. Tudo o que eu faço é entornar uma garrafa toda noite. Ele sabe que não o culpo por nada. Uma vez ele me enviou uma mensagem dizendo: "Vi golfinhos na baía!". E achei que meu corpo todo fosse se agarrar àquele telefone, de tão forte que o apertei. Não o larguei por horas.

Meu segundo copo geralmente é o que me deixa triste, então chego ao terceiro e me sinto reconfortada. Tenho certa paz e silêncio. Depois disso, a sensação só fica mais intensa. Sentada na varanda, foco meus pés contra a madeira dura. Se eu piscar rápido o suficiente, o terreno vazio do outro lado da rua parece uma praia, desaparecendo no nada. Fico zonza de pensar em todas as pessoas que fui, o grunhido áspero em minha garganta ao longo de todos esses anos de falatório, silenciado mais uma vez pelo calor do gim descendo pela passagem estreita. Começo a piscar. O mundo todo parece frenético, como se estivesse se debatendo, mas o gim cria padrões liquefeitos no escuro de minhas pálpebras e faz brotar água onde não há sequer vestígios dela por quilômetros.

Quando eu era jovem, surgiram cambadas de caranguejos que só ficavam por alguns dias, como resfriados, depois que a maré despejava suas carapaças frenéticas na areia. Eles criavam pontos escuros em toda a praia. Eram suas tocas de fuga. Um estranho se aproximou e explicou:

— Eles não mordem. Só beliscam, e só se você segurar do jeito errado.

O homem me mostrou como apertar as pinças deles da maneira certa. Balancei a cabeça. Não queria.

— Qual é a sensação? — perguntei a ele.

— É como uma concha, só que se remexe — falou. — Não vai te machucar. — Ele sorriu e seus lábios eram salpicados de sal; os dentes, da cor de biscoitos queimados.

— Não quero saber qual é a sensação para nós — retruquei. — Quero saber qual a sensação para o caranguejo.

O homem não era velho nem jovem. Vinha todo o verão. Eu sabia que ele tinha uma filha, mas ela não era da minha idade. O cabelo ruivo dele era tão fino que não dava para ver os pelos do braço, apenas reflexos da luz.

— Ah, não sabemos disso.

Dessa vez, chacoalhei a cabeça ainda mais incisiva, de um lado para o outro, a água do mar balançando em meus ouvidos.

— Não.

Seu cabelo era ralo no topo da cabeça, e o couro cabeludo parecia uma grande concha. Ele levou a mão perto do meu ombro e soltou o caranguejo. A criatura desceu pelo meu braço e pelo resto do meu corpo, como dedos esqueléticos cutucando minha pele.

— Não é tão ruim, é? — perguntou.

Dora prometeu que viria procurar percebes, mas não veio. Antes a praia estava cheia de gente; naquele momento, não mais.

— Acho que não foi tão ruim assim — disse o homem. — Acho que você só está fingindo. — Ele parou atrás de mim, deslizou a mão pela minha coxa e enfiou os dedos sob o elástico do meu maiô. Era uma peça só, com listras verdes. — Shhh!

Eu não fiquei surpresa. Por que não fiquei surpresa? Não conseguia ver seu rosto, mas podia ouvir sua respiração. Tinha bafo de cerveja e sanduíche de carne azedo. Senti sua voz novamente:

— Shhh! — Chiando como ondas.

Mais tarde, Dora me esperava:

— Achou algum bom? Posso ver? — Ficou lá com as mãos na cintura, esperando. — Não achou nada? — Houve muitos momentos em que ela parecia uma estranha, mas acho que esse foi o primeiro.

Às vezes, Stella me telefona. Expliquei a ela que não queria conversar, e ela disse que não precisávamos. Agora nos sentamos em silêncio por vários minutos, mantendo nossas bocas perto dos telefones. Consigo ouvi-la respirando e sei que ela pode me ouvir também.

— Eu te vi conversando na varanda — disse Winnie. — Com quem era?

— Não estávamos falando. Só estávamos em silêncio.

Falei que era minha filha. Era algo que eu queria dizer havia um tempo. Não porque parecia exatamente isso, mas porque eu queria experimentar a sensação e o peso disso. Como seria se fosse verdade? Aqui neste lugar pode passar a ser.

Winnie voltou e eu ainda estou na varanda. A garrafa não a faz torcer o nariz nem olhar duas vezes. Está quase vazia. Ela sabe da minha vida, o que se tornou.

— Conheço a sensação — admitiu. — Eu beberia se pudesse.

A verdade é que eu já a vi beber várias vezes, mas, a cada dois dias, ela jura que não. Pelo menos ela tem um motivo. Eu quis muito ser impedida, por tantos anos, mas olho para a grande barriga redonda dela e sei que não há porra nenhuma para me impedir agora.

— Precisa de alguma coisa? — pergunta. — Quer ajuda para chegar até a cama?

Fico quieta. Nem levanto a cabeça.

— Você está bem?

Eu pressiono as têmporas com os dedos sujos. Começo a piscar. Meus olhos ficam borrados assim como o mundo todo.

— Quer que eu ligue para sua filha?

Talvez o garotinho dela seja, na verdade, uma menina. Ela vai amá-la do mesmo modo. Sentirá sua respiração ao lado do rosto, quente e cheirando a leite. O bebê quebrará o silêncio com seu choro.

Sua vida toda vai mudar. É uma promessa da qual ela não pode fugir. Até a outra promessa — sua garotinha com o coelho despedaçado — é algo de que ela não pode fugir também. Ela sabe disso.

— Devo ligar? Acho que é melhor.

Não estou mais piscando. Viro minha cabeça de um lado para o outro como se acompanhasse o dedo hipnótico de um mágico. Isso significa não.

— O que você quer? Diga *alguma* coisa.

Eu me viro para ela. Quero que ela veja o meu olhar. Sei que é visível o quanto quero dar o meu amor a ela e ao bebê. Quero me ajoelhar nos pregos enferrujados da varanda e colocar minha bochecha contra sua barriga e senti-lo chutar.

Não consigo pensar em outra coisa que eu queira.

— Quero um drinque.

E lá estava eu novamente: o gorgulho constante e agridoce. Quero ficar sozinha e isso é algo que posso dizer a ela sem hesitação ou vergonha, e digo, ela sai, e agora sou só eu, enchendo minha garganta e piscando para enxergar a praia mais uma vez. Posso vê-la correndo pela areia, a destemida Dora, cabelos longos esparramados como uma vela ao vento. Estou esperando mais atrás, segurando a mão da Lucy, agarrando. Lucy aponta:

— Olhe essa menina. Nada no mundo a detém. — Lucy aperta meus dedos. — Você é minha garotinha também.

Vejo as manchas escuras das tocas de caranguejo e então os vejo mergulhando de volta na areia. Dora corre como se seu corpo todo quisesse isso. Ela volta com a camisa enrolada como uma bolsinha.

— E onde você esteve? — pergunta Lucy.

O maiô roxo de Dora está molhado e mostra suas costelas.

— Estava pegando isso. — Ela mostra seus percebes em fileiras esplêndidas. — E você? O que tem para mostrar? — retruca Dora.

A gravidez me deu o enjoo mais constante de minha vida, mas agora sinto falta de toda aquela merda, principalmente das piores partes: vomitar na sala de estar do trailer, o cabelo grudando nos meus lábios úmidos. A visão de Fiona lutando para se levantar lentamente de sua poltrona, tentando ajudar, me deixando ainda mais triste, triste por nós duas.

Sinto falta de Lucy nas horas mais profundas da noite. Ela sempre sabia do que eu teria medo antes mesmo de eu ter. Ela levava os livros com os desenhos mais assustadores para o corredor antes de eu ir para a cama. Eu não suportava as figuras me observando enquanto eu dormia — bruxas e duendes, vilões de contos de fadas. Lucy era muitas coisas, mas sempre foi minha mãe. Nunca tive outra. Sei que ela teria me dado conselhos sobre gravidez, mas nunca consegui ouvi-los. "Não estrague tudo dessa vez", ela teria dito. Teria me indicado todas as boas vitaminas. Teria conhecido as melhores posições para dormir.

Achei que aqueles eram os dias mais solitários, carregando o bebê em meu ventre sem ninguém por perto. Mas como eu poderia ser solitária? Assustada, talvez, e sem dinheiro, mas eu o carregava aonde quer que eu fosse, a sensação flutuante de seu crânio, seus ombros, tudo.

Não era solidão. Eu podia sentir nossa pulsação com a ponta de meus dedos sempre que queria. Agora é só um músculo fazendo tique-taque sob minhas costelas. Às vezes fica tão alto que posso ouvir no silêncio da noite, murmurando como um velho tentando se lembrar de uma música: ba-bum, ba-bum, ba-bum. Só o meu coração, o único que já tive. Ainda batendo, não importa o que eu faça.

Stella

Soubemos no meio da noite. Uma mulher ligou para Abe, e Abe ligou para mim. O nome da mulher era Winnie, e foi muito direta.

— Sua mãe se matou — declarou.

Abe desligou sem responder. Teve uma câimbra no pé, me contou, que percorreu toda a perna. Disse que foi a experiência mais dolorosa de toda sua vida.

— Ai, Deus, Abe! Claro que foi.

— Não digo a dor no coração. Doeu. Minha perna toda.

Esperei por um momento. A conversa foi por telefone. Não nos víamos havia meses.

— Não pode ficar sozinho — ponderei.

— Eu disse para a mulher que nós… Há coisas que precisam ser feitas, creio. Preciso ir lá resolver tudo.

Eu o escutei chorar. Era um som bem líquido. Eu ainda não estava chorando. Após um momento, ele disse:

— Tenho que desligar.

— Por favor, não desligue.

Ele não respondeu. Mas ainda conseguia ouvi-lo respirando, então houve um clique e eu percebi que ele tinha desligado.

* * *

Ele ligou de volta logo ao amanhecer. Eu morava do outro lado da cidade, onde o sol parecia queimar cada vez mais brilhante e mais cedo através das nuvens, severo contra o chão vazio de minha sala decorada com uma única cadeira.

— Estou indo. Gostaria que você fosse comigo — pediu.

— É o que quer?

— Não podemos deixar o corpo dela lá.

— Farei como quiser, Abe. Quero melhorar as coisas. Não quero piorá-las.

— Isso não tem a ver comigo. É por ela. Você importava para ela.

Quando chegou para me buscar, seu corpo estava debruçado sobre o volante, e ele ergueu a mão suavemente, oferecendo um leve aceno. Eu me sentei no banco do passageiro, me inclinei e coloquei os braços ao redor dele. Seu corpo não cedeu. Senti o câmbio espetando minha cintura. Cruzamos a ponte em silêncio. Era praticamente só nossa.

— Você está bem? — perguntei.

— Não estou bem para conversar. Não sobre isso. Ainda não.

— Não se preocupe — respondi. — Você não precisa se preocupar.

— Eu não me desculpei. Só disse que não estou bem para conversar.

A dor o desnudara, expondo sua faceta mais ríspida. Ele dirigia rápido e de forma imprudente, costurando, mas seu rosto estava rígido. A velocidade não tinha a ver com o prazer de acelerar pelos morros da cidade à noite. Era para se livrar da distância.

No meio do deserto, atingimos um animal na rodovia. Podia ter sido um cachorro ou guaxinim. Nem o vi cruzar a pista.

— Merda! — Abe deu um grito. Virou o volante para a direita e o carro desviou na direção de uma minivan. Ouvimos uma buzina que pareceu durar um minuto inteiro. Abe caiu na risada.

— Puta merda! — exclamou. — Viu como ele saiu *voando*? — Ele ria mais forte agora, os ombros chacoalhavam. — Foi como… Parecia a porra de um meteoro.

— Meu Deus, Abe!

Ele agarrou o volante com mais força.

— Nossa, foi… — Sua risada silenciou num chiado. — Foi mesmo incrível.

Coloquei minha mão na dele, envolvendo seus dedos sobre o volante.

— Acho que preciso encostar — assinalou. — É só um minuto.

Ele entrou no acostamento de terra estreito e cheio de mato. Podíamos sentir os carros passando em velocidade à esquerda, chacoalhando nossos assentos. Coloquei minhas mãos sob seu queixo e puxei seu rosto para mim. Beijei sua boca. Mantive os olhos abertos. Sentia falta disso. Ele se afastou, balançando a cabeça.

— Não é… — hesitou. — Não é *sua*.

Ele apoiou a testa no volante. O couro deveria estar quente do sol, mas pareceu nem sentir. Estava chorando, porém não emitia som. Percebi pelo movimento de seus ombros.

A casa dela era uma espelunca. Não sei o que eu estava esperando, mas não esperava aquela bagunça ostensiva: brinquedos de plástico sujos e mobília destruída espalhados pelo quintal. Havia um sofá com todas as molas à mostra. Abe não achou que era o endereço certo até encontrar o número pintado com tinta no meio-fio.

— É. Acho que é aqui — constatou.

A mulher que atendeu à porta usava uma calça de moletom roxa e uma blusa de moletom com os dizeres "Me beije, sou contagiante". Parecia ter dormido por longos anos e acabara de acordar para usar drogas. Seus olhos tinham uma tristeza que parecia nascida em pesadelos.

— Vocês devem ser os filhos dela — conjecturou. — Precisam ver por si mesmos.

"Filhos?" Franzi a testa, mas fiquei calada. Ela apontou as escadas atrás de mim.

— Ela está lá em cima.

— Lá em cima? — perguntou Abe. — Ela ainda está lá?

— Não sabíamos o que fazer — justificou a mulher. — Nós não… — Ela balançou a cabeça. — Vocês precisam ver.

Os degraus estavam cobertos de poeira e repletos de garrafas de cerveja vazias. Elas pareciam trilha de migalhas de pão espalhadas na floresta. Havia uma seringa sobre o corrimão. A porta do banheiro estava fechada, e alguém tinha encaixado uma cadeira debaixo da maçaneta para mostrar que não deveria ser aberta. Parecia que impedia alguém de sair. Abe a chutou para longe. A porta se abriu.

Ela estava nua na banheira. A água não estava vermelha. Estava marrom. Sua cabeça pendia para trás contra a parede como se estivesse cochilando. Seus olhos estavam fechados. Sua pele tinha um tom pálido fantasmagórico e estava cheia de dobras: seu pescoço, sua barriga. Cada prega era como uma sutura cujos pontos se soltaram. Sua boca estava aberta e expunha os cantos dos dentes e a curva azulada de sua língua. Um braço desaparecia na água turva e o outro estava pendurado para fora, o pulso dilacerado fundo o suficiente para mostrar fragmentos brancos de osso sob a pele. Seus dedos dependurados apontando para o chão. Formigas rastejavam por suas unhas, pela palma de sua mão.

Caminhei até a banheira, caí de joelhos e regurgitei. Meu estômago se ergueu contra meus pulmões. Senti o calor do vômito na minha garganta, mas não em minha boca.

Abe estava atrás de mim.

— Ela não fez isso — relutou.

Balancei a cabeça. E permaneci calada.

— Quando ela fez isso? — continuou ele.

Fiquei quieta. Ainda olhando. Ainda balançando a cabeça.

— Ela ficou largada aí? — perguntou ele. — A noite toda?

Eu me virei para ele.

— Abe, calma...

— Calma? Mas que *porra* é essa? — Ele agarrou meu cabelo e puxou minha cabeça até meus olhos estarem no nível do corpo. — Olhe para isso!

Olhei o braço, o braço de Tilly: filetes de sangue marrom, músculos dilacerados e fragmentos de ossos expostos em uma massa viscosa. Desviei o olhar. Senti o calor novamente, de vômito subindo pela minha garganta. Dessa vez, pude senti-lo na minha boca.

* * *

O que acontece com um corpo depois que morre? Isso era algo que tínhamos de descobrir. Tilly ficou no necrotério do Hospital Lovelock por três dias. Seu corpo. Então foi transferida para uma funerária e cremada. Um homem chamado Bobby ajudou com a logística. Ele se intitulava agente de serviços funerários e usava uma gravata azul com minúsculos terriers brancos. Seus sapatos reluziam como se tivessem acabado de ser engraxados. Parecia um homem que tentava recompor sua vida após uma grande queda. Eu o imaginei acordando a cada manhã. "Pequenos passos", diria ele a si mesmo. "Pequenos passos em direção à felicidade."

Escolhemos uma urna simples numa caixa simples. Lá estava eu, encarando fileiras de urnas pintadas e levando-a para casa numa caixa de papelão. Bobby colocou sua mão em meu ombro. Ele entendia.

— Não faz sentido ficar com uma das urnas caras se você deseja espalhar os restos da cremação.

"Restos da cremação". Eu mal conseguia dizer as palavras. Provavelmente, muitas piadas foram feitas sobre isso, como escudos frágeis contra a brutal ausência de palavras para a dor.

— Leve uma pazinha — recomendou Bobby. — A maioria das pessoas não pensa nisso.

A caixa era do tamanho certo para transportar um bolo ou uma torta. Estava envolvida em papel-jornal sem nada impresso. Imaginei um dia inteiro de história apagada, as tintas das manchetes dissolvidas pela chuva ou de forma intencional: "Massacre em faculdade mata 33"; "Não existe justiça em Guantánamo". O mundo estava cheio de coisas erradas, mas eu só conseguia sentir essa.

Colocamos a caixa no carro. Afivelei um dos cintos do banco de trás e enfiamos a caixa debaixo da tira inferior, acomodada como um passageirozinho retangular. "Gosto da turbulência da velocidade. Dessa forma, podemos realmente sentir a estrada."

Entramos na casa com as cinzas. Não pareceu seguro deixá-las no carro. O sol parecia forte o suficiente para queimar qualquer coisa, até cinzas. Winnie estava à mesa da cozinha, amamentando seu bebê. "Ela está lá em cima", disse da outra vez. Assim mesmo, sua voz não era fria, mas parecia espremida em um espaço apertado. Achei a feiura de sua bebê fascinante. Os traços suaves encolhidos em seu rosto como se precisassem de abrigo.

— Ela não gosta de gente estranha — avisou Winnie. — Provavelmente vai começar a chorar.

No entanto, a bebê continuou quieta mamando na mãe. Olhei para a pia, cheia de pratos sujos. Sobre ela, havia uma janela que mostrava um estacionamento vazio, tomado de mato, e a curva de asfalto da rodovia. O cômodo cheirava como se tivesse sido atingido por uma onda quente que escaldou tudo, encharcando a sujeira, deixando em seu rastro um mundo desolado e fumegante.

Abe deixou a caixa em cima de um caixote ao lado da porta. Winnie falava com a gente da mesa. Ela nos disse o quanto Tilly se importara com sua bebê. Até demais, contou. Certa vez, Tilly entrou no quarto dela e se ajoelhou para colocar o ouvido em sua barriga. Aquela não fora uma noite boa. Houve outras.

— Por que ela… — disse Abe. Então parou. Nós olhamos para ele. Ele continuou num tom sereno: — Por que acha que aconteceu?

— Nós tivemos uma noite bem difícil antes de acontecer. Ela levou a bebê para o quarto dela e não… ela não me deixava entrar. Fiquei batendo, batendo, então ela saiu e começou a gritar barbaridades. Disse que eu não era o tipo certo de mãe, que sequer podia ser chamada de mãe, agarrou meus ombros e eu vi minha bebê deitada na cama atrás dela, chorando e gritando. Dava para ouvir pela casa toda. O coraçãozinho batia muito rápido quando a peguei no colo. A mãe dela era apenas *mãe*, acho, como um animal. Ela não soltava minha bebê.

— Não parece ela — disse Abe. — Nada disso.

Eu não tinha certeza.

— Ela parecia uma pessoa muito amável. — Winnie fez uma pausa. — Ela parecia…

— Ela era uma pessoa amável — interrompi. Abe tocou meu braço. Ele queria que eu a deixasse falar.

— Não sei o que aconteceu com sua família — continuou ela. — Mas não havia um dia em que ela não pensasse em vocês. "Meu filho mora em

São Francisco". Ela repetia tantas vezes que achei que fosse a letra de uma música. — Ela se virou para mim. — Ela disse que ninguém nunca amou uma filha como amava você.

Era verdade. Eu não havia sido amada por ela, assim como qualquer outra filha seria.

Não foi Winnie quem a encontrou no banheiro. Foi outra pessoa.

— Acho que ela não deixou um bilhete nem nada — lamentou Winnie. — Acho que foi só isso.

Fui até a pia e comecei a lavar os pratos. Lá estava eu, limpando, como se dissesse "Deixe-me fazer alguma coisa por você no meio do caos de sua vida", agora que a vida dela estava acabada, uma mulher que poderia ter deixado esses restos de tomate e massa endurecida encrustada numa travessa de vidro, talvez a última refeição que comeu. Seja o que for que eu estivesse fazendo, não era para ninguém.

O céu estava mais escuro. E eu podia ver meu reflexo na janela. O vapor desprendia o cheiro dos pratos na pia, de carne e molho. Esse calor denso era dela, o cheiro de tudo sempre úmido, apodrecido, suando e xingando você.

Winnie subiu as escadas com a bebê. Dava para ouvir sua voz cantarolando, cada vez mais suave conforme ela subia.

Abri a água fria e enchi dois copos. Abe e eu nos sentamos à mesa. Pegamos a caixa sobre o caixote de frutas. Queríamos garantir que ficasse fechada.

Ele olhou para seu copo d'água. Eu olhei para meu copo d'água. Nenhum de nós bebia. Meus lábios estavam secos.

— Tivemos nossos momentos — constatou Abe. — Tivemos mesmo. Apenas eu e ela.

— Então me conte. Se tiver vontade.

— Teve um verão. Foi o melhor verão. Não sei por quê. Só foi. Fizemos limonada e tentamos vender. Acabamos bebendo a maior parte. Aquele estado todo, este estado todo, quero dizer, parecia uma enorme secadora. "Se usar algo bonito, eles vão comer na sua mão como cachorrinhos", disse ela. E tinha razão. Vesti uma camisa branca engomadinha e comecei a vender três jarras por dia.

O ARMÁRIO DE BEBIDAS 265

Ele parou. Olhei para seu rosto e então para seus dedos, os nós brancos de apertar o copo. Bebi o resto da minha água em goles pequenos, constantes. Havia certo conforto nisso. Não sabia dizer o que era; enfrentávamos os primeiros movimentos do depois. Observei Abe bebendo também.

Viajamos pelo deserto ao anoitecer. Éramos as únicas pessoas em quilômetros. Umedecíamos nossos lábios contra o vento. O céu tinha o tom rosa vivo de pele ardida. Havia montanhas ao longe, cuja extensão ou cujo nome desconhecíamos.

Eu não tinha preparado nada para dizer. Não tivemos tempo antes de sair, só as dores torpes no estômago de acordar cedo demais e dirigir com frio e fome por quilômetros, sem saber o que encontraríamos — impossível de imaginar como seria esse momento.

— Escrevi algo — disse Abe. — Fico tentando acertar.

Ele tirou uma folha de papel timbrado do bolso, dobrada em quatro. No chão entre nós, a caixa sacudia ruidosamente sob o vento forte. Abe leu sua despedida como um garotinho num recital de escola.

"Eu tinha doze anos, e ela me convenceu de que eu não iria morrer. Estava hospedado no trailer dela e acordei no meio da noite sem conseguir mover os braços ou as pernas ou qualquer parte. Achei que não conseguiria falar, mas consegui. 'Tilly', falei. E depois mais alto: 'Tilly!'. Eu nunca a chamei de mãe. Tentei mexer os dedos do pé e não consegui. Tentei erguer os ombros e não consegui. 'Tilly! Tilly! Tilly!', gritei.

Precisa entender, eu era um garoto muito bom em ficar calado. Eu cuidava da minha própria vida. Não gritava ao mundo do que eu precisava. Eu fazia tudo sozinho. Mas naquela noite achei mesmo que estava morrendo. Achei que talvez alguém tivesse partido algo na minha coluna ou no meu cérebro, e naquele momento meu corpo não conseguia mais se comunicar consigo mesmo.

Ela veio e se sentou na minha cama. 'Querido, precisa ser paciente', disse ela. Acariciou meus cabelos e eu falei: 'Não consigo mover nada além da minha boca'. E ela respondeu: 'Deus bem sabe que ainda consegue usá-la'. Ela esfregou meu corpo todo, começando por meus pés. Seus dedos eram algo que eu podia sentir. Meu corpo era como um peso morto na cama, além do meu alcance, mas ainda estava lá — eu não podia senti-lo, mas podia sentir a mão dela nele.

'Tudo bem ficar parado no escuro e deixar outra pessoa tomar conta de você', explicou ela. Então eu perguntei e não sei por que fiz isso. Ouvi a pergunta como se viesse de outro lugar, outro corpo em que todas as partes se moviam, dizendo: 'Isso é o amor ou algo assim? Alguém cuidando de você no escuro?'. Sua resposta foi: 'Não é amor. Mas eu queria que pudesse ser', ela respondeu."

Ele fez uma pausa.

— Foi tudo o que escrevi.

— Ela teria amado.

— Ela amava tudo a meu respeito. — Havia uma tristeza em sua voz, além de orgulho. — Acredita nisso? Que um momento pode ser preservado depois de todas as outras merdas?

— Na verdade, acredito.

Ele usou um canivete para cortar as fitas adesivas da caixa. Tinha que segurá-la entre os pés enquanto tirava a urna.

— Segura isso? — Ele a passou para mim. — É mais pesada do que parece.

Era mesmo. E fria. Segurei firme enquanto Abe desatarraxava a tampa e inseria a pazinha. Ele girou o braço num arco longo, jogando uma trilha cinzenta contra o céu pálido na direção das montanhas mais escuras. A brisa soprou o pó de volta para seus dedos, fazendo-o se acumular nas dobras das mangas de sua camisa.

— É incrível — disse ele. — Ela já foi uma mulher.

"É apenas o corpo que se vai", dissera minha mãe. Mas o corpo representa tanto.

Deixamos a urna no chão rachado. Não era alta, mas era a coisa mais alta que podíamos ver. Ainda havia cinzas dentro. Sabíamos que o vento as carregaria também.

* * *

No hotel, pedimos comida chinesa. Comi demais e fiquei com dor de estômago. Pegamos quartos separados, mas parecia solitário demais usar os dois. Eu tinha medo do silêncio. Comi meu biscoito da sorte sem ler o bilhetinho. Ligamos a televisão e assistimos a um programa sobre dinossauros. Quando a desligamos, a tela estalou com estática antes de ficar preta. Pudemos ver nossos rostos, lado a lado e cansados. Eu queria que a dor preenchesse cada parte de mim, mas não preenchia, só me aturdia sempre que eu tentava fugir dela.

— Pode dormir aqui, se quiser — sugeri. — Eu gostaria de que ficasse.

Ele abriu o cinto.

— Não consigo dormir de calça. Mas você já sabe disso.

Lá estava um homem que não me machucaria mesmo se eu praticamente lhe implorasse, sem parar. Agora eu podia espiar dentro de sua ferida mais pura. Ele se aninhou nas minhas costas e chorou. Nunca senti um homem chorar. Já tinha visto, mas nunca sentido, não encostado na minha pele. Ele não me tocou como um homem, só como um garoto que perdera a mãe, apesar de haver algo mais no toque de seus dedos, como se pudéssemos encontrar alguma simetria tola e redentora em nossas vidas atrozes: "Tudo bem deixar outra pessoa cuidar de você no escuro". Era isso? Eu não estava tentando acabar com sua dor, aquela pontada em seu coração. Eu não estava nem tentando amenizá-la. Eu só queria me deitar ao lado de seus sonhos.

"Não pense que nunca vi", dissera Tilly. "Deus sabe que sim."

Agora eu também podia ver.

Agradecimentos

Gostaria de oferecer meus profundos agradecimentos a Andrew Wylie e Jin Auh. A fé e o trabalho árduo deles proporcionaram um lar a este livro, e tenho sorte de que esse lar foi com Amber Qureshi, cujo enorme coração e olhar aguçado o deixaram melhor do que poderia imaginar. Ela se apaixonou por esse romance desde o começo, incrivelmente atenta à linguagem e a seus cidadãos, generosa com seu entusiasmo e seu intelecto.

Obrigada a todos os meus professores — especialmente Charlie D'Ambrosio, que me deu coragem e um verdadeiro começo. Sou grata a Brigid Hughes, da *Public Space*, por publicar minha primeira obra.

Tenho sorte por meus amigos, aqueles que moldaram este livro — Aria Sloss, Nam Le, Jake Rubin — e aqueles que simplesmente me moldaram: Abby Wild, Eve Peters, Amalia McGibbon, Charlotte Douglas, Harriet Clark, Miranda Featherstone, Kiki Petrosino, Nina Siegal, Julia Wong, Colleen Kinder, Louisa Thomas, Margot Kaminski, Meg Swertlow, Emily Matchar, Josh Gross, Micah Fitzerman-Blue, Ryan Carr, Nathalie Wolfram e Jim Weatherall. Agradecimentos especiais a Katherine Marino, guia desde o retiro.

Obrigada a Sam Cross, que sabe — assim espero — o que significa para mim.

Sou abençoada em ter minha família por inúmeros motivos particulares que nunca chegarão a essas páginas, especialmente minhas tias Kay e

Kathleen. Agradeço a Sabrina, uma irmã inigualável, assim como meus irmãos, Julian e Eliot, por anos de alegria; e desejo tudo de bom para os pequenos Yue e Andrew "Che" Milton, que estão só começando suas jornadas de felicidade. Todo meu amor para minha tia Phyllis, onde quer que esteja. Aos meus pais, Dean Jamison e Joanne Leslie, sinto uma gratidão que é difícil de colocar em palavras.

Agradeço ao meu pai por sua fé e sua generosidade; e à minha mãe, basicamente, por ser a maior fonte de amor e apoio que já conheci.

E, finalmente, para David, o meu muito obrigada. É com você que acordo a cada dia, com quem sonho esta vida.

ESTE LIVRO, COMPOSTO NA FONTE FAIRFIELD,
FOI IMPRESSO EM PAPEL PÓLEN NATURAL 70G/M² NA COAN,
SÃO PAULO, BRASIL, JUNHO DE 2022.